HISTORIA TVRPINI

TVRPINVS DOMINI GRATIA ARCHIEPISCOPVS

Remensis. ac sedulus Karoli magni imperatoris in yspania consocius: leoprando decano aquisgranensi sal in xpo;

A E
& I

El Códice del Peregrino

Autores Españoles e Iberoamericanos

José Luis Corral

El Códice del Peregrino

No se permite la reproducción total o parcial de este libro, ni su incorporación a un sistema informático, ni su transmisión en cualquier forma o por cualquier medio, sea éste electrónico, mecánico, por fotocopia, por grabación u otros métodos, sin el permiso previo y por escrito del editor. La infracción de los derechos mencionados puede ser constitutiva de delito contra la propiedad intelectual (Art. 270 y siguientes del Código Penal)
Diríjase a CEDRO (Centro Español de Derechos Reprográficos) si necesita fotocopiar o escanear algún fragmento de esta obra. Puede contactar con CEDRO a través de la web www.conlicencia.com o por teléfono en el 91 702 19 70 / 93 272 04 47

© José Luis Corral, 2012
© Editorial Planeta, S. A., 2012
Diagonal, 662-664, 08034 Barcelona (España)
www.editorial.planeta.es
www.planetadelibros.com

Primera edición: enero de 2012
Depósito Legal: B. 40.910-2011
ISBN 978-84-08-10898-6
Composición: Ormograf, S. A.
Impresión y encuadernación: Cayfosa (Impresia Ibérica)

El papel utilizado para la impresión de este libro es cien por cien libre de cloro y está calificado como **papel ecológico**

*A mis hijos Úrsula y Alejandro,
que quieren seguir su camino*

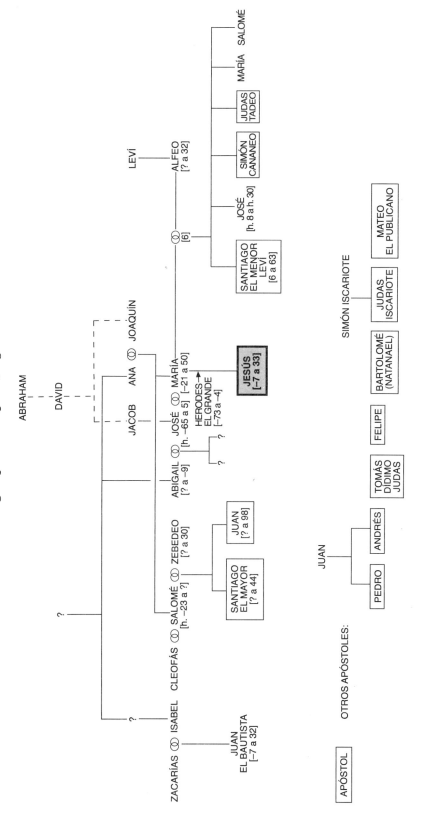

PARTE I

LOS SIETE SELLOS

PRIMER SELLO

UN CABALLO BLANCO MONTADO POR UN JINETE CORONADO ARMADO CON UN ARCO: EL HAMBRE

El teléfono móvil de Diego sonó tres veces. La pantalla luminosa mostró la referencia de una llamada no identificada, pero el argentino supo que se trataba de su cliente en París.

—Está decidido. Los espero pasado mañana en mi casa. Ya conocen la dirección.

—Allí estaremos.

Eso fue todo.

—¿Era él? —le preguntó Patricia.

—Sí. El jueves nos espera en París.

Desde las ventanas de su casa en las afueras de Ginebra, Patricia y Diego podían ver el lago Lemán, cuyas aguas reflejaban el azul del cielo en aquel claro día de primavera.

—Ese hombre me produce intranquilidad —comentó Patricia mientras apuraba el último sorbo de su taza de mate.

—Pero es muy rico y paga una fortuna por cada «trabajo» —repuso Diego.

Patricia Veri y Diego Martínez eran pareja desde hacía algo más de siete años. Nacidos en Buenos Aires, ambos habían estudiado historia del arte en la principal universidad argentina. Diego había trabajado durante algún tiempo en una casa de subastas de obras de arte y antigüedades como perito de autenticación y de tasación, y Patricia lo había hecho en una galería de la avenida del Libertador.

Una mañana de febrero de 2004, Diego había recibido a un extraño personaje, un ciudadano argentino de origen sirio que portaba en un maletín una carpeta con un manuscrito sobre pergamino escrito en griego. Diego miró desconfiado a aquel tipo, que le ofreció revisar el manuscrito y le demandó su opinión profesional.

Enseguida comprobó que se trataba de un texto ilustrado en época bizantina, probablemente del siglo XII, con magníficas escenas de batallas pintadas por un miniaturista de gran calidad.

—¿Una crónica sobre las guerras de frontera entre bizantinos y árabes? —supuso Diego a la vista del manuscrito.

—En efecto; un ejemplar del *Digenis Akritas*, el poema épico griego escrito en el siglo XII donde se narran las batallas legendarias libradas entre bizantinos y musulmanes en la frontera del alto Éufrates en los siglos X y XI. ¿Cuál cree usted que sería su precio en una subasta?

—Existen varios ejemplares similares de esta obra; si no recuerdo mal hay algunos en Madrid, París y Nueva York.

—Éste es el más completo y el mejor ilustrado de cuantos se conocen.

—En ese caso, unos cuatrocientos mil dólares, quizá hasta medio millón si hay alguna biblioteca de alguna universidad norteamericana o japonesa interesada, o tal vez la Institución Smithsoniana de Washington. Pero si no se conoce su procedencia y no se puede demostrar que su propiedad es legítima, su venta se me antoja imposible.

—Le seré franco; se trata de un ejemplar procedente de los fondos de una conocida biblioteca.

—¿Un robo? En ese caso no puede salir al mercado legal. Lo siento pero no tiene venta posible; la policía de cualquier país lo inmovilizaría de inmediato y lo requisaría, y usted tendría un grave problema.

—Digamos que es parte del botín de guerra. Los vencedores siempre se han llevado su tajada; usted lo sabe bien. No le estoy pidiendo que lo valore para que salga en subasta pública en una puja legal. Ya me entiende.

—¿Qué pretende?

—Su asesoramiento como experto y su colaboración para venderlo; usted trabaja en subastas de antigüedades y conoce a muchos compradores.

—Eso es imposible. El gobierno argentino controla cada una de las subastas. Cada obra de arte es examinada por funcionarios del Ministerio de Cultura y se realiza un completo estudio sobre su procedencia y legalidad antes de autorizar su venta. Según me comenta, este manuscrito procede de un saqueo y supongo que ha sido robado antes de llegar a su poder; no hay manera de colocarlo en ninguna subasta pública.

—No pretendo que se venda con toda la prensa de Buenos Aires delante. Sé que existen otros canales..., digamos, más discretos.

—Lo siento; en esta casa sólo se trabaja con piezas cuya procedencia y propiedad sea absolutamente legal. No se admiten obras robadas o que no tengan todos los papeles en regla. Y le advierto que nuestra obligación es denunciar a la policía todas las irregularidades que observemos.

—Este manuscrito está «limpio». Carece de certificado de origen, pero eso se puede solucionar.

—¿De dónde procede?

—De la antigua biblioteca de Sarajevo. Oficialmente este ejemplar es uno de los que ardieron entre las llamas que la consumieron durante la guerra de Bosnia, de modo que, a todos los efectos, ha desaparecido para siempre.

—¿No está fichado en las listas internacionales de obras de arte robadas de que dispone la policía?

—Puede usted comprobarlo. Le aseguro que está «limpio». Si se encarga de buscar un comprador, el diez por ciento del precio de la transacción será para usted. Eso supone entre cuarenta y cincuenta mil dólares libres de impuestos. ¿Su sueldo de uno y medio, tal vez dos años? Y sin ningún riesgo. Su tarea se limitará a buscar un comprador y a autenticar el manuscrito. Piénselo.

Aquél fue su primer trabajo, durante el cual conoció a Patricia. Diego le ofreció la posibilidad de colaborar juntos en el tráfico ilegal de obras de arte. No necesitó esforzarse demasiado para convencerla: Patricia estaba harta de que la dueña de la galería en la que trabajaba se hiciera rica a costa de su esfuerzo y sus conocimientos, y de no recibir sino unas migajas del enorme pastel que se repartía en las operaciones de compra y venta de arte. Por delante de sus narices se movía mucha plata y ella sólo cobraba un magro sueldo que apenas le llegaba para mantener una vida monótona y austera en un pequeño apartamento en un barrio residencial de Buenos Aires.

Al principio, Patricia procuró convencerse de que el negocio en el que se había asociado con Diego no era tan perverso, y se repitió que su nueva dedicación era mucho menos delictiva que la que ejercían la mayoría de los políticos y empresarios del país; pero tras un par de operaciones se dio cuenta de que no había nada bueno en lo que estaba haciendo.

La estricta relación profesional que entablaron los primeros meses no tardó en convertirse en algo más íntimo. Salieron juntos durante varias semanas, hicieron el amor y acabaron viviendo en el mismo apartamento en la avenida Corrientes, un pequeño lujo que podían pagarse gracias a los ingresos extra que sus actividades ilícitas les proporcionaban.

En un par de años se convirtieron en especialistas en el tráfico ilegal de obras de arte. Hacían el trabajo de guante blanco: se dedicaban a buscar clientes dispuestos a adquirir piezas robadas en museos y archivos o expoliadas en yacimientos arqueológicos, a poner en contacto a vendedores y compradores, a tasar esas mismas obras, a certificar que eran originales y a ejercer de intermediarios entre ladrones y traficantes, compradores y coleccionistas.

En el mercado clandestino internacional se movían buenas piezas. La descomposición de la Unión Soviética había provocado el expolio de algunos fondos mal catalogados, o sencillamente sin catalogar, del Museo del Hermitage de la ciudad de Leningrado, de nuevo rebautizada como San Petersburgo, y de museos locales de las exrepúblicas soviéticas de Asia Central. La guerra de los Balcanes había supuesto el final de la antigua Yugoslavia como Estado y su división en varias repúblicas, pero el expolio de sus museos y bibliotecas había proporcionado a los traficantes valiosas obras, sobre todo manuscritos medievales y pinturas de los siglos XVI y XVII; el incendio de la gran biblioteca de Sarajevo durante esa guerra había destruido muchos manuscritos, pero otros tantos habían ido a parar al mercado negro y ahora enriquecían colecciones particulares por todo el mundo. La guerra de Irak había supuesto el saqueo de museos en ese país y el expolio de los riquísimos fondos de éstos. En América Central y del Sur las excavaciones clandestinas proporcionaban frecuentes hallazgos de materiales arqueológicos que tenían un buen mercado en Estados Unidos y Europa. Italia seguía siendo un pequeño paraíso para el tráfico ilegal de obras de arte; cada semana desaparecían varias piezas de sus miles de iglesias y ermitas. En algunos países de la Europa del Este continuaba el expolio de piezas de museos y de colecciones particulares. Y en las costas de Grecia, de Turquía, de España y de Estados Unidos empresas camufladas bajo diversas actividades se dedicaban a rastrear los miles de pecios procedentes de naufragios de embarcaciones, en los que solían abundar valiosos hallazgos, desde cerámicas griegas y romanas hasta monedas y vajillas españolas, portuguesas, inglesas y holandesas de los siglos XVII y XVIII.

A pesar de las medidas de seguridad y de las investigaciones policiales, el mercado negro de arte y de antigüedades movía varios centenares de millones de dólares cada año, y las comisiones que se repartían alcanzaban cifras realmente suculentas.

Diego Martínez y Patricia Veri comenzaron a ganar mucho dinero como intermediarios en el tráfico clandestino de obras artísticas y de antigüedades. Llegó un momento en que Argentina se les quedó pequeña para su floreciente negocio, por lo que tuvieron que colocar sus ganancias y blanquear el dinero negro que ingresaban en paraísos fiscales y países con sistemas bancarios opacos. De modo que no lo pensaron demasiado y a finales de 2006 decidieron abandonar Buenos Aires e instalarse en Ginebra, en una casita a orillas del lago Lemán adquirida a nombre de una sociedad que crearon en un paraíso fiscal de una isla del Caribe. Suiza les ofrecía un magnífico refugio para sus ingresos: en los bancos de Ginebra nadie preguntaba sobre el origen del dinero ingresado en sus cuentas y resultaba una céntrica base de operaciones para sus trabajos en Europa.

Aquel jueves de primavera la pareja argentina se trasladó a París. No era cuestión de tratar un encargo tan importante por teléfono. Conocían a su cliente por un par de trabajos anteriores, en los que le habían autenticado y tasado unos manuscritos en papiro procedentes de Egipto y de una biblioteca privada de Estambul.

Tras desembarcar en la terminal del aeropuerto Charles de Gaulle tomaron un taxi y le indicaron al conductor una dirección de la isla de San Luis, en medio del río Sena, una zona residencial exclusiva habitada por políticos, escritores y burgueses enamorados del corazón de París. La vivienda de su cliente estaba ubicada en el extremo este de la isla, frente al puente de Sully. Ocupaba la última planta de un edificio de cuatro alturas desde cuyos ventanales, como si se tratara de la proa de una nave que estuviera surcando su corriente aguas arriba, podía contemplarse el curso del río Sena.

Jacques Roman, que era el nombre del cliente, o al menos el que utilizaba con ellos, parecía un tipo peculiar. Alto y fornido, tenía unos sesenta años, aunque su forma física y su cuidada anatomía le conferirían un aspecto más jovial.

—Bienvenidos a mi casa. ¿Han tenido un buen vuelo?

—Muy cómodo, señor Roman, gracias —le respondió Diego, en tanto Patricia asentía con un gesto de su cabeza.

—Siéntense, por favor. Están preparando el almuerzo: crema gratinada de zanahorias y *tournedó rossini*; por supuesto, quedan ustedes invitados. ¿Un martini?

—Muy amable —dijo Patricia.

—¿Conocen España? —preguntó Roman mientras llamaba al servicio.

—Sí.

—¿Y Galicia?

—No. Sólo hemos estado en Madrid, Barcelona, Toledo, Granada y Marbella, donde realizamos varios negocios.

—La Alhambra, claro.

—Un verdadero sueño fabricado de piedra, yeso y madera —apostilló Patricia.

—El trabajo que quiero encargarles ha de hacerse en España.

—Alguna talla románica o gótica, o algún cuadro de un retablo, o quizá alguna pieza arqueológica exhumada por excavadores clandestinos, supongo. Por lo que veo —Diego miró a su alrededor y observó diversas tallas, cuadros y esmaltes de temática religiosa—, es usted un buen coleccionista de arte sacro. Ésas son las piezas de las que suele abastecerse el mercado negro de antigüedades español. Aunque cada vez en menor cantidad, pues el control sobre este tipo de obras ha mejorado mucho en los últimos años en ese país.

—Este trabajo ha de hacerse en Galicia.

En ese momento el criado llamó a la puerta.

—Adelante —ordenó Jacques Roman—. Tres martinis con hielo, por favor.

El sirviente inclinó ligeramente la cabeza y salió del salón.

—¿Qué ocurre en Galicia? —demandó Diego.

—Este año se conmemora el octavo centenario de la consagración de la catedral de Santiago de Compostela. Hay programados numerosos actos: encuentros literarios, seminarios, cursos, exposiciones...

—Dejémonos de dilaciones. ¿Qué quiere de nosotros? —intervino Patricia.

—Que me consignan un códice.

—¿De Santiago?

—Del archivo de su catedral. El Códice Calixtino. Lo ordenó copiar Diego Gelmírez, obispo de Santiago de Compostela entre 1100 y 1139, aunque se incluyeron añadidos posteriores al mandato de este obispo. Se trata de la copia más preciada de un conjunto de relatos conocido como el *Liber Sancti Iacobi*, en el que intervinieron al menos tres, quizá cuatro, manos diferentes. Esa copia fue llamada *Codex Calixtinus* debido a que los dos primeros folios contienen una carta, tal vez apócrifa, que el papa Calixto II, presunto impulsor del *Liber*, habría enviado a Diego Gelmírez ratificando la importancia de Compostela como lugar donde reposaban los restos del apóstol Santiago. Desde el siglo XII el *Codex* se conserva en el archivo de la catedral compostelana. Consta de veintisiete cuadernos, que han sido alterados en varias ocasiones. Le faltan los folios 1 y 220, que se supone que estarían en blanco. Se encuadernó a fines del siglo XII en cuero repujado con dibujos de rombos. Fue muy consultado durante la Edad Media, hasta que en 1609 su composición original se alteró y cayó en el olvido. A finales del siglo XIX fue redescubierto y desde entonces ha sido estudiado por numerosos expertos en historia, arte y música sacra medieval. Fue restaurado en 1966 para devolverle el aspecto y composición que presentaba en el siglo XII. Imagino que lo conocen, ustedes son historiadores del arte.

—Sí, claro.

—Quiero que lo consignan para mí.

—Aguarde un momento, señor Roman: nosotros no somos ladrones —dijo Patricia—; nos limitamos a actuar como intermediarios entre los ladrones y los coleccionistas, a certificar la autenticidad de las piezas, a estimar su precio de mercado y a coordinar la transacción del modo más discreto posible.

El criado volvió a llamar y entró con una bandeja con los tres martinis.

—Gracias, Paul.

El sirviente se retiró con discreción.

—No podemos hacerlo; no somos especialistas en robos de semejante calado.

—¿Ni siquiera por un millón de euros? —Jacques Roman dio un sorbo a su martini.

—Eso es mucho dinero.

—Quiero ese Códice y estoy dispuesto a pagar esa cantidad por él.

—Es muy conocido y está catalogado. No podrá venderlo...

—Creo que no me han entendido. No tengo intención de venderlo; lo deseo para mí.

—Ha dicho que ese Códice se custodia en el archivo de la catedral.

—En una sala de seguridad con una puerta blindada.

—Lo siento. —Diego miró a Patricia, que lo apoyó con la mirada—. No podemos hacer ese trabajo. No hemos hecho nunca nada parecido. Conocemos cómo se hace, porque algunos de nuestros suministradores nos han explicado su *modus operandi*, pero carecemos de ese tipo de experiencia. La policía nos atraparía enseguida. Ni siquiera sabríamos cómo entrar en ese edificio.

—Dispongo de un contacto en el archivo —dijo Roman—. Él les facilitará el acceso.

—¿Por qué nos encarga esto a nosotros?

—Quedé muy contento con nuestras anteriores colaboraciones, y sé de su experiencia en este tipo de negocios, de su habilidad para pasar inadvertidos y para lograr que lo que pasa por sus manos se volatilice sin dejar huella alguna. De todos los que se dedican al mercado negro de antigüedades, ustedes son los únicos que jamás han sido investigados por la policía de ningún país. No están fichados en ninguna parte y no figuran entre los vigilados por la Interpol.

—Nuestros anteriores trabajos con usted sí eran nuestra especialidad: autenticar y tasar el valor los manuscritos de Nag Hammadi, o ese otro de Estambul, y buscar compradores potenciales; nada más. Pero esto que ahora nos plantea es bien distinto a lo que nos dedicamos habitualmente.

Unos campesinos egipcios habían encontrado, mientras trabajaban sus campos a orillas del Nilo, una tinaja de barro en cuyo interior se apretaban varios rollos de papiro. Esos manuscritos, procedentes de la localidad de Nag Hammadi, habían sido comercializados por un mercader de antigüedades de El Cairo. El hallazgo se había realizado hacía ya más de medio siglo y el conocimiento de aquellos textos había provocado una verdadera convulsión en la jerarquía de la Iglesia católica, pues aquellos papiros contenían nuevos Evangelios hasta entonces silenciados por la ortodoxia romana. En ellos se cuestionaban los asertos del dogma contenido en los llamados Evangelios canónicos, atribuidos a Mateo, Marcos, Lucas y Juan, los cuatro únicos que reconocía la Iglesia. Jacques Roman había comprado alguno de aquellos manuscritos, pues no todos los que se encontraron en 1945 fueron a parar al Museo Copto de El Cairo.

—Les he ofrecido un millón de euros; creo que es suficiente motivo para que acepten este encargo.

—¿Me permite una pregunta? —terció Patricia.

—Por supuesto, señorita.

—¿Qué tiene de especial ese manuscrito para que usted nos ofrezca semejante fortuna?

—¿Están dispuestos a guardar silencio con respecto a lo que les diga?

—Por supuesto, la discreción es nuestra garantía de éxito; sin ella nuestro negocio no funcionaría.

—Como saben, desde mediados del siglo XIX se han sucedido hallazgos y descubrimientos que han arrojado nuevas revelaciones sobre la vida y pasión de Jesucristo, y sobre los orígenes y expansión del cristianismo. Desde que a mediados del siglo XIX se descubriera en un monasterio del Sinaí un códice con la versión más antigua conocida hasta ahora del Nuevo Testamento, la Iglesia no ha dejado de sobresaltarse cada vez que se han producido nuevos hallazgos que cuestionaban los textos canónicos aceptados desde que así los catalogó san Irineo a finales del siglo II y se ratificaron en varios concilios ecuménicos en el siglo IV, y por fin en el Concilio de Trento a mediados del XVI. A finales del siglo XIX se descubrieron los intrigantes Evangelios de Pedro y de María en un monasterio copto del Sinaí, en Egipto; en 1945 los textos de Nag Hammadi en una tinaja a orillas del Nilo y en 1947 los manuscritos de Qumrán en las cuevas que habitaron los esenios junto al mar Muerto. Más recientemente han ido apareciendo los Evangelios de Tomás, de Judas, de Felipe y del Salvador, y sé que habrá nuevos hallazgos en breve.

»En todos esos textos se demuestra que el cristianismo primitivo atravesó no pocas convulsiones, y que durante sus tres primeros siglos hubo comunidades cristianas que profesaron distintas visiones e incluso distintos credos y dogmas.

»La situación era tan confusa que los principales patriarcas de la Iglesia convocaron un gran concilio en la ciudad de Nicea, en el año 325, bajo la protección del emperador Constantino. La mayoría de los obispos cristianos había decidido acabar con semejante tropel de ideas, doctrinas, creencias y prácticas rituales tan contradictorias, pues se dieron cuenta de que arrastraban a la confusión a los cristianos. Para evitar que el cristianismo se dividiera en sectas y grupos incontrolables, lo que hubiera desencadenado su irremediable final, se acordó en Nicea un credo común y único para todos, siguiendo los postulados esenciales que dictara el apóstol san Pablo, cuya línea teológica y estratégica fue la que acabó triunfando en la Iglesia primitiva. Los que no acataron las resoluciones del Concilio de Nicea fueron condenados como herejes y perseguidos con saña, hasta la muerte si fuera preciso.

—¿Y qué tiene que ver el Códice Calixtino en todo esto? Creo que ese libro contiene una especie de guía de viajes para peregrinos a Compostela —dijo Diego.

—Aparentemente así es, pero hay mucho más.

—Sí: libros de liturgia, de música, alguna crónica medieval y la relación de los milagros de Santiago —añadió Patricia.

—Cuando digo algo más, me refiero a que hay algo más... oculto. —Jacques Roman hizo una pausa para dar un nuevo sorbo a su martini.

—¿Un secreto? Vamos, señor Roman, ¿no creerá usted en esos cuentos esotéricos sobre códigos secretos y misterios escondidos en las páginas de los manuscritos? Eso está bien para una novela de esas que se convierten en bestsellers y con las que se mata el tiempo en una aburrida tarde de lluvia o en las horas muertas en la playa, pero nada más —precisó Patricia.

—No se trata de ningún código secreto, ni de la existencia de una clave para encontrar el tesoro de los templarios, ni un manual para evitar el fin del mundo. Ese Códice contiene algo mucho más importante.

—Una revelación que cambiará la historia de la humanidad o su futuro, claro —ironizó Patricia.

—Entiendo su ironía, Patricia, pero permítame que se lo explique a su debido tiempo. ¿Harán ese trabajo para mí?

—Creo que antes de aceptarlo deberíamos conocer todas las condiciones.

—Y qué es lo que se oculta en ese Códice —añadió Patricia.

—Les repito que a su debido tiempo, amigos, todo a su debido tiempo. Un millón de euros es mi oferta única: ¿la aceptan? —Jacques se levantó y alargó su mano hacia la de Patricia.

—Si pudiera venderse en alguna de las galerías más importantes de Londres o de Nueva York, ese manuscrito alcanzaría en una subasta pública un valor en torno a los cinco millones de dólares, pero al tratarse de un robo no tiene venta posible.

—Hace unos años salió de Compostela para una exposición; el seguro lo tasó en seis millones de euros. —Roman retiró su mano ante la duda de los dos argentinos en aceptar la propuesta.

—Si el Códice no estuviera catalogado y careciera de propietario, la Biblioteca Beinecke de libros raros y manuscritos de la Universidad de Yale hubiera pagado por él por lo menos cuatro millones de dólares, casi tres millones de euros.

La argentina miró a su novio y le hizo un ademán con los hombros.

—Antes de darle una respuesta definitiva a su oferta, necesitaríamos saber quién es su contacto en Santiago y qué apoyo tendremos en esa ciudad. No podemos arriesgarnos...

—Se trata de alguien que tiene acceso directo a la sala de seguridad donde se guarda el Códice y que conoce a la perfección el lugar porque hace años que trabaja en la catedral. Aquí tienen un detallado informe con todos los datos. Compruébenlos. Tómense el tiempo que necesiten; entre tanto, yo haré algunas llamadas. Estaré en la sala de al lado, avísenme cuando se hayan decidido.

Jacques Roman les entregó una carpeta que contenía varios folios y salió del salón.

Los argentinos los revisaron uno a uno, se miraron y asintieron mutuamente.

—Según este plan esto es demasiado simple; lo podría hacer cualquiera —comentó Diego tras leer el informe.

—¿Crees que hay gato encerrado?

—Es probable, pero si nos ingresan medio millón de euros por adelantado podemos arriesgarnos. ¿Te parece?

—No lo tengo claro, pero, si tú deseas hacerlo, por mí adelante, aunque esto es nuevo para nosotros. Hace más de siete años que te conozco y que comparto mi vida contigo. Desde entonces estamos viviendo en el filo de una navaja. Tenemos plata, disfrutamos de ciertos placeres, podemos darnos numerosos caprichos, pero hemos renunciado a muchas cosas. Si aceptamos este tipo de trabajos me temo que renunciaremos a muchas más —dijo Patricia.

—Somos pareja; yo te quiero, Patricia, y no haré nada a lo que tú no estés dispuesta.

—Tú deseas que lo hagamos, ¿verdad? Te gusta mucho el dinero y aquí hay mucha plata que ganar.

—Insisto en que haré lo que tú decidas. Me importas mucho más que ese millón de euros.

Patricia se dirigió a la ventana y contempló el cielo nublado de París. Amaba a aquel hombre y había dejado todo por él: familia, amigos, trabajo. Había delinquido y se había convertido en una traficante de obras de arte porque lo amaba y quería compartir con él su vida. Y ya no había forma de echar marcha atrás.

—Lo haremos.

—¿Estás completamente segura?

—Lo haremos —reiteró Patricia.

Diego llamó a Roman, que regresó a la sala.

—Trato hecho —dijo Patricia, que ofreció, ahora sí, su mano a Roman, quien la estrechó y luego hizo lo propio con la de Diego.

—Medio millón ahora y el otro medio cuando le entreguemos el Códice. Puede ingresarlo en esta cuenta de ese banco de Ginebra. —Diego escribió el nombre del banco y una serie de números en una tarjeta que entregó a Jacques Roman.

—En un par de días dispondrán de la transferencia en su cuenta.

—En ese caso nos pondremos a trabajar de inmediato. ¿Podemos hablar con su contacto en Santiago?

—Sí, pero tendrá que ser en persona, quizá en Madrid. Comprenderán que no puede arriesgarse a cometer el mínimo error. Yo los citaré en un lugar de esa ciudad dentro de una semana y él les explicará los pasos a seguir para sacar el Códice del archivo. El resto es cosa suya. No es preciso decirles que eviten dar cualquier pista por teléfono. Cuando hablen de este asunto jamás deben mencionar los nombres de Galicia, de Santiago de Compostela o del Códice Calixtino. ¿Están de acuerdo?

—Conforme —asentó Patricia.

—¿Cómo se llama su contacto en Santiago? —preguntó Diego.

—Su nombre, para ustedes, será el Peregrino.

—¿Nada más?

—No es necesario ningún otro dato. Guarden esos documentos y pónganse a trabajar, la operación tendrá lugar el viernes 1 de julio.

—¿Por qué ese día?

—Porque el Peregrino se marcha ese mismo día de vacaciones.

Antes de despedirse, Jacques Roman les hizo un extraño comentario.

—Ya habrán escuchado las noticias: en Somalia se ha desencadenado una hambruna terrible. Eso significa que se ha roto el primer sello. Si recuerdan el libro del Apocalipsis de san Juan, tras la ruptura del primer sello se liberará un caballo blanco montado por un jinete coronado y armado con un arco: es el hambre. Pues ya se está extendiendo por el mundo; el desenlace final ha comenzado.

—¿Qué quiere usted decir con eso? —se inquietó Patricia.

—A su debido tiempo, señorita, todo a su debido tiempo.

Esa misma tarde Patricia y Diego regresaron a su casa frente al lago Lemán en Ginebra. Llovía. Al bajar del taxi que los condujo desde el aeropuerto olieron a hierba fresca y a tierra mojada, y se sintieron confortados.

Tomaron una taza de mate y un sándwich de queso y encendieron el ordenador. Tras unos segundos de espera teclearon en un buscador «Plano de Santiago de Compostela» y al instante el servidor de Internet les mostró varias direcciones. Abrieron una de ellas y en la pantalla apareció el mapa de la capital de Galicia. Imprimieron dos copias y luego buscaron un plano de la catedral. Lo encontraron en la página oficial del templo, uno de muy buena traza con las diferentes etapas constructivas marcadas en diversos colores. La leyenda estaba en gallego pero los argentinos la entendieron perfectamente. Imprimieron otras dos copias.

—Un templo románico perfecto —dijo Patricia—. Todavía lo recuerdo de la asignatura de arte medieval europeo. Esa iglesia era el destino de la ruta de peregrinaje más transitada por los cristianos en Europa durante la Edad Media.

—Su plano se copió del de San Saturnino de Toulouse: planta de cruz latina de tres naves con amplio crucero también de tres naves y girola simple. Trazado con la relación 1 a 2: la anchura de la nave central es el doble que las laterales, así como sus alturas; siempre la relación 1 a 2; la unidad y la dualidad propias del románico. Mira, aquí está el archivo.

Diego señaló en el plano unas dependencias en el ala oeste del claustro, que se asomaba a la plaza del Hospital, también llamada del Obradoiro, a la derecha de un observador que estuviera contemplando la fachada barroca de la catedral desde el centro de esa plaza. Luego acudieron al plano de la ciudad.

—La catedral se encuentra en la zona norte de lo que, por la trama de las calles, parece el casco antiguo. Imagino que el acceso con coche será complicado.

—No demasiado; mira, a escasos metros de la catedral hay un par de estacionamientos públicos. —Diego señaló el icono internacional que indica la existencia de un aparcamiento de automóviles.— Eso nos facilitará la salida en caso de que decidamos utilizar un automóvil.

—¿Sabes dónde nos hemos metido? —Patricia parecía intranquila.

—No somos novatos en esto; llevamos ya varios años sumergidos hasta el cuello en este «negocio».

—Pero hasta ahora nos habíamos limitado a dar salida a obras robadas por otros. Esto es distinto y entraña mucho más riesgo: ahora se trata de que nosotros mismos seamos los ladrones, y carecemos de experiencia.

—Hablemos con ese tipo de Santiago y veamos qué nos propone, porque ya no hay marcha atrás.

—No podemos confiar en él; ni siquiera sabemos quién es —repuso Patricia.

—Si Jacques Roman lo ha fichado es que está convencido de que el Peregrino sabrá bien qué hacer en este asunto. Ese tipo nunca da un paso sin estar seguro de cuál va a ser el siguiente.

—Estabas muy callado en el viaje de vuelta desde París. ¿En qué estabas pensando?

—En el plan para sacar ese Códice de Compostela.

—No me refería a eso, sino respecto a nosotros.

Patricia se acercó a Diego; le gustaba sentirse abrazada por su amado y contemplar su sonrisa amplia y su rostro amable.

—Cuando decidimos optar por este modo de vida, ambos sabíamos que renunciábamos a muchas cosas, Patricia: a una vida normal, a una familia normal, a unos amigos normales... Y cuando optamos por instalarnos en Suiza éramos conscientes de que estaríamos solos tú y yo, nada más. Sólo te tengo a ti, y tú sólo me tienes a mí. Y no podemos confiar en nadie más, porque en este trabajo no existen amigos, sólo clientes.

—Lo sé, y lo asumo, pero hay días en que echo de menos algunas de las cosas que hacíamos antes: aquellos paseos por Buenos Aires, las cenas en ese precioso restaurante de la avenida Corrientes, una copa junto al puerto... esas pequeñas cosas.

Diego acarició la melena morena de Patricia y la besó en los labios. Le debía mucho a esa mujer, que había dejado todo por seguirlo.

Dos días después de su viaje a París la cuenta de los dos argentinos en su banco de Ginebra había aumentado en medio millón de euros. La transferencia se había gestionado desde una oficina bancaria de las Islas Caimán, un paraíso fiscal en el Caribe bajo bandera británica, por orden de una compañía de seguros domiciliada en el despacho de una firma de abogados en la localidad de Hicksville, Long Island, Estados Unidos, a unos pocos kilómetros de Nueva York.

Esa misma tarde sonó el teléfono móvil de Diego.

—¿Señor Martínez? —El argentino reconoció de inmediato la voz profunda de Jacques Roman.

—La transferencia se ha realizado correctamente —comentó Diego.

—¿Ya se han puesto a ello?

—Lo hicimos la misma noche que regresamos de París.

—Bien. Ahora escuche con atención: la semana que viene tienen que viajar a Madrid. Instálense en un hotel cómodo y discreto, y acudan a las doce en punto del mediodía del miércoles a la plaza de Colón. Está muy céntrica, junto a la Biblioteca Nacional. Allí hay una enorme bandera de España ondeando desde lo alto de un mástil gigantesco. Al pie de éste, a esa hora, los esperará el Peregrino. Él les contará cuanto deben saber —explicó Roman.

—¿Cómo lo identificaremos?

—No se preocupen por eso; él sabrá reconocerlos a ustedes.

—¿Eso es todo?

—Es suficiente. Que tengan un buen viaje.

Roman colgó el teléfono.

Diego se quedó mirando la pantalla luminosa de su móvil.

—La próxima semana nos vamos a Madrid —le comentó a Patricia, que estaba preparando una ensalada y unos filetes—. El Peregrino nos esperará al pie de una gran bandera que ondea en una plaza del centro de la ciudad.

—¿La plaza de Colón? —preguntó Patricia.

—Sí, ¿cómo lo sabes?

—Me fijé en esa bandera cuando visitamos Madrid. Me llamó la atención que los españoles, tan poco dados a ese tipo de manifestaciones patrióticas, hubieran ubicado semejante banderón en una de las principales plazas de su capital. ¿Recuerdas?, fue en la visita que hicimos cuando ese historiador uruguayo que vivía en Argentina nos propuso intermediar en la venta de aquellos ocho mapas de la *Cosmografía* de Ptolomeo, los que robó en la Biblioteca Nacional de España arrancándolos de una edición de 1482 mientras simulaba estar realizando una investigación —dijo Patricia.

—¡Oh!, sí, sí. Ese tipo era un pardillo que no consiguió nada. Lo pillaron enseguida.

—La directora de la biblioteca tuvo que dimitir; se armó una buena en España por aquello.

—Los españoles sólo se acuerdan de su patrimonio cultural cuando lo pierden —asentó Diego.

Contrataron por Internet un hotel cerca del parque del Retiro, a cinco minutos caminando de la plaza de Colón. El miércoles indicado por Jacques Roman estaban bajo el mástil de la enorme bandera. Hacía calor, mucho calor para esas fechas, avanzada ya la primavera. En la plaza apenas había gente a esas horas del tórrido mediodía madrileño. Un grupo de una docena de jóvenes, que parecían turistas nórdicos por su aspecto, descansaba a la sombra; una pareja de novios se hacía fotos en los jardines y tres ancianos conversaban sentados en uno de los escasos bancos.

Se acercaron al mástil pero allí no había nadie. Miraron a su alrededor intentando localizar a alguien que pudiera ser el misterioso Peregrino, pero ninguna persona se acercó a ellos. Esperaron un rato. Diego miró su reloj: su Omega Constellation de acero marcaba las doce horas y quince minutos.

—Se retrasa demasiado.

—Tal vez no haya podido venir —supuso Patricia al contemplar la cara de circunstancias de su pareja, pues sabía bien que una de las manías de Diego era la puntualidad.

—El Peregrino, menudo apodo para un ladrón de códices.

—Tratándose de Santiago de Compostela, me parece el más adecuado.

—¿Cuánto tiempo crees que deberíamos esperar?

—Hasta que aparezca. Si hubiera suspendido su viaje desde Santiago, Jacques Roman nos hubiera avisado —comentó Patricia.

A las doce y veinte sonó el móvil de Diego.

—¿Dígame?

—Caminen hacia el Retiro, por la calle de Serrano, y accedan al parque desde la glorieta de la puerta de Alcalá.

—¿Quién es usted?

—Hagan lo que les digo.

La llamada de teléfono se cortó.

—¿Quién era? —preguntó Patricia.

—Creo que el Peregrino. Me ha dicho que vayamos al parque del Retiro por la calle de Serrano. —Diego consultó el plano de Madrid en su Blackberry—. Es ésa de ahí.

Los dos argentinos recorrieron el último tramo de la calle de Serrano, por la acera del Museo Arqueológico Nacional, hasta llegar a la glorieta de la puerta de Alcalá, uno de los iconos de la ciudad de Madrid. Justo al otro lado observaron la entrada al parque.

—¿Y ahora, qué hacemos? —preguntó Patricia.

—No tengo la menor idea. Imagino que esperar aquí; ese tipo que acaba de llamar querrá cerciorarse de que estamos solos, supongo. Probablemente nos estará observando desde algún lugar cercano.

Atravesaron la puerta del Retiro y avanzaron unos pasos. Se encontraban al comienzo de la avenida de México, que lleva directamente hasta el gran estanque del parque. Se detuvieron, miraron a su alrededor y en ese momento volvió a sonar el móvil de Diego.

—¿Dígame?

—Vayan al estanque y alquilen una barca.

—Oiga, ¿a qué está jugando?

—No discuta, por favor.

La línea volvió a cortarse.

—¡Maldita sea! El Peregrino, si es que es él quien llama, nos va a marear; ahora quiere que montemos en barca.

—Pues vayamos a ello, no tenemos otra opción.

Estaban a punto de subir a la pequeña embarcación cuando un tipo bajito y delgado, con gafas de sol y sombrero, se colocó a su lado; bajo el brazo llevaba un portafolios.

—Sería un placer dar un paseo en barca con ustedes —les propuso.

Diego observó al hombrecillo y no le cupo duda de que era el Peregrino.

Los dos argentinos y aquel extraño individuo montaron en la barca. Diego tomó los remos y comenzó a bogar.

—Diríjase hacia el centro del estanque, por favor —le indicó el Peregrino.

Diego dejó de remar cuando alcanzó la zona central del pequeño lago artificial.

—Lo escuchamos con atención, señor —dijo Patricia.

El Peregrino abrió el portafolios y sacó unos papeles.

—Éste es un plano de la catedral de Santiago y de sus dependencias anexas, con especial detalle en la zona del archivo. Los puntos rojos señalan la ubicación de las veinte cámaras de seguridad de que dispone el sistema de vigilancia por vídeo, cinco de ellas en las salas del archivo. Se mantienen encendidas las veinticuatro horas del día, pero sólo almacenan imágenes de las últimas cuarenta y ocho, porque cada día, si no se registran incidencias, se borran las imágenes anteriores a ese período. El punto verde señala el lugar de ubicación de la estancia donde se guarda el Códice Calixtino y ese trazo en el mismo color indica el recorrido para llegar hasta ahí.

—¿Existen sensores de movimiento en esa sala? —demandó Diego.

—No, y tampoco los hay en el resto del archivo; sólo dispone de las cámaras de vídeo.

—¿Cómo podremos evitarlas? —preguntó Patricia.

—No será necesario.

—¿Las va a inutilizar?

—No. Ya les he dicho que únicamente retienen imágenes grabadas cuarenta y ocho horas antes. Ustedes retirarán el Códice con tiempo suficiente como para que las imágenes grabadas ese día ya no se conserven en el ordenador.

—No lo entiendo —dijo Diego.

—Ustedes se apoderarán del Códice el viernes 1 de julio, a última hora de la mañana, pero nadie se dará cuenta de su desaparición hasta el lunes 4 de julio, como muy pronto. El operario del sistema de grabación no trabaja ni el sábado ni el domingo. Si no hay ninguna incidencia, todas las imágenes grabadas antes del sábado día 2 se borrarán el lunes a las 9 de la mañana. Por tanto, si alguna cámara recoge su paso por las salas durante el viernes, esa imagen ya no existirá el lunes siguiente.

—¿Cómo conseguirá usted que la desaparición del Códice pase desapercibida durante esos tres días? —le preguntó Patricia.

—El Códice nunca sale de la sala donde lo guardan y apenas se mueve de su sitio. En lo que va de año sólo se ha mostrado en una ocasión a unos funcionarios del Ministerio de Cultura; a veces pasan varias semanas sin que nadie lo vea. Se custodia en un armario, sobre un cojín y cubierto con un tapete —indicó el Peregrino.

—En París nos explicaron el plan para hacernos con el Códice. Parecía muy sencillo: vamos a Santiago, entramos en el archivo de la catedral, abrimos la sala de seguridad, luego el armario donde se guarda el Códice, nos lo llevamos y... ¿ya está? —ironizó Patricia.

—En efecto. Les parecerá extraño, pero será así de simple —asentó el Peregrino.

—Explíquese, por favor —le pidió Diego.

—Las únicas medidas de seguridad con que cuenta el archivo son esas cinco cámaras de vídeo, las puertas y la estancia de seguridad donde están depositados los manuscritos más valiosos de la catedral. Hace ya dos años que estoy preparando este trabajo y lo he previsto todo. Escuchen con atención.

El Peregrino fue detallándoles paso a paso el plan que había ideado para la sustracción del Calixtino.

—Tal como usted lo explica, todavía parece más simple —comentó Patricia tras la precisa exposición del Peregrino, apoyada en los planos del archivo.

—Lo es.

—¿Por qué lo hace? —le preguntó Diego.

—Por lo mismo que ustedes, supongo: por dinero.

—Si el robo puede perpetrarse con tanta facilidad, nosotros no hacemos falta. Podría llevarlo a cabo usted solo y ganaría mucho más.

—Perdone —el Peregrino interrumpió a Diego—, no se trata de un robo, sino de un hurto. En nuestro Código Penal existe una clara diferencia entre esos dos delitos. El robo implica violencia y uso de la fuerza para sustraer un bien o una propiedad y está penado con más dureza; en el caso del hurto no existe ni violencia ni fuerza, y la pena máxima se reduce a cinco años, tal vez tres. En caso de que te descubran y demuestren tu culpabilidad pueden caerte esos años, y con buen comportamiento y un buen abogado en menos de un año estás en la calle con la condicional.

—Decía —continuó Diego— que si el hurto se produce con semejante limpieza, sin forzar puertas ni ventanas y sin violencia alguna, la policía supondrá de inmediato que alguien relacionado directamente con el archivo ha tenido algo que ver en ello. En ese caso, ¿cuánta gente resultaría sospechosa?

—Más de cincuenta personas.

—¿Y cuántas de ellas poseen llave de la cámara de seguridad?

—Sólo tres: el deán, un archivero y un canónigo.

—Eso reduce mucho el número de posibles colaboradores internos. La policía lo tendrá demasiado fácil. Imagino que usted es uno de esos tres.

El Peregrino esbozó una sonrisa.

—No.

—Entonces no lo entiendo. El plan que nos ha expuesto y el que vimos en París habla de que dispondremos de una llave de la puerta blindada —dijo Patricia.

El Peregrino introdujo la mano en su bolsillo, sacó un estuchito de cuero, el de sus gafas de sol, lo abrió y les mostró una llave.

—Ésta es la cuarta llave. Ahora sólo ustedes y yo sabemos que existe.

—¿Está usted seguro?

—Completamente. Y ahora debo regresar a Santiago, mi avión sale a primera hora de la tarde. Volveremos a vernos.

—¿Cuándo?

—Yo los llamaré. Entre tanto estudien bien esos papeles y recuerden cuanto les he dicho. Y no olviden presentarse en Santiago el viernes 1 de julio. Les recomiendo que reserven ya un hotel; este año celebramos el octavo centenario de la consagración de la catedral y, aunque no es año santo, habrá más turistas que de costumbre.

Diego remó hacia el embarcadero.

—¿Conoce usted a quien paga todo esto y cuáles son sus motivos para llevar a cabo este trabajo? —le preguntó Patricia.

El Peregrino miró a la argentina a través de los cristales verde oscuro de sus gafas de sol.

—No lo necesito.

—Pero...

—Lo siento, el avión no espera.

El Peregrino bajó de la barca y se alejó con pasos presurosos.

—¿Qué opinas? —le preguntó Diego a Patricia.

—Que ese tipo no está en este negocio por la plata. Cuando le he sugerido que podría ganar más dinero sin nuestro concurso, se ha ido por las ramas.

—Eso mismo he pensado yo. Bueno, de momento no podemos hacer otra cosa que estudiar estos papeles y preparar el trabajo.

—Vamos a Santiago —dijo de pronto Patricia.

—¿Ahora?

—Mañana si es posible.

—Tenemos cerrado el viaje de regreso a Ginebra.

—Podemos cambiar el billete.

—De acuerdo.

El vuelo procedente de Madrid aterrizó puntual en el aeropuerto de Santiago a las 19.40 horas. Los dos argentinos tomaron un taxi y se dirigieron al hotel Palacio del Carmen, un cinco estrellas ubicado al sur de la ciudad, a poco más de diez minutos de la catedral.

Tras registrarse y solicitar en recepción información sobre un buen restaurante para cenar, se dirigieron a la plaza del Hospital. Anochecía. El centro de la plaza estaba ocupado por decenas de tiendas de campaña. No se sorprendieron por ello. Por los informativos de la televisión suiza y de los canales internacionales sabían que en numerosas ciudades de España se había generado un movimiento social llamado 15M que había canalizado las protestas de mucha gente indignada por la situación política y económica del país y que demandaba una democracia real.

Atravesaron la plaza entre las tiendas de campaña y contemplaron la fachada barroca de la catedral, llamada del Obradoiro. Les llamó la atención que sobre el templo revoloteaban en círculo bandadas de pájaros blancos.

—Todas las noches están ahí —sonó una voz a su espalda.

Los argentinos se volvieron y contemplaron a uno de los indignados. Era un joven de unos veinticinco años, alto, delgado, con el pelo largo recogido en varias trenzas que sobresalían bajo una gorra de lana multicolor.

—¿Qué tipo de aves son? —le preguntó Patricia.

—Gaviotas —respondió el joven—. También están indignadas, como nosotros.

Las gaviotas giraban en torno a la catedral en círculos concéntricos, como si su vuelo respondiera a un plan perfectamente diseñado.

—¿Y qué hacen esas gaviotas ahí? —preguntó Diego.

—Vienen todas las noches. Supongo que las atrae la luz que ilumina la catedral.

Centenares de gaviotas revoloteaban sobre el templo del apóstol. La luz de los focos que escapaba hacia el espacio se reflejaba en sus plumas y les confería un aspecto fantástico, como etéreas cruces blancas flotando sobre el cielo nocturno de Santiago bajo una bóveda oscura y lúgubre.

Cenaron en el estupendo restaurante que les habían recomendado en la recepción de su hotel, un moderno y nuevo local ubicado tras la catedral, en una sala que se abría a un escalonado y elegante jardín privado decorado con una sencillez y sutileza que recordaba al minimalismo de inspiración oriental.

—Tengo dudas —comentó Patricia.

En el pequeño comedor sólo había otra pareja, lo suficientemente alejada como para que no escuchara la conversación de los dos argentinos.

—No eres la única —le dijo Diego.

—No creo que Jacques Roman quiera el... —Patricia omitió la palabra «códice»— como mero capricho de coleccionista.

—Bueno, nos confesó que había algo oculto en ese... —Diego también evitó pronunciarla.

—Tú te especializaste en iconografía; si existe alguna clave, darás con ella.

—Para ello debería verlo.

—Existe una magnífica edición facsímil. Lo he consultado en Internet. Se imprimieron mil ejemplares en 1993; uno de ellos, numerado con el 1, se lo regalaron al rey de España. Lo venden en la tienda de la catedral a dos mil cuatrocientos euros. Mañana lo compraremos. Tal vez nos venga bien disponer de la factura de compra de uno de esos ejemplares.

—Eso son algo más de tres mil dólares —calculó Patricia.

—Unos tres mil trescientos al cambio actual.

—¿Llevas encima tanto dinero?

—No.

—¿No pensarás comprarlo con tarjeta de crédito?

—Claro que no. Sacaremos dinero de varios cajeros con nuestras tarjetas y lo pagaremos en efectivo.

La cena fue magnífica; Galicia nunca suele defraudar en cuestiones gastronómicas.

A la mañana siguiente se acercaron a la catedral tras pasar por varios cajeros automáticos, de los que sacaron los dos mil cuatrocientos euros que costaba el facsímil. En la plaza seguían instaladas las tiendas de campaña de los indignados, a pesar de que algunos políticos amenazaban con utilizar a la policía para desalojarlos, alegando que se acercaban las elecciones municipales y la presencia de aquellas gentes en plena calle podría alterar la tranquilidad necesaria para desarrollar la campaña electoral y las votaciones.

Como dos turistas más visitaron la catedral, y lamentaron no poder ver buena parte del Pórtico de la Gloria porque estaba cubierto por andamios en su proceso de restauración. Tras recorrer las naves románicas del templo se dirigieron al archivo.

Ambos habían memorizado las cuatro plantas del ala oeste del claustro, donde, en varias salas, se ubicaban la biblioteca y el archivo, además de una zona que albergaba un pequeño museo.

Comprobaron, tal cual les había dicho el Peregrino en el estanque del Retiro madrileño, que las medidas de seguridad eran escasas y que cualquier ladrón profesional de obras de arte —y conocían a los mejores porque habían trabajado con muchos de ellos—, no tendría demasiados problemas en inutilizar los sistemas de alarma. Otra cuestión era entrar en esa zona de la catedral y marcharse de allí con el Códice bajo el brazo a plena luz del día y en horas de máxima afluencia de visitantes como si tal cosa, del modo en que les había propuesto el Peregrino.

El más exagerado guionista de Hollywood hubiera imaginado el robo a partir de una acción impactante: varios especialistas lanzándose en paracaídas sobre los tejados de la catedral y accediendo con un sofisticado equipo electrónico a la estancia de seguridad donde se guardaban los códices más valiosos, para escapar después colgados de un cable a un helicóptero, y todos ellos provistos de una espectacular vestimenta paramilitar, con cascos equipados con gafas de visión nocturna, inhibidores de frecuencia y fusiles automáticos con rayos láser.

Pero el plan que les había revelado el Peregrino era mucho más sencillo: entrar en el archivo, coger el Códice y salir con él.

Recorrieron las estancias del archivo y fueron grabando en su memoria cada espacio, cada pasillo, cada sala. En un plano turístico llevaban marcados los puntos donde se ubicaban las cámaras de vigilancia que les había revelado el Peregrino, y comprobaron la precisión de cada uno de los detalles del informe que les había entregado en Madrid.

—Ese tipo ha hecho un buen trabajo —le comentó Diego a Patricia.

—Así es. Todo lo que nos ha comentado está en su sitio exacto.

Tras recorrer el archivo y comprobar la ubicación de la estancia de seguridad donde se custodiaba el Códice y la ruta de acceso, se dirigieron a la tienda de la catedral.

Echaron un vistazo sobre los productos expuestos y al fin Diego se dirigió a una joven que atendía las ventas.

—Buenos días —le dijo intentando disimular su acento argentino—. Estoy interesado en el facsímil del Códice Calixtino, la edición de 1993. ¿Podría verlo?

—¿Desea usted comprarlo?

—Si me convence la calidad de la reproducción, sí.

—Ha sido realizado por una de las mejores empresas españolas en la edición facsímil de manuscritos medievales. Aguarde un instante, por favor.

La dependienta regresó con un ejemplar y se lo enseñó a Diego. El argentino pasó con cuidado las hojas del facsímil y se mostró interesado en la calidad de las ilustraciones miniadas.

—Magnífico. Me lo quedo.

La dependienta puso cara de cierta sorpresa.

—¿Va a pagarlo con tarjeta?

—No, en efectivo; y necesitaré factura.

—Claro, claro. Son... dos mil cuatrocientos euros.

Diego sacó de su bolsillo un buen fajo de billetes de cincuenta euros y los contó delante de la empleada.

—... cuarenta y siete y cuarenta ocho. Aquí tiene: dos mil cuatrocientos euros. Imagino que las cubiertas también son copia fidedigna del original.

—Por supuesto, señor. Toda la reproducción se ha cuidado al máximo detalle. ¿A qué nombre desea la factura?

—Al de mi empresa: Historia y Arte, S. L., avenida Diagonal, 519, 08029, Barcelona. CIF: B19052011.

La dependienta cumplimentó la factura con los datos falsos proporcionados por Diego.

—Aquí tiene, y también el certificado de la empresa que lo ha editado; cada ejemplar está numerado. Muchas gracias por su compra, señor.

—Gracias a usted. ¡Ah!, imagino que tendrá garantía.

—¿Cómo dice?

—Garantía, por si me veo obligado a devolverlo.

—Sí, claro. Dispone de quince días para hacerlo, pero deberá estar en perfectas condiciones.

—Gracias de nuevo.

En la habitación del hotel, Diego y Patricia abrieron el envoltorio que contenía el facsímil. Encuadernado en piel marrón oscura marcada con una retícula de rombos, se trataba de un libro de dimensiones medianas, de casi treinta centímetros de alto por veintiuno de ancho y doscientos veinte folios en pergamino.

—Es una muy buena reproducción —comentó Patricia.

—Llegará un momento en que las copias de obras de arte serán tan similares a las originales que casi resultará imposible diferenciarlas. Bien, regresemos a Ginebra.

—Sí. Tenemos mucho trabajo por delante.

—¿No te arrepientes? —le preguntó Diego.

—Ya está decidido; haremos este trabajo y correremos los riesgos...

—No me refiero a lo que vamos a robar, sino a nosotros dos.

—¿Quieres decir que si no me arrepiento de haberte seguido hasta aquí?

—Sí.

—Pues no, no me arrepiento de haber dejado Argentina ni mi trabajo en aquella galería de arte por estar a tu lado.

—Pero somos delincuentes; nunca podremos desarrollar una vida normal.

—Lo sé; entiendo que jamás construiremos una familia como las que crearon nuestros padres y que nuestro futuro siempre estará marcado por la incertidumbre y la falta de planes más allá de un par de meses, pero confío en que, a tu lado, pueda superar todas esas carencias. Hasta ahora lo he conseguido.

—¿Y si alguna vez te asaltaran las dudas? —le preguntó Diego.

—No he dejado de dudar un solo momento desde que te conozco, pero me he acostumbrado a vivir en la inseguridad; para mí, lo extraordinario se ha convertido ya en lo habitual.

—Espero que no me dejes nunca.

—Ni siquiera lo intentaré, creo que estamos atados el uno al otro para siempre.

SEGUNDO SELLO

UN CABALLO ROJO MONTADO POR UN JINETE ARMADO CON ESPADA: LA GUERRA

El negocio de obras de arte y de antigüedades movía muchísimo dinero en todo el mundo; miles de dólares, euros, francos suizos o libras pasaban cada día de mano en mano a través de una compleja cadena de ladrones, estafadores, galeristas y anticuarios sin escrúpulos, falsificadores, traficantes, tasadores, peritos en arte, compradores y vendedores, en la que no faltaban policías, funcionarios y jueces corruptos.

El arte y las antigüedades se habían convertido en un magnífico recurso para blanquear el dinero obtenido en negocios sucios como el tráfico de drogas, la venta de armas, la trata de blancas o incluso la corrupción política y empresarial. Los ricos empresarios que compraban arte en las galerías legales lo hacían a nombre de sus compañías para disminuir sus beneficios y pagar menos impuestos, o como inversión, sin que les importara lo más mínimo la calidad de las obras adquiridas, sino simplemente su cotización en el mercado.

La enorme cantidad de dinero negro procedente del negocio inmobiliario que se había movido en la costa mediterránea española había producido tantos beneficios que la localidad de Marbella, en el sur de España, se convirtió en uno de los principales centros de compra de antigüedades y de obras de arte de dudosa procedencia para constructores y políticos corruptos; algunos de ellos demostraron tan mal gusto que, tras una inspección policial, se encontraron obras de Picasso y de Miró colgadas de las paredes de varios cuartos de baño en sus mansiones.

Pero unos pocos compraban antigüedades por los más extraños e increíbles motivos. Entre ellos había fanáticos coleccionistas dispuestos a pagar verdaderas fortunas por un ejemplar único. Si lo que buscaban no se encontraba en el mercado legal, no mostraban el menor inconveniente en acudir a ladrones profesionales capaces de desvalijar el mismísimo Museo Británico si la cantidad ofrecida era lo suficientemente atractiva como para arriesgarse a ello. Y entre esos pocos había un grupo todavía más reducido que buscaba piezas de arte de especial significado.

Uno de esos compradores era Jacques Roman. Rico, elegante, exquisito en las formas y con una elevada cultura, debía su fortuna a un legado familiar por el que había heredado varios inmuebles en el barrio parisino de Le Marais, cerca de la torre de Saint-Jacques. Este edificio, de principios del siglo XVI, es el único resto de la que fuera parroquia de Santiago de París, una iglesia medieval conocida como Saint-Jacques-la-Boucherie por ser la parroquia de los carniceros parisinos en la Baja Edad Media y el Renacimiento. Todas las dependencias del templo habían sido destruidas en 1797, tras ser vendidas durante la Revolución, y sólo la torre se había salvado de la demolición.

Aquella iglesia se había convertido durante siglos en el centro de devoción de los parisinos que hacían el Camino de Santiago, y a ella se dirigían y le ofrecían cuantiosos bienes los que partían hacia Compostela, y de nuevo cuando regresaban felizmente tras haber culminado la peregrinación.

Jacques Roman era un hombre de profundas convicciones religiosas. Nacido en el seno de una familia conservadora y muy creyente, se había educado en la escuela católica de Santa María de París y después había cursado estudios superiores en la Universidad Católica de Lovaina, en Bélgica, donde había entrado en contacto con profesores y alumnos de organizaciones cristianas muy radicalizadas. Ya de regreso a París, hacia mediados de los años setenta, con su título de licenciado en ciencias políticas y morales y varios cursos de teología, había entablado contactos con grupos próximos a monseñor Lefèbvre, un obispo ultraortodoxo que tuvo que ser apartado de su diócesis por el papa a causa de sus constantes ataques a las resoluciones del Concilio Vaticano II y por la negativa a cumplir sus disposiciones doctrinales y rituales, con manifiesta y reiterada desobediencia.

Roman no necesitaba trabajar para vivir. Las rentas que le proporcionaban los alquileres de las viviendas y los locales comerciales de su propiedad en Le Marais le suponían unos ingresos que superaban los cinco millones de euros anuales. La inauguración en 1977 del Centro Nacional de Arte y Cultura Georges Pompidou, ubicado en el barrio donde poseía sus mejores inmuebles, revitalizó esa zona de tal manera que las propiedades de Jacques Roman se revalorizaron muchísimo y sus ingresos aumentaron de forma extraordinaria.

Aquella tarde Patricia y Diego acababan de hacer el amor en su amplio sofá de cuero negro, frente a la chimenea de su casita a orillas del lago Lemán. El mes de mayo estaba muy avanzado, pero todavía seguían encendiendo el fuego mediada la tarde, para caldear la vivienda y respirar el aire tibio con aroma a resina que desprendían los leños al consumirse.

Diego se recostó en el sillón y admiró el cuerpo desnudo de su pareja. Patricia Veri acababa de cumplir los cuarenta años. De estatura mediana, morena, de pelo largo ligeramente ondulado, ojos grandes, brillantes y melados, era una mujer hermosa, en la plenitud de la madurez. De caderas amplias y cuerpo rotundo, emitía un especial atractivo, sobre todo cuando reía y mostraba su boca amplia de labios gruesos y bien perfilados. Sin duda había heredado los rasgos elegantes de su padre, hijo de un emigrante italiano, y la belleza de su madre, nieta de unos emigrantes canarios.

—Jacques Roman es un tipo peculiar —dijo Patricia desde el aseo de la planta baja, mientras se cepillaba el pelo.

—¿Peculiar? —se preguntó Diego.

—Sí. ¿A quién que no fuera peculiar se le ocurriría gastarse más de un millón de euros por un códice robado al que no va a poder darle otra salida que guardarlo en una caja fuerte durante el resto de su vida?

—A un chiflado. En este mundo de los compradores de arte hay muchos de ellos. ¿Recuerdas a aquel empresario japonés de la industria del automóvil que pagó hace unos meses dos millones de dólares por una cáscara de naranja pegada con cola de carpintero sobre un lienzo negro? ¿O al millonario tejano que compró por otro tanto uno de los bocetos desechados de Andy Warhol?

—Jacques Roman no está loco; al menos no lo está tal cual entendemos la locura.

—En ese caso, ¿a qué crees que se debe su obsesión por el Códice Calixtino?

Diego se acercó a Patricia y la besó en el cuello; la argentina olía a un caro y fresco perfume francés.

—Roman es un integrista, uno de esos fanáticos católicos que creen que el mundo camina hacia la deriva y la perdición por haberse olvidado de los ideales cristianos, uno de esos iluminados que están convencidos de haber sido investidos por la gracia de Dios y señalados por el dedo divino para evitar que el pecado reine en el mundo.

—¿Por qué dices eso?

—¿No te fijaste en su casa? Está llena de piezas de arte sacro y de símbolos evangélicos y católicos, aunque todos ellos muy elegantes, nada *kitsch*. Esta mañana he indagado en Internet, y mira lo que he encontrado.

Patricia se vistió con una camiseta y encendió su ordenador portátil. En una carpeta había ido colocando la información que había encontrado sobre Jacques Roman y los grupos católicos integristas franceses.

Abrió uno de los archivos y apareció una foto en la que Roman ocupaba la segunda fila entre una docena de personajes, la mayoría vestidos con sotana y alzacuellos.

—¡Vaya, lo tenemos! —señaló Diego al reconocer a su cliente, el único vestido con traje y corbata entre varios sacerdotes de aspecto ultra—. ¿De qué va esa reunión? ¿Se trata de una convención de antiguos seminaristas preconciliares?

—No. Los que aparecen vestidos como curas tradicionalistas son los cuatro obispos seguidores del obispo Lefèbvre, que fueron apartados de la Iglesia por sus críticas posturas integristas y por su negativa a acatar las resoluciones del Concilio Vaticano II; Juan Pablo II los excomulgó en 1988. He averiguado que el actual papa los exoneró de sus cargos y les permitió reintegrarse al seno de la Iglesia en enero del año 2009. Estos cuatro obispos pertenecen a un colectivo ultracatólico denominado la Fraternidad de san Pío X, fundado por Lefèbvre, aunque en realidad esa organización es una continuación de Sodalitium Pianum.

—¿Sodalitium Pianum? ¿Qué es eso?

—Un grupo fundado en 1907 a iniciativa del papa Pío X para neutralizar los aires de cambio, de modernidad y de progreso que algunos preconizaban en el seno de la Iglesia a comienzos del siglo XX. Esa institución, dirigida directamente desde el papado, existió legalmente hasta 1921, cuando a causa de sus excesos (se dijo que incluso habían llegado hasta el asesinato) fue formalmente disuelta. Pero Sodalitium Pianum no desapareció, sino que continuó operando a la sombra del poder del Vaticano, en esta nueva etapa de manera clandestina, aunque consentida por los poderes pontificios. Sus miembros eran demasiado poderosos como para ser eliminados de un plumazo, pues controlaban los servicios secretos del Estado vaticano.

»Esta gente siempre ha gozado de un enorme poder. En los últimos cinco siglos de la historia de la Iglesia sólo dos papas han sido proclamados santos: Pío V, que es quien creó los primeros servicios secretos organizados del Vaticano, en el siglo XVI, y curiosamente Pío X, papa entre 1903 y 1914, fundador de Sodalitium y que condenó el movimiento del Modernismo en la Iglesia mediante una encíclica. ¿No te parece extraño que los dos únicos papas proclamados santos en los últimos cinco siglos hayan sido los responsables de poner en marcha los servicios secretos del Vaticano?

»En Francia se estableció una de las secciones más fuertes de Sodalitium; se llamó La Sapinière, "el abetal", en referencia al abeto, su árbol emblemático. Su misión era evitar que los movimientos reformistas lograran dar a la Iglesia francesa un giro hacia la modernidad. La Sapinière todavía existe y creo que Jacques Roman es uno de sus miembros más activos.

—¿Quieres decir que Roman está empeñado en robar el Códice Calixtino por una cuestión, digamos de... fe?

—No lo sé, pero estoy convencida de que ese hombre no busca en el Códice ningún beneficio personal, y desde luego tampoco lo quiere para contemplarlo ensimismado en la soledad de su salón. Mira —Patricia señaló en la foto de la pantalla del ordenador a uno de los cuatro prelados lefebvristas—; éste es el obispo británico Richard Williamson, un declarado antisemita que ha negado públicamente la existencia del Holocausto que cometieron los nazis y que considera que las mujeres no tienen derecho a recibir educación superior.

—Una joya antediluviana —repuso Diego.

—Los demás no le andan a la zaga. Y ahí, tras ellos, está nuestro cliente. ¿Te queda ahora alguna duda de que el tipo que nos ha adelantado medio millón de euros por robar un manuscrito medieval tiene importantes motivos, más allá de los económicos o los personales, para apoderarse de ese Códice?

—Creo que estás extrayendo conclusiones demasiado deprisa. Que Jaques Roman sea un católico recalcitrante, conservador y rancio en sus creencias no lo elimina como coleccionista privado de manuscritos medievales. Tal vez desee hacerse con el Calixtino por puro placer o porque se llama Jacques, es decir, Santiago en español, y crea ser una especie de álter ego del apóstol, o de uno de sus discípulos, o quién sabe qué demonios pasa por su cabeza. El mundo está lleno de orates que se creen la reencarnación del mismísimo Jesucristo; a lo mejor Jacques Roman es uno de ellos.

—No. Hay algo mucho más complejo. El mismo Roman lo dejó caer cuando nos entrevistamos con él en París hace unos días. Estoy convencida de que bajo todo este asunto subyace una cuestión trascendental para ese grupo de gente.

—Somos historiadores; vayamos al facsímil del manuscrito que compramos en Santiago y veamos qué podemos sacar de él.

Durante una semana los dos historiadores del arte reconvertidos en traficantes de antigüedades dieron vueltas y vueltas a las ilustraciones del facsímil del Códice Calixtino que habían adquirido en Compostela, a los cinco libros y a los dos apéndices que contenía y a cada una de las ilustraciones y de las treinta y cuatro líneas de cada uno de los doscientos veinticinco folios del texto.

—Año 1120. Diego Gelmírez, obispo de Compostela, consigue que el papa Calixto II eleve su diócesis a la categoría de archidiócesis y a él le confiera la dignidad de arzobispo. En esos años Santiago de Compostela era el centro de peregrinación más frecuentado de la cristiandad, por encima aún de la propia Roma y de la mismísima Jerusalén, que en esa fecha ya llevaba veinte años en manos cristianas tras haber sido conquistada a los musulmanes en la Primera Cruzada. Había un gran eje cristiano que unía Jerusalén, Roma y Santiago —explicó Diego.

—Se creía que en Compostela estaba el sepulcro del apóstol Santiago.

—Según una vieja tradición, que no avala la historia, Santiago el Mayor, uno de los doce primeros apóstoles que siguieron a Cristo, evangelizó la provincia romana de Hispania en el año 40. Llegó a la desembocadura del río Ulla, en las costas de Galicia, pero no tuvo éxito en su evangelización y decidió regresar a Jerusalén. Allí fue ejecutado mediante decapitación en el año 44 por orden de Herodes Agripa, tetrarca de Galilea y heredero de Herodes el Grande. Sus discípulos recogieron el cadáver y en una barca lo llevaron de nuevo hasta Galicia, en la costa noroccidental de España, y lo enterraron en Compostela en un sarcófago de mármol.

—Todo eso es un cuento para incautos —comentó Patricia—, una invención de los clérigos de Compostela para convertir su iglesia en un centro de peregrinaje que les proporcionara suculentas donaciones y riquezas.

—Pero un cuento prodigioso en el que creyeron muchas gentes de toda Europa, incluidos papas, reyes y nobles.

—Todos ésos eran los más interesados en mantener la situación que les garantizaba sus privilegios. Vamos, Diego, en Compostela no está enterrado el apóstol Santiago. Y creo que Jacques Roman es un tipo con la suficiente inteligencia como para no creer en esas leyendas para feligreses incautos; otra cosa es que le interese que las tradiciones de la Iglesia sigan manteniéndose así por cuestiones de su fe.

—Nada importa lo que yo o Jacques Roman creamos. Lo evidente es que Compostela, su catedral y su magnetismo están ahí, y llevan más de un milenio atrayendo a peregrinos de medio mundo.

—A cristianos, querrás decir.

—No sólo a cristianos. Los musulmanes consideran a Jesús un gran profeta, a la altura de Abraham y Moisés y sólo por debajo de Mahoma. En la Edad Media también hubo peregrinos musulmanes que visitaron el sepulcro de Santiago en Compostela, e incluso judíos, aunque únicamente fuera para hacer negocios a lo largo del Camino; no olvides que, pese a todo, Santiago era judío, como el mismo Jesucristo. Y hoy visitan Santiago de Compostela muchas personas que no son creyentes. Y no considero que la figura del apóstol sea un imán para ellos.

—¡Claro! —exclamó Patricia de pronto—. ¡Ahí se encuentra la clave, no en el Códice, sino en la figura del apóstol Santiago!

—¿La clave? ¿Qué clave? —se extrañó Diego.

—La que nos puede revelar la obsesión de Jacques Roman por ese manuscrito. Eso es precisamente lo que tenemos que buscar.

—¿Estás segura?

—Por completo.

—¿Y por dónde empezamos?

—Por Santiago, claro.

—Ya hemos estado allí.

—No me refiero a la ciudad, sino al apóstol, a Santiago apóstol, el Santiago el Mayor que citan los Evangelios y los Hechos de los Apóstoles. ¿Tenemos una Biblia?

—Claro. Iré por ella.

Diego la buscó en los estantes de la librería que ocupaba toda una pared del salón. Del libro más impreso, traducido y leído de toda la historia tenían un ejemplar en español, editado en 1970 en Barcelona, con las tapas de plástico rojo.

—Busca a Santiago en el índice onomástico —le indicó Patricia.

—¿Cuál de los dos, el Mayor o el Menor?

—El Mayor, el que dicen que está enterrado en Compostela.

—El Mayor —asintió Diego.

—Ése.

Localizó los versículos del Nuevo Testamento en los que se citaba a ese Santiago y los anotó en una libreta.

Comprobaron que este apóstol aparecía, según esa edición de la Biblia, en tres ocasiones en el Evangelio de san Mateo, en ocho en el de san Marcos, en cinco en el de san Lucas y dos veces en los Hechos de los Apóstoles; en el Evangelio de san Juan no se citaba ni una sola vez y tampoco lo hacía san Pablo en ninguna de sus cartas.

—¿Lo ves? Nada se dice de que este apóstol predicara en España a los pocos años de la muerte de Jesús en la cruz.

Si hubiera sido así, seguro que ese acontecimiento se citaría en los Hechos de los Apóstoles —sonrió Patricia como si hubiera descubierto una gran exclusiva.

—En el Nuevo Testamento, España, mejor dicho Hispania, entonces una provincia del Imperio romano, sólo sale una vez, cuando san Pablo, en su Epístola a los romanos, se refiere a esta provincia romana y muestra su deseo de acudir a evangelizarla en cuanto le sea posible. Pero se trata de san Pablo, no de Santiago.

—Veamos qué dice la Biblia sobre Santiago el Mayor —propuso Patricia—. Estoy convencida de que así es como encontraremos la clave que guía a Jacques Roman.

—Como quieras. Mira, según los tres evangelistas que lo citan, Santiago el Mayor fue hermano de Juan, y ambos eran hijos de un tal Zebedeo. Jesús lo reclutó para su causa tras haberlo hecho con Pedro y Andrés. Todos ellos eran pescadores en el lago Tiberíades, en la zona de la ciudad de Betsaida. Luego... —Diego pasó varias páginas—, aquí: Santiago y Juan fueron apodados por Cristo con el sobrenombre de Boanerges, es decir, «los hijos del trueno», y ambos figuran entre los doce elegidos, los doce primeros apóstoles. Junto con Pedro y Juan, Santiago fue uno de los tres discípulos en los que más confió Cristo a lo largo de toda su vida pública. En las ocasiones importantes sólo permitió que lo acompañasen estos tres, como en el caso de la resurrección de la hija de un tal Jairo, o cuando le preguntaron en privado a la salida del Templo, o en la ascensión al monte Tabor, donde se produjo la Transfiguración (ya sabes, cuando Cristo se convirtió en un ser transparente, como hecho de luz); esos tres fueron los únicos apóstoles que contemplaron la gloria de Jesús en el monte Tabor y oyeron la voz del mismísimo Dios: «Éste es mi Hijo elegido; escuchadlo», como dice el Evangelio de Lucas. Y cuando

Jesús, tras haber celebrado la última cena con sus doce discípulos, se retiró a rezar en el huerto de Getsemaní la noche anterior a su pasión y muerte, sólo consintió a su lado la presencia de Pedro, Santiago el Mayor y Juan, como recogen los Evangelios de Mateo y Marcos.

»Escucha, aquí hay algo relevante: en una ocasión, Santiago y Juan, apoyados por la madre de ambos, le pidieron a Jesús que los colocase a su lado en el cielo, lo que provocó el enfado de los otros diez apóstoles ante lo impetuoso y pretencioso de los hermanos zebedeos, que pretendían ciertos privilegios con respecto al resto de los discípulos. En verdad estos dos eran los más intrépidos, pues hubo una ocasión en la que le preguntaron a Jesús que si deseaba que bajaran fuego desde el cielo para consumir a los que no querían recibirlo en la ciudad de Samaria.

—«Los hijos del trueno»... sí que tenían carácter esos dos. Por cierto, en la mitología escandinava el dios Thor, el portador del martillo mágico Mjöllnir, «el demoledor» en islandés, también es llamado el hijo del trueno; tal vez por eso a los misioneros cristianos les resultó fácil convertir a los vikingos al cristianismo, haciéndoles creer que Santiago era una especie de reencarnación del mismísimo Thor. Y en cierto modo, el martillo de Thor adopta en algunas representaciones una forma que puede recordar a la cruz de Santiago.

—¡Oh! Ya son las nueve y no hemos cenado; debemos de ser los únicos habitantes de esta ciudad que a esta hora todavía no lo han hecho. ¿Te apetece salir a tomar algo? Tal vez esté abierto ese restaurante que tanto te gusta, aquí cerca, en La Gabuile.

—Prefiero quedarme en casa.

—De acuerdo, pero dejemos a Santiago por hoy; mañana continuaremos.

—Creo que vamos a descubrir un enigma.
—¿En el Códice?
—No, en el Nuevo Testamento.
—No seas presuntuosa, Patricia. La Biblia es el texto más leído, comentado y anotado de toda la historia de la humanidad. Hace dos mil años que los más profundos pensadores y los más afamados teólogos vienen reflexionando sobre cada una de sus frases, sobre cada palabra, sobre cada giro...

—Así es, pero creo que unos lo han hecho desde el condicionante de ser cristianos de convicción (lo que les impide analizar lo escrito con mirada imparcial, pues ya tienen preconcebido que Jesús es el hijo de Dios, que resucitó y que la Biblia es Su palabra) y otros han acudido a la Historia Sagrada para intentar demostrar que sus textos no son sino un cúmulo de leyendas y de mitos sin base real. En ambos casos los exegetas de la Biblia la han leído con un criterio apriorístico, predispuestos de antemano a favor o en contra, y eso les ha condicionado la comprensión de la verdad.

—Tal vez tengas razón, pero dejémoslo para mañana y comamos algo; estoy hambriento.

La lluvia los despertó abrazados. Nubes grises cubrían el lago Lemán, que desde la orilla sur parecía un espejo metálico. Diego se levantó de la cama y preparó un par de tazas de mate, huevos revueltos, jamón dulce, mantequilla y tostadas.

Sobre la mesa del salón vio la Biblia que habían estado leyendo la noche anterior. Eran casi las nueve cuando sonó su móvil.

—¿Sí?

—Buenos días, señor Martínez, espero no haberlo despertado.

Diego reconoció de inmediato la voz de Jacques Roman.

—No. Estaba desayunando.

—En ese caso siento la interrupción. Si lo prefiere llamaré más tarde.

—No se preocupe. Usted dirá.

—Ya me han puesto al corriente de su encuentro con el Peregrino, pero su viaje a... fue una temeridad. No era necesario.

—¿Cómo sabe que estuvimos en...?

—No diga nombres.

—De acuerdo, pero ¿cómo se ha enterado?

—Tengo amigos en muchos sitios. Vayan con cuidado y no cometan ningún error, por pequeño que les parezca.

—Estaremos atentos.

—Deben hacerlo, porque el segundo caballo, el rojo montado por un jinete armado con una espada, ya se ha desbocado y se ha roto el segundo sello del Apocalipsis: la guerra.

—¿Cómo?

—En el mundo islámico se ha desencadenado el inicio de la batalla final. En Irak, en Afganistán, en Egipto, ahora en Libia y en Siria: la guerra ha estallado en el mundo musulmán. Y cuando triunfe el caballo rojo en el islam, su ira se extenderá hacia Occidente y serán arrasados pueblos y ciudades.

—Me permitirá que yo no crea en esas profecías tan trágicas —asentó Diego.

—Pues debería hacerlo. Las visiones de los profetas son las señales que Dios nos envía a través de esos hombres elegidos para anunciar las calamidades que precederán al fin del mundo. Y ya son dos los sellos que se han roto: el hambre y la guerra.

—Si usted así lo cree...

—¿Podemos vernos? —preguntó Roman.

—¿En París?

—Sí. Creo que es necesario.

—De acuerdo.

—¿Este jueves?

—Perfecto.

—A mediodía. Almorzaremos en Lapérouse; dispone de salones privados.

—Será un placer.

Patricia se acercó a Diego y lo abrazó por la espalda. Todavía estaba mojada tras la ducha matinal.

—¿Quién era?

—Jacques Roman. No le ha gustado nada que fuéramos a Santiago de Compostela sin avisarle. Además, me ha dicho que se ha roto el segundo sello, el de la guerra, y que nos espera el jueves en París.

—De nuevo el Apocalipsis...

—Está obsesionado con el destino del mundo y con un inmediato final.

—O tal vez quiere confundirnos —supuso Patricia.

—¿Con qué objetivo?

—Con el de mantener el control de este caso y limitar nuestra información a lo estrictamente necesario.

—Esta tarde iremos a Ginebra. Quiero comprar algunos libros sobre la vida de Cristo; debe de haber alguna librería especializada en temas religiosos.

—Imagino que sí. Lo comprobaré en Internet.

Ginebra es ahora una ciudad abierta, moderna y liberal, pero en el siglo XVI fue la patria del reformador Calvino, la comunidad donde triunfó una peculiar manera de entender el cristianismo, basada en la austeridad, el rigor y la severidad. Los calvinistas se habían rebelado contra la Iglesia de Roma y habían denunciado el abuso de los privilegios y riquezas de la jerarquía católica, pero ellos mismos habían llevado a la hoguera al filósofo y médico Miguel Servet por propugnar el libre pensamiento. Un modesto monumento recordaba la memoria del aragonés, que fue ejecutado por orden de Calvino en el año 1553. De aquellos tiempos convulsos apenas quedaba otra cosa que el valor del trabajo, aunque la defensa de la austeridad y de un cierto ascetismo habían quedado atrás desbordados por la acumulación de riquezas de la poderosa y críptica banca suiza.

Dedicaron la tarde a visitar un par de librerías en las que adquirieron media docena de libros, y aprovecharon el buen tiempo para pasear un poco y tomar un café en una terraza de un local de moda frente al lago.

—Deberíamos hacer esto más a menudo, como el resto de las parejas: salir de compras, pasear, tomar un café, conversar de nuestras cosas —comentó Patricia.

—Tienes razón. Casi siempre que hablamos lo hacemos de arte, antigüedades, negocios... Dedicamos poco tiempo a nosotros, y de momento sólo nos tenemos el uno al otro.

—¿Te gustaría volver a Buenos Aires?

—A veces pienso en volver, sí, pero ¿qué haríamos?

—Lo que hemos hecho esta tarde, lo que hacen tantas parejas: hablar de nuestras cosas.

Diego calló. Amaba a Patricia y se encontraba muy bien con ella, pero algo le decía en su interior que aquella mujer no podría, ni querría, vivir siempre así, como dos lobos solitarios, sin amigos, sin familia, siempre atentos y en guardia para no cometer ningún error que pudiera acarrearles una condena por las actividades ilegales que practicaban.

Estaban metidos en una alocada carrera sin salida, cuyo destino sólo conducía a una permanente huida hacia delante.

—Me acabo de hacer un verdadero lío. —Patricia sostenía en sus manos una biografía de Jesucristo, escrita por un afamado teólogo alemán, que habían adquirido la tarde anterior.
—¿Qué te ocurre?
—Este teólogo afirma que no hubo dos Santiagos, sino tres: el Mayor, el Menor y el hermano de Jesús; dice que los dos primeros eran miembros de los doce primeros apóstoles, pero el hermano de Jesús no lo habría sido. Por el contrario, en esta edición de la Biblia de 1970 sólo hay dos entradas con el nombre de Santiago: Santiago el Mayor y Santiago el Menor. Tres o dos, ¿en qué quedamos?
—Averigüémoslo por nosotros mismos, somos historiadores, ¿no?
Acudieron de nuevo a la Biblia y buscaron las alusiones a Santiago el Menor. Este apóstol aparecía tres veces en el Evangelio de san Mateo, cuatro en el de san Marcos, dos en el de san Lucas, cuatro en los Hechos de los Apóstoles, en dos Cartas de san Pablo, en la Epístola de san Judas y, además, en una epístola que se atribuía a su autoría: la carta de Santiago.
En algunas citas del Nuevo Testamento, Santiago el Menor era llamado «el hermano de Jesús» o «el hermano del Señor», y en un par de ocasiones al menos era citado entre los hermanos de Cristo, junto a otros llamados José, Judas y Simón, además de dos hermanas, Salomé y María. Y todos ellos eran conocidos como los «hijos de María», la madre también de Jesús.

—¡Santo cielo, Jesucristo tuvo al menos cuatro hermanos y dos hermanas que también eran hijos de la Virgen María! —exclamó Patricia al leer, en al menos tres ocasiones en voz alta para cerciorarse de que no se equivocaba, los pasajes de los Evangelios de san Mateo y san Marcos, donde no había lugar a duda alguna sobre el parentesco de Jesús y su relación fraternal con algunos de los personajes que circulaban por las páginas del Nuevo Testamento.

—¿No estudiaste Historia Sagrada en la facultad de Buenos Aires? Allí nos dieron cumplidas explicaciones sobre ese parentesco de Jesús.

—Sí, pero nos explicaron que, en este caso, la palabra «hermano» adquiría el amplio significado de «pariente», con un sentido muy genérico; vamos, unos primos poco más o menos, pero de ninguna manera se refería a que fueran hermanos carnales —alegó Patricia—. Pero parece claro que sí lo eran. Según los Evangelios, María tuvo varios hijos, además de Jesús; el problema radica en saber de qué padre eran esos «otros» hijos, entre los que se encuentra este Santiago.

—Santiago el Menor...

—O no. Hay teólogos, como ese alemán que estoy leyendo, que opinan que en el Nuevo Testamento figuran tres Santiagos diferentes: el Mayor, hermano de Juan e hijo de Zebedeo; el Menor, hijo de una tal María y un tal Alfeo, y tal vez hermano del apóstol llamado Judas Tadeo; y el tercero, el Santiago que aparece citado como uno de los hermanos de Jesús e hijo de María, que sería el mismo al que visitó san Pablo cuando realizó sus dos viajes a Jerusalén, que estaba al frente de la comunidad de cristianos de la ciudad; éste sería el Santiago que fue martirizado mediante lapidación en el año 63 por orden del sumo sacerdote hebreo Ananías. ¿Entiendes?

—Creo que sí, pero tal como has dicho, a mí también me parece un verdadero lío.

Patricia tomó un folio en blanco y un lápiz, escribió en el centro el nombre de Santiago el Menor y comenzó a colocar a su alrededor los nombres de los parientes que se citaban en el Nuevo Testamento y su grado de parentesco. Eliminó, por obvias, las citas que se referían a Santiago el Mayor, ya que todas coincidían en que era hijo de Zebedeo y de una tal Salomé y hermano de Juan el apóstol, y el resultado que obtuvo un par de horas después fue sorprendente.

—¡Lo he solucionado, lo he solucionado! —gritó Patricia entusiasmada—. Ha estado ahí, todo el tiempo ha estado ahí, casi dos mil años y nadie se había dado cuenta de ello.

—¿Qué has descubierto? —Diego levantó la vista del plano de la catedral de Santiago, que estaba estudiando minuciosamente para memorizar cada uno de los espacios y del recorrido desde la puerta de acceso a la estancia donde se guardaba el Códice Calixtino.

—¡Sólo hubo dos Santiagos! El Mayor y el Menor; y el Menor es el mismo que se cita como hermano de Jesús y como obispo de Jerusalén. Aquí está, muy claro, en los mismísimos Evangelios canónicos de san Marcos y de san Lucas. En ambos se afirma que Santiago el Menor es hermano de Judas, también llamado Tadeo, y que ambos son hijos de Alfeo y de María. Y algo más: en el Evangelio de san Marcos, Jesús se encuentra en casa de un tal Leví, cobrador de tributos e hijo de Alfeo; bien, ese Leví no es otro que el mismo Santiago, a quien le dice que lo siga como discípulo, y éste así lo hace. ¿Qué hacía Jesús en casa de un cobrador de impuestos? Nada, salvo que fueran parientes. Ese tal Leví, pese a ser uno de los primeros que siguieron a Jesús, no vuelve a aparecer en ninguna parte, de modo que no puede ser otro que Santiago el Menor. Y así es como se entiende que en el Evangelio apócrifo de María Magdalena se cite un apóstol de nombre de Leví que apoya a María ante los ataques y descalificaciones que ella misma sufre por parte de Pedro y de Andrés: se trata de Santiago el Menor. Y el dato definitivo: san Pablo, en la Carta a los gálatas, dice que cuando viajó a Jerusalén para visitar a Pedro no vio a «ningún otro apóstol, salvo a Santiago, el hermano de Jesús», que con Pedro y Juan constituían las columnas de la Iglesia.

—¿Y...?

—Santiago y Jesús eran hermanos, e hijos de María. Y esa María, la esposa de Alfeo, es la Virgen, la madre de Jesús. ¡Ahora encaja todo! Escucha mis conclusiones: Jesús era hijo de María, que ya estaba embarazada cuando se comprometió con el anciano José, viudo y con hijos, un hombre bueno, de la casa del rey David, quien aceptó el matrimonio con una joven soltera de su mismo linaje para evitar que el hijo que llevaba en sus entrañas naciera sin tener un padre conocido, lo que en aquel tiempo la hubiera arrastrado a la prostitución, al destierro o incluso a la muerte por lapidación.

—Pero, según el Evangelio de san Mateo, María y José ya estaban casados cuando ella quedó embarazada, e incluso informa de que José pensó en repudiarla.

—Yo no lo creo así. Existen otros textos en los que José acepta casarse con María a pesar de que ya conocía que estaba encinta. Desde luego, José sabía que el hijo que María llevaba en su vientre no era suyo, y pese a ello siguió adelante con el matrimonio, de manera que para los que no creen en una intervención divina en la concepción de Jesús, lo racional es pensar que José asumió el papel de esposo para salvaguardar el honor de María, una joven de su mismo clan, y evitar que el niño que portaba en su vientre naciera con la mancha de no tener un padre conocido. Lo que nos lleva a la gran pregunta para un ateo: ¿quién fue el padre biológico de Jesús?

—Imagino que lo has deducido.

—Lo he supuesto: Herodes, el rey Herodes el Grande.

—¡No me digas!

—Las profecías auguraban que el Mesías nacería de la estirpe real de Israel. José y su esposa María descendían de la casa del rey David. San Mateo, al comienzo de su Evangelio, y san Lucas en el suyo incluyen una genealogía en la que hacen a José descendiente directo por vía masculina del rey David y del mismísimo Abraham. Mateo establece catorce generaciones desde Abraham hasta David, otras catorce desde David a la deportación de Babilonia y también catorce desde el cautiverio de los judíos en Babilonia hasta el propio Jesucristo; se trata, obviamente, de números cabalísticos. Sabemos que la deportación de los judíos a Mesopotamia se produjo a mediados del siglo VI a. J. C. y que David reinó en el siglo X, de modo que Abraham debió de vivir hacia el siglo XV antes de Cristo.

—En ese caso José, como descendiente de David, también era de sangre real.

—Sí, pero Jesús no era su hijo biológico, y ese inconveniente era conocido por todos, de modo que no podría ser considerado heredero por la sangre de la corona real. Pero si María hubiera sido fertilizada por el rey Herodes el Grande, la profecía que anunciaba la venida de un rey que liberaría al pueblo hebreo tendría todo su sentido para los judíos que creían ciegamente en las predicciones de la Torá.

—Los católicos creen que Jesús fue concebido por Dios, que fertilizó a María como Espíritu Santo. Por todo lo que afirmas lo condenarían por blasfemo —repuso Diego.

—Tal vez, pero... ¿y los hermanos? José, el esposo de María y padre putativo de Jesús, aparece al lado de éste durante su niñez, pero deja de hacerlo justo cuando Jesús cumple los doce años y se presenta ante los doctores del templo de Jerusalén. Y hasta entonces no se cita ni una sola vez a los hermanos y hermanas de Jesús en los Evangelios canónicos. Los hermanos de Jesús sólo comienzan a asomar en los textos canónicos cuando éste, con unos treinta años según Juan, aunque en realidad debía de tener unos treinta y cinco, inicia su predicación pública en las tierras de Galilea.

—¿Adónde quieres llegar?

—¿No lo ves? José debió de morir cuando Jesús cumplió los doce años, o inmediatamente después, y María, joven viuda de José y madre de un muchachito huérfano, no tuvo otro remedio que volver a casarse... con Alfeo. Y de este nuevo matrimonio de María nacieron varios hijos e hijas, «los hermanos y hermanas de Jesús»: Santiago, José, Judas, Simón, Salomé y María.

—En algunos textos gnósticos se atribuye a José la paternidad de aquellos que en los textos del Nuevo Testamento son llamados «hermanos de Jesús». Según esos escritos, los hermanos de Jesús habrían nacido de un matrimonio anterior de José, tal vez con Abigail, hermana de Isabel y pariente por tanto de la Virgen María. José, ya padre de seis hijos y viudo, se habría casado con María tras la muerte de Abigail, y lo habría hecho para cumplir el plan de Dios. Si ése fuera el caso, los hermanos de Jesús serían mayores que él y, a la vez, sus primos —supuso Diego.

—No. Quienes escribieron esos textos gnósticos, casi todos ellos del siglo IV, estaban obsesionados por mantener a toda costa la idea de la virginidad de María y la concepción divina de Jesús. Es probable que José fuera viudo de Abigail, hermana de Isabel y tía carnal por tanto de María; así se entendería que el tío viudo y anciano se casara con la hija de su cuñada, es decir, con su sobrina, una joven soltera y embarazada, para lavar el honor de la familia y evitar la maternidad en soltería. Pero esos textos gnósticos se equivocan en ese otro supuesto. Si hubiera sucedido de ese modo y los hermanos de Jesús hubieran nacido del matrimonio de José y Abigail, esos hijos de José no serían llamados «hijos de María», y queda claro que lo son, pues así los denominan los Evangelios; tampoco serían hermanos de Jesús, pues no compartirían ni el padre ni la madre biológicos. Además, Jesús es llamado «hijo primogénito de María» por Lucas, y cuando huyeron a Egipto únicamente viajaban José, María y Jesús. —Patricia se mostró contundente—. Y otra cuestión: si Santiago, citado siempre en primer lugar en la relación de hijos de María, hubiera sido el hijo mayor del primer matrimonio de José, habría nacido hacia el año 40 antes de Cristo, y hubiera tenido más de cien años en el momento de su lapidación en Jerusalén. Me parece una edad muy avanzada, aunque Juan el Evangelista quizá alcanzara esa edad.

»En consecuencia —concluyó Patricia—, María la Virgen es denominada, cuando está en el Calvario a los pies de la cruz, como la «madre de Santiago, José y Salomé» por san Marcos; como «la madre de Santiago y José» por san Mateo y como la «madre de Jesús» por san Juan.

—¿Y san Lucas? —preguntó Diego.

—Ese evangelista sólo habla de varias mujeres que acompañaban a Jesús en el Calvario, pero sin precisar el nombre de ninguna de ellas. ¿Te queda ahora alguna duda de que Santiago el Menor y Santiago, el hermano de Jesús, fueron la misma persona?

—Tal vez tengas razón, pero para el caso que nos ocupa esa cuestión es irrelevante.

—¿Por qué?

—Porque el Códice Calixtino y el sepulcro de Compostela se refieren a Santiago el Mayor, que no era hermano de Jesús.

—Pero resulta que eran primos hermanos.

—¿Qué? —Diego estaba asombrado.

—Está claro. La madre de Santiago el Mayor y de Juan el evangelista se llamaba Salomé, como una de las hermanas de Jesús, que llevaba el nombre de su tía, como era habitual en las familias hebreas de esa época; la otra se llamaba María, como la madre. El primer marido de Salomé, la tía de Cristo, fue Zebedeo, padre de los apóstoles Santiago el Mayor y Juan, como se reitera en los Evangelios. Zebedeo, un acomodado pescador dueño de al menos una barca y con varios hombres a sus órdenes, debió de morir antes de que Jesús comenzara su predicación pública. Luego, la viuda Salomé volvió a casarse con un tal Cleofás, que es el discípulo al que Jesús se le apareció tras la Resurrección, según se relata en los Hechos de los Apóstoles. Salomé era hermana de la Virgen María, y por eso se atrevió a pedirle a Jesús, su sobrino carnal, que pusiera a sus hijos Santiago y Juan a su lado en el cielo. Tenía confianza suficiente para hacerlo porque eran los primos hermanos de Jesús. Y mira, aquí está bien claro: los Evangelios de san Mateo, san Marcos y san Juan coinciden en que María la Virgen, citada como madre de Santiago, de José y de Salomé, y María Magdalena estaban presentes en el monte Calvario cuando Jesús murió en la cruz; pero Mateo añade además a la madre de los hijos de Zebedeo, sin dar su nombre, y Juan dice que la tercera mujer junto a la cruz, de la que tampoco cita el nombre, era «la esposa de Cleofás y hermana de la Virgen». No hay duda: Salomé, la esposa primero de Zebedeo y luego de Cleofás, y la madre de los hijos de Zebedeo son, obviamente, la misma persona, y como en el momento de la crucifixión de Jesús Salomé ya estaba casada con Cleofás, eso quiere decir que Zebedeo había muerto, pero ella seguía siendo la madre de Santiago el Mayor y de Juan y la hermana de la Virgen; por tanto, tía carnal de Jesús.

—¿Quieres decir que la sangre de Santiago el Mayor era también la sangre de Jesús?

—Y la de san Juan. Por eso Jesús apreciaba tanto a Santiago y a Juan, porque eran sus primos; y por eso, poco antes de morir en la cruz, le dice a su madre, señalando a Juan: «mujer, ahí tienes a tu hijo», y a Juan, señalando a María: «hijo, ahí tienes a tu madre». Y así fue como Juan se hizo cargo de su tía María, y la acogió en su casa —asentó Patricia con una sonrisa.

—¡Un momento! Aquí falla tu teoría. Si Juan acogió en su casa a María a la muerte de Jesús, es que María era viuda, y tú aseguras que se casó en segundas nupcias con Alfeo.

—Claro, porque Alfeo, el segundo esposo de María la Virgen y uno de los primeros seguidores de Jesús, había muerto poco antes que Jesús. En los Hechos de los Apóstoles se cita a Alfeo como padre de Santiago el Menor, aunque se hace para diferenciar a éste de su primo Santiago el Mayor; pero en ningún momento se dice que Alfeo siguiera vivo.

—De acuerdo; ahora sólo falta que me digas qué pintan Jacques Roman y el Códice Calixtino en todo este embrollo evangélico.

—Confío en que eso nos lo revele Jacques Roman el jueves en París. ¿Te has fijado en su nombre propio? En francés «Jacques» es «Santiago», y «Roman» significa «románico», el estilo en el que está construida la catedral de Compostela.

En español, Jacques Roman sería algo así como «Santiago el Románico». ¿Casualidad?

—Tal vez no. Me da la impresión de que ese nombre es un apodo, un alias o, mejor, un pseudónimo que oculta su verdadera identidad.

TERCER SELLO

UN CABALLO NEGRO MONTADO POR UN JINETE CON UNA BALANZA: LA INJUSTICIA

París, como para tantos otros argentinos, era la ciudad favorita de Patricia y de Diego. Solían visitarla a menudo, pues además de sus importantes museos y galerías de arte, un buen pedazo del mercado de antigüedades, el legal y el ilegal, se movía en la ciudad del Sena. Les atraía ese ambiente a la vez burgués y revolucionario, progresista y conservador, moderno y decadente, todo a un tiempo mezclado en una ciudad en la que cada rincón rezuma evocación y ensueño. Amaban sus amplios bulevares, sus avenidas llenas de tiendas y sus pequeñas calles con comercios y restaurantes tradicionales. Les gustaba pasear sin rumbo por sus aceras, detenerse en alguna cafetería y tomar un aperitivo en sus terrazas, contemplar el ir y venir de turistas y parisinos y almorzar en las *brasseries* y en los *bistros.*

En París se encontraban a gusto, como una verdadera pareja, y a pesar de la soledad que casi siempre provoca estar sumido en la multitud, se relajaban y disfrutaban como un par de recién enamorados.

El edificio donde habitaba Jacques Roman parecía copiado de una maqueta de una casa de muñecas. De aspecto señorial aunque nada ostentoso al exterior, en ese inmueble de la isla de San Luis vivían también un par de destacados políticos franceses —uno de ellos ya retirado por una reciente debacle en las urnas— y un famosísimo escritor que se había hecho rico escribiendo novelas históricas sobre la Roma antigua.

El ascensor los dejó en la última planta.

Jacques Roman los recibió en la biblioteca, vestido con una bata de seda roja con un escudo de armas en el que destacaba una gran cruz azul sobre un bolsillo en el lado izquierdo del pecho; fumaba una pipa bien surtida con un aromático y fresco tabaco holandés y tomaba un martini.

—Queridos amigos, espero que sus preparativos vayan viento en popa. El Peregrino quedó muy satisfecho con el encuentro que mantuvieron en Madrid —les dijo.

—Ese hombre tomó muchas precauciones hasta que contactó en directo con nosotros.

—Lo hizo por indicación nuestra. Siempre recomendamos a nuestros colaboradores que adopten las máximas medidas de seguridad.

—El trabajo, tal como lo planteó el Peregrino, parece de sencilla ejecución —repuso Diego.

—En este caso ocurre como en la guerra: lo sencillo casi siempre suele resultar exitoso; los asuntos complicados, de preparación compleja, son los más difíciles de resolver. Y bien, ¿ya han estudiado el plan a seguir?

—Con todo detalle. Hemos memorizado hasta el último centímetro del plano del archivo, la ubicación de las cámaras de vídeo y el recorrido hasta la sala de seguridad. Nos llevaremos el Códice Calixtino según está previsto. Una vez en nuestro poder, volaremos a París desde el aeropuerto de Oporto. Desde Santiago a esa ciudad portuguesa hay poco más de dos horas de viaje. No queremos pasar ni una sola noche en Compostela, ni quedar registrados en alguno de sus hoteles.

—¿Cómo han pensado hacer el desplazamiento a Santiago?

—Dos días antes de la fecha señalada volaremos desde Ginebra a Oporto; allí alquilaremos un coche con el que viajaremos a Compostela el mismo día del... —Diego omitió la palabra «robo»— ...trabajo. Aparcaremos en la calle, en una zona de jardines que tenemos controlada al norte de la catedral, a unos diez minutos caminando; podríamos aparcar mucho más cerca, casi en la misma plaza donde se ubica el templo, pero tampoco queremos que la matrícula del coche, aunque sea de alquiler, quede reflejada en las cámaras de un aparcamiento público. Desde allí iremos andando a la catedral, nos haremos con el Códice y regresaremos al coche. En dos horas y media estaremos de vuelta en Oporto y en otras dos horas más en París con el manuscrito. A la mañana siguiente lo tendrá usted en sus manos.

—Llevamos un par de años preparando este plan; nada puede fallar, absolutamente nada. No dejen pistas —insistió Roman.

—No se preocupe, en eso sí somos especialistas.

—¿Es usted miembro de la Fraternidad de san Pío X? —preguntó Patricia de sopetón.

Diego, que estaba a punto de dar un sorbo del martini que le habían servido poco antes, casi se atragantó al escucharla.

—¿A qué viene esa pregunta? —intentó evadirse Roman.

—Usted no es un coleccionista de manuscritos medievales —asentó Patricia.

—¿Está segura? Ustedes mismos tasaron y validaron para mí un manuscrito hace poco.

—No se trataba de un manuscrito medieval. Era un texto de los hallazgos de Nag Hammadi, una copia del Evangelio apócrifo de san Judas por la que usted pagó tres millones de dólares. A usted sólo le interesan los manuscritos que tratan sobre cuestiones relacionadas con el origen del cristianismo, pero no uno con una crónica sobre Carlomagno, una relación de milagros de un apóstol y unas notas de viajes del siglo XII.

—El Códice Calixtino contiene dos relatos del traslado del cuerpo del apóstol Santiago a Compostela; ésos también son los orígenes del cristianismo.

—Vamos, señor Roman, usted sabe bien que esa narración es una invención de los cronistas gallegos y franceses medievales. Usted busca otra cosa en ese Códice, quizá lo mismo que los miembros de esa sociedad religiosa con la que ha colaborado en algunas ocasiones. Lo he visto fotografiado junto a personajes muy destacados de esa organización. —Patricia parecía un inquisidor preguntándole a un reo.

Jacques Roman dio una larga calada a su pipa y dejó que el humo se mantuviera un buen rato en su boca antes de expulsarlo; como habitual fumador de cachimba nunca se tragaba el humo.

—Ese Códice es muy importante para mí, y sí, tengo buenos amigos en la Fraternidad de san Pío X. Soy un fervoroso católico, no me avergüenzo de ello ni tengo por qué ocultarlo, al que le molesta la deriva que está tomando la sociedad contemporánea. De seguir así caminamos hacia el abismo. Hace unos días se rompió el tercer sello y se desató el caballo negro montado por el jinete que porta una balanza.

—Pero no hay epidemias de peste en el mundo. Su teoría de que se van rompiendo los sellos del Apocalipsis falla en este punto —comentó Diego.

—En absoluto. El tercer sello no se refiere a epidemias de peste; el tercer jinete no es la peste, como se identifica habitualmente por error, sino la injusticia. Por eso aparece con la balanza en la mano. El error se produce al leer un párrafo más adelante que los jinetes matarán a los seres humanos con hambre, peste y fieras de la tierra. Los verdaderos cuatro jinetes del Apocalipsis son el hambre, la guerra, la injusticia y la muerte. Y como convendrán conmigo, la injusticia campa por el mundo de manera absoluta y avanza inexorable por todas partes. El tercer sello ya se ha roto y la injusticia está aquí; el final se atisba cada vez más cerca.

»Pero mi vida y mis opiniones no deben importarles lo más mínimo. Le ruego, señorita Patricia, que se limite a cumplir con el encargo que les he hecho. No se meta en otros asuntos que no sean los de su incumbencia, por favor.

Jacques Roman estaba molesto con el interrogatorio de Patricia, y Diego, que se dio cuenta de ello, medió en el asunto.

—No pretendemos meternos en donde no nos llaman, señor Roman, sólo queríamos saber algo más de este trabajo. Cuantos más datos estén a nuestra disposición, mayor será el porcentaje de éxito. Espero que no se moleste por ello.

—No se preocupe, pero les ruego que se ajusten a lo acordado. Aquí guardo nuevos datos para ustedes.

La documentación contenía un esquema con la ubicación en Santiago de las comisarías de policía nacional y municipal y los cuarteles más próximos de la Guardia Civil, y una traducción al español de los textos del Códice Calixtino, escritos en latín en el original.

—Si nos pillan con esta documentación, donde se señala la ubicación de los cuarteles de la policía, pensarán que somos terroristas y que preparamos un atentado —alegó Diego.

—Memorícenla y luego quémenla.

—¿Para qué necesitamos esos datos? Se supone que la policía no tendrá noticia de que falta el manuscrito hasta tres días después de su desaparición.

—Así es, pero deberán tener en cuenta dónde se encuentran esos centros policiales por lo que pudiera suceder. Por cierto, ¿han pensado en alguna respuesta por si los sorprenden con el manuscrito mientras salen de Santiago? Podría ocurrir que en algún control ordinario inspeccionaran su coche o sus maletas, dieran con el Códice y...

—Sí, hemos pensado en ello. En nuestra visita a Santiago compramos un facsímil del Calixtino en la tienda de la catedral. La dependienta emitió una factura a nombre de una empresa falsa. Si por alguna causa nos registraran y encontraran el Códice, alegaremos que se trata de un facsímil adquirido en la catedral y mostraremos la factura.

—Pero ¿la fecha...?

—Ya la he alterado; he escaneado la factura original con la fecha de mayo y la he cambiado por la de julio, justo el día del robo. Si nos revisan y descubren el Códice, ningún policía se dará cuenta de que llevamos el original y creerán que se trata de uno de los facsímiles a la venta pública. Irá en su correspondiente estuche, con su certificado de venta y su factura emitida.

—Bien pensado; estoy empezando a convencerme de que son ustedes los mejores.

»Y ahora vayamos a almorzar. Aunque Lapérouse está aquí cerca, en el muelle de los Grands Augustins, nos llevará mi mayordomo en mi coche. Preparan unos mariscos excelentes y su sopa de espárragos resulta insuperable. Yo suelo tomar unos medallones de lomo de buey de Normandía con verduras salteadas realmente espléndidos; como ustedes son argentinos, imagino que les gustará mucho la carne roja. Y si son golosos les recomiendo el chocolate negro, el suflé especial o el ruibarbo confitado y lacado con sirope de hibisco, una *delicatessen* formidable. Algunos platos los cocinan al estilo de los gloriosos tiempos de Balzac, como ya no se comen en ningún otro lugar. ¿Saben que es el segundo restaurante que se inauguró en París en el siglo XVIII? Hasta entonces sólo había mesones y tabernas en los que no se podía comer más que lo que se había cocinado para esa jornada, es decir, el plato del día. Pero Lapérouse ofreció la posibilidad de elegir entre varias opciones. Abrió sus puertas en 1776 y todavía conserva cierto aire de esa época; por allí han pasado escritores como Emilio Zola, Gustavo Flaubert y el mismísimo Víctor Hugo. Es probable que Hugo, al salir a la calle tras alguna de sus comidas, contemplara la catedral de Notre-Dame e imaginara la novela que lo hizo rico y famoso. Incluso pudo escribir en alguna de sus mesas varias páginas sobre el jorobado Quasimodo, la hermosa gitana Esmeralda o el malvado canónigo Frolo.

Durante el almuerzo en un pequeño salón privado comentaron cómo se encontraba el comercio ilegal de obras de arte. Diego insistió en que los saqueos de los museos de Irak tras la guerra y de la Unión Soviética tras su descomposición habían introducido en el mercado un aluvión de obras que había provocado una notable caída de los precios pero también muchas oportunidades de negocio. Por unos cientos de dólares podían encontrarse alfombras de seda de mediano tamaño de Uzbekistán o de Turkestán datadas en el siglo XVIII y, por un poco más, joyas de oro de la cultura escita obtenidas en excavaciones fraudulentas en las tumbas de las estepas rusas y ucranianas; y por unos cuantos miles de dólares alguno de los famosos huevos que el joyero parisino Fabergé fabricara para la familia imperial rusa, o notables iconos de estilo bizantino de los siglos XVI y XVII de la escuela de Kiev, aunque a veces los desaprensivos, que también los hay entre los delincuentes, solían colar una buena falsificación por uno de los originales.

Claro que con semejante abundancia de piezas de calidad en el mercado negro habían aumentado los fraudes. Cerca de Praga funcionaba un taller clandestino de finos orfebres, camuflado bajo la apariencia legal de una fundición de metales para lámparas y apliques, donde expertos artesanos eran capaces de fundir un casco de guerra etrusco, una estatua de bronce macedónica o una falcata ibérica tan fieles a las originales y con tal grado de envejecimiento artificial que sólo mediante un pormenorizado análisis químico podía distinguirse el original antiguo de la copia actual.

Tras el delicioso almuerzo, regado con un excelente Château Margaux del 98, cuando el camarero sirvió el café Patricia se fijó en los cristales del saloncito privado en el que estaban almorzando.

—Están rayados —señaló sorprendida.

—Esas rayas en los cristales constituyen una reliquia histórica que los propietarios han querido conservar. A este restaurante solían venir en el siglo XIX los ricos burgueses parisinos acompañados de sus amantes; incluso existía un paso subterráneo de acceso al local para eludir que los vieran entrar por la puerta principal del edificio. Esas rayas las hacían las jóvenes concubinas para probar la autenticidad de los diamantes que sus protectores les regalaban a cambio de sus favores sexuales.

—Interesante, pero no tanto como las indagaciones que he llevado a cabo sobre la familia de Jesucristo. ¿Sabe que he descubierto que el apóstol Santiago el Mayor era primo hermano de Jesús, y Santiago el Menor su hermano por parte de madre? —Patricia intentó despertar la curiosidad de Jacques Roman para ver si era capaz de sonsacarle algo más sobre el presunto secreto que se guardaba en el Calixtino.

—La Iglesia consideraría esa atrevida aseveración suya como una blasfemia y una herejía; en tiempos de la Inquisición usted hubiera acabado en la hoguera si se hubiera atrevido a afirmar semejante cosa en público. Pero hoy esos asuntos ya no despiertan tantas pasiones. Vivimos tiempos fútiles en los que sólo importa lo intrascendente —se limitó a comentar Roman.

—Por fortuna ya no sufrimos los tiempos de la Inquisición. ¿De verdad que no le interesa mi tesis sobre el linaje de Cristo y sus relaciones familiares?

Hasta entonces, cada vez que se habían entrevistado con él, Jacques Roman se habían mostrado como un hombre frío, sereno y dominador de la situación, pero tras la pregunta de Patricia Diego percibió en la mano de su cliente un cierto temblor que lo inquietó sobremanera.

—Ya les he confesado que soy un fiel creyente católico; el credo que profeso es el de la doctrina oficial de la Iglesia católica, apostólica y romana, y acato las decisiones de los tres grandes concilios celebrados en Nicea en el siglo III, en Trento en el XVI y en el Vaticano en el XX. Cualquier teoría que se desvíe de los dogmas aceptados en esos tres concilios ecuménicos me parecerá errada, y la que usted insinúa creo que lo está de manera absoluta —asentó Roman.

—Pero lo que le estoy diciendo lo aseveran expresamente los mismos Evangelios en los que usted cree; en ellos queda claro lo que le he explicado. ¿Considera usted que la Iglesia está por encima de los Evangelios?

—La Biblia ha sido estudiada por miles de teólogos y eruditos, y es cierto que han llegado a conclusiones bien diferentes, contradictorias incluso, en los últimos dos mil años, ¿por qué cree usted que ha dado con la verdad?

—Porque la he leído sin ningún prejuicio, como si se tratara de un texto histórico y no de un texto sagrado. La inmensa mayoría de los exegetas de la Biblia se han acercado a ella y la han estudiado condicionados por su formación, sus creencias o sus miedos, lo que ha predispuesto su comprensión global. Un cristiano jamás cuestionará la verdad profunda de los textos sagrados, por lo cual su visión siempre resultará tremendamente parcial.

—Infiero de eso que usted no es creyente, y que no otorga ninguna credibilidad histórica ni inspiración divina a las Sagradas Escrituras, a las que, imagino, considera toda una sarta de mentiras y falsedades.

—Le estoy aseverando todo lo contrario: que contienen muchas más verdades de lo que se ha dicho pero que no han querido verse. Y si se refiere a si soy atea, no, no lo soy. Yo creo en Dios..., pero a mi manera —añadió Patricia.

—Su teoría sobre el parentesco de Jesús y sus relaciones familiares merecería una de esas novelas que ahora están tan de moda, pero le aseguro que no resiste el menor análisis teológico.

—¿Lo resiste el misterio de la Trinidad?

—Ese tema ha sido muy bien resuelto por los mejores teólogos de la Iglesia, y desde el siglo IV ya no admite controversia.

—No pensaban de la misma manera algunos de los primitivos cristianos que sufrieron la represión de sus propios conmilitones, ni los miles de los condenados como herejes que se pronunciaron en contra de ese dogma a lo largo de la historia y acabaron en el patíbulo, ni Miguel Servet, quemado en la hoguera por cuestionar ese dogma, cuyas cenizas deben de seguir esparcidas por los alrededores de Ginebra cuatro siglos y medio después de su muerte.

—Patricia, permítame que le diga que esta conversación me resulta apasionante, pero tengo obligaciones ineludibles que atender en unos minutos.

Diego entendió la alusión de Jacques Roman e intervino.

—Se hace tarde, querida. Señor Roman, ha sido un placer compartir el almuerzo con usted, y le aseguro que también lo es hacer negocios juntos.

—En otra ocasión, si le parece, continuaremos debatiendo sobre su hipótesis; es muy sugerente, aunque le aseguro que está equivocada.

Cuando salieron del restaurante, el coche de Roman esperaba a la puerta.

—¿Desean que los acerque a algún sitio?

—Gracias, estamos alojados en un hotel cercano, preferimos dar un paseo y así digerir mejor tan estupendo almuerzo.

—Como deseen; buenas tardes.

La gran berlina negra con los cristales tintados arrancó con suavidad y se alejó sobre el pavés de la avenida de los Grands Augustins.

Patricia cogió del brazo a Diego y lo retuvo en medio de la acera. El argentino portaba una carpeta con la nueva documentación de Compostela que le había entregado Jacques Roman.

—Te has dado cuenta, ¿verdad? Cuando he citado mi teoría sobre el grado de parentesco con respecto a Jesucristo de los dos apóstoles de nombre Santiago, Jacques Roman se ha crispado y por un instante ha perdido su elegante compostura y su hierático rictus facial.

—Sí, Patricia, he percibido una tirantez insospechada en un hombre de la serenidad de Roman. Tal vez tengas razón y en ese Códice haya escondido algo más que leyendas, historias de santos y sus milagros y textos y música para misas y otros oficios religiosos.

—Además, estoy segura de que Roman es miembro de ese grupo católico integrista seguidor de Lefèbvre, y que esa gente algo tiene que ver en este asunto. Cuando Roman habla de la Iglesia lo hace con una vehemencia que me inquieta; y además está esa obsesión por el Apocalipsis...

Se dirigieron caminando hacia su hotel; habían decidido aprovechar el viaje para quedarse un par de días en París y relajarse antes de poner en marcha la preparación del robo del Códice Calixtino. Y olvidar, siquiera por un par de días, que seguían sin encontrar su destino.

Desde la ventana de la habitación podía verse, sobre los tejados de pizarra oscura del viejo París, el cuerpo superior de la Torre Eiffel, ese artefacto de hierro, emblema y orgullo de la ciudad que, sin embargo, cualquier esteta bien educado hubiera considerado un horroroso engendro metálico.

Les habían servido el desayuno en la habitación y Patricia degustaba un magnífico cruasán mientras Diego ojeaba uno de los diarios más difundidos de Francia.

—«Ante la crisis financiera internacional y la inseguridad de las bolsas, los inversores buscan refugio en el mundo del arte y las antigüedades» —leyó en voz alta—. Eso nos interesa; la crisis financiera mundial está provocando que la gente con dinero, con mucho dinero, compre arte como inversión. Sin duda ese reflejo provocará una subida de los precios y, en consecuencia, de nuestros beneficios. Por cierto, ya he encontrado comprador para ese manuscrito tibetano del siglo XVIII.

—¿La anticuaria de Zurich? —le preguntó Patricia tras masticar el último bocado del cruasán.

—No. Un coleccionista de Roma. Ese profesor de arte medieval que heredó una de las principales cadenas de joyerías de esa ciudad, el que se cree un nuevo Marcelo Mastroiani.

—Sí, lo recuerdo bien. Intentó llevarme a la cama cuando negociamos la venta de aquella Biblia miniada alemana del siglo XVI.

—¡Vaya!, no me habías dicho nada de eso.

—No le di mayor importancia. Me pareció lo normal en un italiano rico y elegante; el hombre no hacía otra cosa que cumplir el papel de seductor que se había atribuido a sí mismo. ¿No estarás celoso?

Diego se acercó a la mesita donde desayunaba Patricia, le retiró con delicadeza un pedacito de cruasán pegado a su labio y la besó.

—Sí, sí estoy celoso, muy celoso.

Hicieron el amor despacio y evitaron hablar de ellos mismos; sobre París, llovía.

Como la lluvia no cesaba, decidieron pasar el resto de la mañana en la habitación repasando la nueva documentación sobre Santiago de Compostela que el día anterior les había entregado Jacques Roman. Diego cogió el paquete de folios con los textos del Códice. El editor del siglo XII lo había organizado en cinco libros a partir de los diversos textos que integraban el llamado *Liber Sancti Iacobi*. Comenzaba con una carta del papa Calixto II, sin duda falsa, a manera de prólogo en dos folios, en la que el pontífice se dirigía a la abadía francesa de Cluny y al obispo Diego Gelmírez de Compostela y les otorgaba sus parabienes.

—¿Te has fijado? El papa Calixto explica en su presunta carta que este manuscrito ha sobrevivido a todo tipo de peligros, inundaciones e incendios incluidos —comentó Patricia.

—Es habitual encontrar ese tipo de expresiones en los manuscritos más valiosos de la Edad Media, sobre todo en aquéllos a los que se les pretende conferir un carácter extraordinario, así como una maldición, con pena de excomunión y castigo en el infierno a quienes lo roben. El tráfico de manuscritos robados no es algo contemporáneo —precisó Diego.

—En ese caso, ¿seremos excomulgados?

—Si robamos ese Códice y no lo devolvemos, nuestras almas jamás podrán entrar en el Paraíso.

A continuación, el libro I ocupaba la mitad del Códice, más de ciento treinta folios de diversos textos litúrgicos entre los que había ejemplos de sermones para que los clérigos los utilizaran en la festividad de Santiago, dos relatos del martirio del apóstol, oficios de vísperas, instrucciones para celebrar misas y unos cantos litúrgicos.

—En esta primera parte no hay ningún secreto oculto. Veamos el segundo libro —dijo Patricia.

—Está dedicado a los milagros atribuidos a Santiago en la Edad Media. Se recogen veintidós en total. —Diego repasó los relatos contenidos en dieciséis folios—. Liberación de cautivos, resurrección de un niño en la región española de los Montes de Oca, traslado aéreo de peregrinos, curación de enfermos...; lo habitual en la milagrería atribuida a los santos en la Edad Media.

—El tercero parece mucho más interesante: «Traslación del cuerpo de Santiago a Compostela» —leyó Patricia.

—Sólo son seis folios: aquí se cuenta cómo España fue evangelizada por Santiago...

—Eso es una falsificación; ninguno de los dos apóstoles con ese nombre estuvo en España. El Mayor fue ejecutado mediante decapitación hacia el año 44 y el Menor no salió de Jerusalén hasta su martirio en el año 63, lapidado por orden del sumo sacerdote Ananías o Anán; lo cuenta el historiador Flavio Josefo en sus *Antigüedades* —intervino Patricia.

—Bueno, yo me limito a recoger lo que se dice en el Códice —explicó Diego—. Según este relato, Santiago predicó el Evangelio en España y luego regresó a Jerusalén para recibir el martirio. Sus discípulos rescataron el cadáver y lo trajeron de vuelta a España, a Galicia, en una barca. Mira, aquí queda claro que se trata de Santiago el Mayor, pues precisa que este apóstol es el hermano de Juan el Evangelista.

—Los primos de Jesús —apostilló Patricia.

—Según tu «descubrimiento», así es. Y aquí habla de las conchas de Santiago, ésas que los peregrinos recogían en las playas de Galicia para colgarse del vestido y a las que se les atribuía la propiedad de curar ciertas enfermedades. Según uno de los milagros que acabamos de leer, un noble fue sanado simplemente por tocar una de esas conchas.

—Los gallegos las llaman vieiras. Gratinadas están riquísimas; lo recuerdo de nuestro viaje a Santiago.

—El libro cuarto trata de las conquistas del emperador Carlomagno; ocupa veintiocho folios —continuó Diego.

—¿Qué pinta aquí ese texto? No guarda ninguna relación con el resto del Códice —comentó Patricia.

—Veamos. El editor del facsímil indica en una nota que este libro fue arrancado en 1609 del resto del Códice, pero que en la restauración de 1966 se repuso de nuevo en su lugar original. Lo firma un tal Turpin, arzobispo de Reims.

—¿Turpin? Sí, claro, este personaje aparece en el *Cantar de Roldán* como uno de los Doce Pares de Francia que acompañaron a Carlomagno a la conquista de Zaragoza. Mi profesor de literatura medieval en la facultad de Buenos Aires se pasó medio curso hablándonos de ese poema épico; había sido objeto de su tesis doctoral y lo conocía muy bien —recordó Patricia.

—Pero parece demostrado que el arzobispo Turpin no fue el verdadero autor de ese poema, de modo que los historiadores atribuyen la autoría a un cronista anónimo del siglo XII al que han denominado como «falso Turpin». Y sí tiene sentido: según esta crónica, el apóstol Santiago se le apareció a Carlomagno en un sueño para decirle que contara con su ayuda en sus batallas y conquistas contra los musulmanes de España. ¡Escucha!: Santiago le pide a Carlomagno que libere del dominio musulmán la ruta que conduce a su tumba y que para encontrarla siga el camino de las estrellas.

—La Vía Láctea; la lechosa mancha nocturna de nuestra galaxia que señala la dirección hacia Compostela desde Francia.

—Y así, gracias a la intervención del santo, se derrumbaron milagrosamente las murallas de Pamplona y los ejércitos carolingios vencieron en las batallas para mayor gloria de Dios y del emperador Carlomagno.

—Salvo en la de Roncesvalles —precisó Patricia—. Ahí el santo se olvidó de sus protegidos.

—Quizá el apóstol no podía estar en todo al mismo tiempo. Pero tal vez por ello, al final de esta crónica se anima a los contemporáneos a participar en una cruzada en España para echar de ella a los musulmanes.

—Vamos a ver el quinto libro. Es el más famoso; si existe alguna clave en este Códice, debería estar ahí —supuso Patricia.

—Se trata de la *Guía del peregrino*. Hay quien la considera como la primera guía de viajes de la historia, una especie de manual para los que hacían el Camino de Santiago en la Edad Media; ocupa dieciséis folios.

En ese momento alguien llamó a la puerta.

—¿Quién es? —preguntó Diego.

—Servicio de habitaciones. —Se oyó débilmente al otro lado.

Diego abrió.

—¿Desea el señor que haga la habitación? —le preguntó una empleada del hotel.

—Estamos trabajando. ¿Puede volver más tarde?; ¿en un par de horas?

—Por supuesto, señor. Buenos días.

—¿Dónde estábamos?

—En la agencia de viajes medievales de Aimeric Picaud —respondió Patricia.

—¿De quién se trata?

—Del autor de esta guía. Según apunta esta nota era un monje cluniacense francés que anduvo el Camino en dos ocasiones y que escribió esta guía hacia 1135 para informar a los peregrinos de lo que se iban a encontrar si se ponían en viaje hacia Compostela.

—Tal vez tengas razón; si se oculta alguna clave en este manuscrito debe de estar en este texto.

Diego comenzó a leer en voz alta, mientras Patricia se recostaba sobre su pecho y lo escuchaba atenta.

Le costó poco menos de tres cuartos de hora la lectura completa de la guía escrita por Aimeric Picaud casi nueve siglos atrás.

—Y bien, ¿qué opinas? —preguntó Diego tras la lectura.

—Que a ese «turista» medieval le caían muy mal los gascones. Ya has visto cómo los califica: parlanchines, burlones, comilones, desastrados... Y todavía peor los navarros y los vascos: feroces, ladrones, bárbaros, lascivos y zoófilos. ¡Pero si dice que los navarros fornican con sus mulas y sus yeguas como con sus mujeres y que besan indiscriminadamente a unas y otras en la vulva!

—El bestialismo ha sido una práctica frecuente en los pueblos de las zonas montañosas; existe mucha literatura al respecto. Se cuenta que los pastores que pasaban tres meses en las zonas altas de las montañas para aprovechar los pastos de verano aliviaban su tensión sexual, a falta de mujeres, con las cabras, las ovejas e incluso con las vacas y burras de sus rebaños.

—Picaud también dice que Santiago es el hijo de Zebedeo y el hermano de san Juan y, por tanto, aquí tampoco hay duda sobre la identificación de este apóstol con Santiago el Mayor, pero lo que me ha llamado la atención ha sido la descripción de las portadas de la catedral tal cual estaban hacia 1135. La fachada principal, derribada en el siglo XVII para levantar la del Obradoiro, se abre desde fines del XII con el Pórtico de la Gloria del maestro Mateo, pero a comienzos de esa centuria estaba decorada con una escena de la Transfiguración de Cristo en el monte Tabor. Picaud señala que había estatuas de los profetas Moisés y Elías, que se aparecieron en ese momento, y de Pedro, Santiago y Juan, los tres únicos apóstoles a los que Cristo permitió presenciar ese fenómeno.

—¿Qué te ha extrañado?

—Que siendo esa portada, según dice la guía de Picaud, la más bella del templo y la de más fina decoración, se derribara a los pocos años de haberla esculpido para ubicar allí el Pórtico de la Gloria.

—Convendrás conmigo en que el maestro Mateo realizó un buen trabajo.

—Excelente, pero ¿por qué derribaron una portada bastante nueva y de tan gran calidad en la que, además, se manifestaba la preferencia de Cristo hacia Santiago?

—No lo sé. Se trata de uno más de los muchos misterios que encierra esa catedral.

—¿Ahí acaba el Códice? —preguntó Patricia.

—No. También se añaden dos breves apéndices que ocupan doce folios: unas composiciones polifónicas, nuevos milagros de Santiago y algunos himnos. Y una bula del papa Inocencio II de la que parece deducirse que Aimeric Picaud visitó Santiago en una primera ocasión acompañando al futuro papa Calixto II cuando éste era cardenal. El propio Aimeric entregó este libro en la catedral de Santiago en su segundo viaje, pero el editor indica que se trata de una interpolación posterior que contiene una maldición contra quien ataque a los portadores del Códice y contra quienes pretendan robarlo. Y eso es todo.

—Sigo sin entender por qué Jacques Roman ansía tanto ese Códice. En todo este asunto hay oculto algo muy gordo, algo que no quiere que sepamos.

—Ese hombre es muy caprichoso; tal vez se sienta identificado con el apóstol. Y tiene mucho dinero para poder permitirse pagar por ello.

—No es un capricho de hombre rico —asentó Patricia tajante—; hay algo más, estoy completamente segura.

Poco antes de mediodía cesó la lluvia y salieron del hotel. El mes de mayo es, tal vez, la temporada más agradable para visitar París. Pasearon por el barrio de Le Marais, tomaron un aperitivo en una terraza cerca del ayuntamiento y caminaron por la calle Rivoli hasta la torre de la iglesia de Saint-Jacques, el único resto de ese templo que quedó en pie tras las convulsiones de la Revolución.

—Tengo el presentimiento de que esta torre tiene algo que ver con lo que está oculto en el Códice Calixtino —comentó Patricia a la vista del campanario tardogótico.

—Aquí se alzaba una iglesia dedicada a Santiago. Los parisinos que hacían el Camino a Compostela le profesaban una gran devoción, como es natural. Uno de sus parroquianos más famosos, el célebre alquimista Nicolás Flamel, viajó a Compostela en el siglo XIV siguiendo la ruta de las estrellas. Para un personaje como él, ese viaje debió de constituir toda una experiencia en busca de enseñanzas esotéricas.

—Me refiero a la obsesión enfermiza de Jacques Roman por el Códice.

Diego abrazó a Patricia.

—Vamos, no le des más vueltas a todo este asunto. Piensa que se trata del capricho de un millonario excéntrico que se llama como el santo y que anhela poseer el Códice más famoso conservado en la catedral de Santiago de Compostela. No hay nada extraño en ello. En nuestro trabajo nos hemos encontrado con varios tipos de un perfil muy similar: ricos empresarios que desean poseer un cuadro, un manuscrito o una escultura que tiene, o al menos ellos creen que puede tener, alguna relación con su empresa, con su familia o con su nombre, o con algunas de sus obsesiones. Jacques Roman es uno más de esos chiflados podridos de plata. Supongo que cuando tenga en su poder el Códice de Compostela se deleitará cada noche en la intimidad de su salón pasando una a una las hojas, manoseando las ilustraciones y acariciando la encuadernación. Supongo que se trata de uno de esos fetichistas que se sienten atraídos por un objeto determinado por lo que para ellos significa en sí mismo.

—Esta teoría tuya de la atracción fetichista puede servir para el que se guarda las bragas usadas de su amante, y las huele una y otra vez y con ello se excita y se masturba, pero no para un tipo como Roman. Un individuo así, integrista religioso, católico conservador, fervoroso defensor de la doctrina del sector más tradicionalista del Vaticano, no responde al estereotipo que tú acabas de describir. —Patricia hablaba con enorme convicción—. Si ambiciona el manuscrito no es por poseer ese objeto en sí, sino porque ese Códice guarda algún secreto, algo que desconocemos pero que para las creencias de Jacques Roman supone un elemento vital al que no está dispuesto a renunciar.

—Lo hemos leído línea a línea, hemos estudiado el facsímil que compramos en Compostela y no hemos encontrado ningún secreto en ese Códice, ninguna clave oculta, ningún mensaje revelador; ¿por qué te empeñas en asegurar que hay algo escondido en ese manuscrito? —le preguntó Diego.

—Primero porque el propio Jacques Roman así lo cree, y después porque un hombre como él jamás robaría nada a la Iglesia..., salvo que estuviera convencido de que ese robo sirviera para salvar a la propia Iglesia.

—¿Salvarla de qué?

—Eso es lo que tenemos que averiguar.

CUARTO SELLO

UN CABALLO AMARILLO MONTADO POR UN JINETE TERRIBLE: LA MUERTE

El día siguiente a que la derecha española ganara las elecciones municipales el móvil de Diego registró una llamada de procedencia desconocida. Sus clientes siempre lo hacían así, para evitar que su número quedara registrado en el teléfono receptor.

El argentino respondió enseguida.

—¿Quién es?

—Tenemos que vernos de inmediato.

Diego reconoció la voz del Peregrino.

—¿En Madrid?

—No. En Oporto. ¿Pueden estar allí el jueves?

—Por supuesto.

—En el Café de París, a las doce en punto del mediodía. ¿Conocen el lugar?

—No.

—Se encuentra en la calle Galería de París, muy cerca de la famosa librería Lello e Irmao, la más hermosa del mundo, y de la facultad de Ciencias. ¿Han estudiado la documentación?

—Al milímetro.

—Recuerden: el jueves a las doce del mediodía en el Café de París, en Oporto. No se retrasen.

La comunicación se interrumpió de repente.

Diego se dirigió a su ordenador y buscó la manera más rápida de viajar desde Ginebra hasta la segunda ciudad lusa. Encontró un vuelo desde Zurich a Lisboa y luego un enlace al aeropuerto Francisco Sá Carneiro de Oporto. Compró dos billetes de ida y vuelta y buscó un hotel en la ciudad. Tras un par de intentos reservó una habitación doble en un hotel céntrico que parecía propio para turistas.

Patricia regresó a mediodía. Venía cargada con nuevos libros sobre historia del cristianismo y un par de ensayos sobre el Camino de Santiago.

—Esto es cuanto he encontrado de nuevo en mi segunda visita a la librería. Voy a ponerme de inmediato a buscar, a ver si soy capaz de encontrar alguna pista sobre qué esconde ese Códice.

—Pues tendrás que esperar tres o cuatro días. Hace una hora me ha llamado el Peregrino. Quiere vernos, esta vez en Oporto, este mismo jueves.

—¿Qué te ha dicho?

—Sólo eso. Nos ha citado para el jueves y ha colgado. Ya he sacado los billetes de avión por Internet y he reservado dos noches, la del miércoles y la del jueves, en un hotel cercano al lugar del encuentro.

—Es curioso —dijo de pronto Patricia.

—¿Qué te resulta curioso?

—Mientras venía de regreso a casa en el autobús he ido hojeando este libro sobre las Sagradas Escrituras. Tras la muerte de Jesús todos sus discípulos importantes dejaron algo escrito: Mateo y Marcos sus Evangelios, Lucas su Evangelio y los Hechos de los Apóstoles, Juan su Evangelio y el Apocalipsis, Pablo sus cartas, y además están los Evangelios apócrifos de Pedro, de María, de Judas, de Tomás, de Bernabé, de Bartolomé, de Felipe, de Nicodemo, del Salvador, de Valentín o de la Verdad y el Protoevangelio de Santiago el Menor, hermano de Jesús en mi opinión. Y otros de varios grupos de cristianos en Egipto, Armenia, Arabia o Siria. Y faltan los que se consideran perdidos de Matías, Andrés y Santiago el Menor. Pero de la autoría de Santiago el Mayor, pese a ser considerado por Jesucristo uno de sus tres discípulos predilectos, junto con Pedro y Juan, no ha quedado ningún testimonio escrito. Él fue el más cercano al Maestro, su primo hermano, quien tenía más información, y de primera mano, sobre Cristo y sus experiencias místicas, y no escribió nada; no existe una sola referencia a que lo hiciera. ¿No te parece extraño?

—Tal vez tenga algo que ver el que se convirtiera en el primero de los apóstoles ejecutados por su fe; aunque no fue el primer mártir, pues ese honor correspondió a Esteban. Si ocurrió realmente así, y Jesús fue crucificado el viernes 7 de abril del año 30 y Santiago ejecutado el 43 o 44, es probable que no le diera tiempo a escribir sobre la vida del Maestro.

—¡En trece o catorce años! Dispuso de tiempo más que de sobra, y si, como cuenta esa leyenda gallega, hubiera visitado España como evangelizador, hubiera dejado escritas sus andanzas por esa tierra, como hizo san Pablo en sus giras por las iglesias de Asia, o las hubiera reseñado el mismo san Pablo: así hizo con los viajes de algunos de sus ayudantes.

—Quizá no se haya encontrado su Evangelio, o no supiera escribir; Santiago era un humilde pescador en el lago Tiberíades.

—No tan humilde. Era hijo del propietario de una embarcación con varios pescadores a su cargo. Y aun en ese caso podría haber dictado sus textos, como hicieron tantos otros, y algunos de sus discípulos los hubieran escrito por él. Además, su hermano menor, Juan, sí escribió obras importantes, como el Evangelio y el Apocalipsis.

—¿Qué pretendes sugerir?

—Que falta el Evangelio de Santiago el Mayor. Un tipo como él, soberbio, altanero, que le pide a Jesús el lugar preferente a su derecha en el cielo, a quien Jesús califica como «hijo del trueno», que está dispuesto a exterminar a sus oponentes de un plumazo a sangre y fuego, no pudo pasar tan desapercibido, sin dejar otra huella que los testimonios que los demás quisieran escribir sobre él. ¿Te imaginas que fuera cierta su venida a España y que él mismo lo hubiera dejado escrito en un texto?

—Vamos, Patricia. Santiago el Mayor no estuvo en España jamás. Ese mito sobre su predicación es un invento del obispo Teodomiro, que lo ideó en el siglo IX para convertir su diócesis en la depositaria del cuerpo del primer apóstol mártir del cristianismo. Sabes bien que en la Edad Media poseer una reliquia famosa suponía una garantía de ingresos para el santuario en el que estaba depositada. Y qué mejor reliquia que poseer el cuerpo completo del primer apóstol ejecutado por defender la fe cristiana.

—Sí, fue un invento, pero todas las leyendas asientan su base en alguna realidad histórica.

—Las leyendas populares tal vez, pero la de la traída del cuerpo de Santiago a Galicia es una leyenda culta de la que no existe una sola referencia anterior al siglo IX. Ese relato de los dos discípulos de Santiago, ¿cómo se llamaban?...

—Atanasio y Teodoro —precisó Patricia.

—...Atanasio y Teodoro sí, embarcando el cuerpo de su maestro, cabeza y cuerpo separados tras la decapitación, en una nave y viajando por todo el Mediterráneo y por las costas atlánticas de España y Portugal hasta Iria Flavia para luego enterrarlo en un lugar secreto tierra adentro, suena a un creación interesada de alguien que supo elaborar una muy buena historia. Teodomiro quería trasladar su sede episcopal en Iria Flavia a las tierras del interior de Galicia, obviamente para protegerse mejor de las incursiones de los vikingos que habían saqueado esa región y amenazaban con aparecer por sus costas de nuevo, pero es probable que también mediara la cuestión de la propiedad de la tierra y de las rentas de la diócesis, quién sabe.

—¿Y qué crees que pudo ocurrir?

—Pues que, al margen de lo que narra la tradición, el propio Teodomiro, o alguien bajo sus órdenes, se inventó esa leyenda según la cual un ermitaño llamado Pelagio observó en el año 813, sobre el lugar llamado *campus stella* (el campo de la estrella, Compostela), unas luces en el cielo que le indicaban un camino y señalaban una meta. Lo siguió hasta que una de ellas se posó en el suelo y marcó la ubicación precisa de un sepulcro de mármol. Teodomiro, obispo de Iria Flavia, se enteró del hallazgo de Pelagio y se acercó hasta ese lugar donde los bueyes no querían arar y en el que crecían plantas que eran utilizadas por los curanderos como remedio de numerosas enfermedades.

»Ese obispo, un tipo muy sagaz, aseguró que el emplazamiento sobre el que se extendía un bosque llamado Libredón, tal vez derivado de *liberum donum*, algo así como «una concesión libre», donde se había posado la luz divina y marcado por el camino de las estrellas, era sagrado, y que el sarcófago encontrado por el ermitaño contenía los restos del apóstol Santiago el Mayor, cuya ubicación se había olvidado durante siglos —afirmó Diego—. No fue una casualidad: la colina donde se asienta Compostela ha sido un lugar sagrado probablemente desde hace milenios. Teodomiro lo sabía y excavó en el sitio preciso donde había enterramientos de varias épocas; entre ellos, un mausoleo del siglo I dedicado al dios Júpiter, tumbas de individuos de la tribu germana de los suevos y muchos más restos funerarios de diversas épocas. De hecho, Compostela también pudiera derivar de la palabra romana *compositum*, que significa «enterramiento» y «lugar de enterramiento». Identificar algunos restos humanos de ese mausoleo con los de Santiago y crear la leyenda de que ahí estaba enterrado el apóstol no fue demasiado complicado. Los gallegos del siglo IX, amenazados por las incursiones de los vikingos y temerosos de un ataque de los musulmanes de al-Andalus, necesitaban algo en qué creer y Teodomiro les ofreció las esperanzadoras respuestas que precisaban sus demandas. Se trata de una historia mítica tan vieja como el mundo: señales celestes que marcan un lugar sagrado en el que se esconden reliquias venerables de las que se ha perdido la memoria, un hombre santo que las localiza mediante signos asombrosos, una sucesión de hechos extraordinarios que nadie puede explicar, unos milagros que ratifican su veracidad, y ya tenemos el lugar propicio para ubicar un santuario que atraiga a miles de peregrinos.

»El obispo Teodomiro actuó siguiendo las pautas políticas de su tiempo. Un rey de Asturias llamado Alfonso II, que gobernó más de medio siglo, reorganizó sus posesiones y las diócesis de sus dominios para consolidar su reino ante los musulmanes de al-Andalus; Galicia fue convertida en una marca militar para la defensa del flanco occidental del reino de Asturias y se sacralizó mediante toda esta parafernalia en torno al presunto sepulcro de Santiago. Sobre la ubicación de la tumba recién descubierta, el rey Alfonso fundó una pequeña iglesia, que más tarde, ya en el siglo XII, se convertiría en la gran catedral románica de Santiago de Compostela. Pero como tú has dicho, todas las leyendas suelen tener una base histórica, y ésta no resulta una excepción.

—E imagino que ya has averiguado de cuál se trata.

—Es conocida y puede tener visos de veracidad. En el siglo IV, cuando el dogma fundacional del cristianismo ortodoxo fue fijado en el Concilio de Nicea del año 325, hubo muchos cristianos que no lo aceptaron porque creyeron que se alteraba sustancialmente el mensaje genuino de Jesucristo. Estallaron discrepancias por todas las regiones donde había cristianos, y hubo quien no se plegó a esa componenda pactada por los obispos reunidos en Nicea bajo la protección del emperador Constantino el Grande, que acababa de asumir todo el poder en el Imperio romano tras derrotar a Licinio, emperador de Oriente y su último gran obstáculo al trono unificado de Roma. Uno de los discrepantes fue Prisciliano, un obispo considerado como el más peligroso de los herejes por los obispos partidarios del acuerdo adoptado en Nicea. Prisciliano, que había logrado atraerse a muchos seguidores en la provincia romana de Hispania, fue acusado de gnosticismo, maniqueísmo y depravación moral. Perseguido y capturado, fue juzgado en Burdeos. Sometido a torturas, confesó que había enseñado doctrinas obscenas y celebrado orgías con hombres y mujeres desnudos. Fue ejecutado por aplicación de una ley imperial en la ciudad gala de Tréveris en el año 385. Hay historiadores que aseguran que fue su cadáver el que sus discípulos enterraron en Compostela, y que sus seguidores peregrinaban de manera clandestina a ese lugar para evitar ser perseguidos por la Iglesia oficial, que desencadenó en Hispania una feroz caza contra los partidarios de Prisciliano.

»Teodomiro cambió el nombre del protagonista y transformó la tumba del hereje Prisciliano en la del apóstol Santiago. Resultó una jugada maestra: convirtió el centro de su diócesis en un lugar de culto y peregrinación para los cristianos seguidores de la ortodoxia fijada en Nicea y eliminó de un plumazo la gran referencia para los últimos herejes priscilianistas. Acabado el culto mistagógico a Prisciliano, se terminó el priscilianismo, y una herejía menos —asentó Diego.

—Pues qué quieres que te diga. Si tú no te imaginas a los discípulos de Santiago atravesando medio mundo conocido cargados con el cadáver de su maestro, yo tampoco a los de Prisciliano recorriendo todo el Occidente romano de norte a sur para llevar a un lugar perdido en el extremo del mundo un montón de huesos y carne putrefacta. Además, si lo hubieran siquiera intentado, las autoridades eclesiásticas se lo hubieran impedido. —El planteamiento de Patricia parecía lógico.

—Es probable. Pero fíjate que el relato del traslado de los restos mortales de Santiago el Mayor a Galicia o los de Prisciliano al mismo lugar recuerdan mucho a lo que ocurrió con los de Jesús, con la salvedad de que éste resucitó, su cuerpo desapareció del sepulcro y tras retornar y mostrarse a sus discípulos acabó ascendiendo a los cielos ante los ojos de sus seguidores.

—Cristo no dejó su cuerpo en la tierra, pero sí sus reliquias, aquellos objetos que estuvieron en contacto con su cuerpo y conservaron huellas de su sangre: la corona de espinas, la túnica púrpura que le colocaron los soldados romanos en su camino al Calvario, la caña con la que le sujetaron las manos, los clavos y la madera de la cruz, la esponja y la lanza que utilizaron los soldados romanos en su agonía, el sudario del sepulcro... Algunas de esas presuntas reliquias se guardan en Compostela, como una espina de la corona y unos fragmentos de la cruz.

—Si se recogieran todas las reliquias de las que se dice que formaron parte del *lignum crucis* se podrían recomponer varios centenares de cruces del tamaño de la de la pasión de Cristo —ironizó Diego.

El mes de mayo estaba siendo más caluroso de lo habitual en toda España. Los ecologistas lo atribuían al imparable cambio climático y los catastrofistas apocalípticos a que los signos del fin del mundo anunciados en los Evangelios y en el Apocalipsis de san Juan comenzaban a manifestarse: fuego en el cielo, elevadas temperaturas, falsos profetas, revueltas sociales, terremotos, catástrofes naturales...

En Santiago de Compostela el Peregrino había acabado su jornada de trabajo y se dirigió a su residencia, una habitación con baño y una pequeña suite en una institución religiosa de la ciudad.

Su vida era tan monótona como el repicar periódico e invariable de las campanas de la catedral. Todas las mañanas, tras un frugal desayuno en el frío y aséptico comedor de la residencia, se dirigía a las oficinas del arzobispado, donde se encargaba, con un par de colegas, de revisar y clasificar las decenas de cartas que llegaban cada día desde las parroquias de la diócesis compostelana y de diversas partes del mundo con los temas más variopintos. Las que se creían importantes se comunicaban al secretario del arzobispo que, en última instancia, decidía si eran lo suficientemente relevantes como para ocupar unos minutos de atención en la agenda diaria del prelado.

En las últimas semanas estaban llegando más cartas y correos electrónicos que de costumbre, casi tantos como en un año santo, pues se celebraba el octavo centenario de la consagración de la catedral de Santiago, cuyos primeros actos ya habían comenzado.

El Peregrino entró en su austera habitación, cerró la puerta con cerrojo y se puso de rodillas frente a una imagen de la Virgen que presidía la alcoba del dormitorio. Se dio unos golpes en el pecho con el puño cerrado y musitó unas oraciones, tras las cuales de sus labios salió una palabra que repitió varias veces: «Perdón, perdón, perdón...».

Se santiguó, besó el crucifijo de plata que siempre llevaba colgado al cuello y se dirigió al comedor. Aquel miércoles de finales de mayo había menos gente de la que acostumbraba. Las monjitas que trabajaban en la residencia lo conocían bien y sabían de su carácter taciturno y reservado. Una de ellas le sirvió un par de cazos de sopa.

—Hoy es de cocido y está muy sabrosa. ¿Desea una poca más, padre? —le preguntó.

El Peregrino alzó la mirada y con un gesto de la mano indicó que ya era suficiente. Se santiguó, rezó un padrenuestro y un avemaría y comenzó a sorber la sopa.

Todavía no había apurado el plato cuando uno de los varios sacerdotes que vivían en la residencia y que trabajaba en el archivo de la catedral se sentó a su lado.

—Buenos días, padre —saludó el recién llegado.

—Buenos días —le respondió el Peregrino.

—Me ha dicho sor Inés que la sopa está realmente deliciosa.

—Estupenda, sí.

—Hoy hemos tenido una visita importante.

—¿Algún político? —preguntó el Peregrino sin mostrar demasiado interés.

—No. Están demasiado ocupados con sus pactos y sus componendas una vez pasadas las elecciones. Nos ha visitado un profesor de historia del arte de la Universidad de París acompañado una de sus ayudantes, una joven muy guapa, por cierto.

—¿Otro estudioso del arte románico?

—No, es especialista en arquitectura gótica, uno de los mejores de Europa, según tengo entendido. Quería ver el *Codex Calixtinus.*

El Peregrino retiró la última cucharada de sopa de su boca y la dejó sobre el plato.

—¿Cómo dice?

Aquella noticia lo convulsionó.

—Hace varios días nos llamó desde París. Nos explicó que preparaba un estudio sobre el origen de la arquitectura gótica y que estaba revisando todos los manuscritos miniados anteriores al año 1200. Dijo que buscaba trazas de arcos apuntados y de elementos arquitectónicos ojivales en las miniaturas datadas antes de esa fecha, además de visitar la catedral.

—El Códice, ¿ha visto el *Codex Calixtinus*?

—Durante un buen rato. El deán estaba encantado con los elogios del historiador francés; ya sabe que considera ese libro como algo suyo. Cuando él mismo lo muestra a alguna persona lo hace con un aire tan ceremonioso y una pose tan sacra que parece estar celebrando la consagración de un papa. —El sacerdote le guiñó el ojo al Peregrino.

—¿Y qué ha dicho ese investigador?

—Nada relevante. Bueno, se ha atrevido a aventurar que el manuscrito tal vez sea un poco más moderno de lo que la mayoría de los investigadores ha supuesto hasta ahora. Ya sabe usted, padre, que se dice que este ejemplar del *Liber Sancti Iacobi* fue encargado por el arzobispo Diego Gelmírez hacia 1138, poco antes de su muerte, y que se concluyó hacia 1140, pero este profesor ha visto algunos detalles que lo han llevado a datarlo algunas fechas después; cosas de los expertos. Nos ha pedido permiso para efectuar, después del verano, un estudio exhaustivo, un análisis del manuscrito con las más modernas técnicas: rayos de diversas frecuencias, fotografías con ópticas especiales, análisis microscópicos... Todas esas cosas que sirven para averiguar hasta el menor detalle sobre la historia particular del manuscrito.

—Interesante. Pero habrán vuelto a guardar el Códice en su sitio habitual, ¿no?

—Por supuesto. Ya sabe que es nuestra joya más valiosa. Sólo ha salido del archivo de la catedral en un par de ocasiones, pero tenemos orden expresa de que no vuelva a prestarse para una exposición nunca jamás.

—Me alegro. Yo tampoco soy partidario del traslado de una exposición a otra de las obras de arte; por mucho cuidado que se ponga en ello siempre acaban deteriorándose, extraviándose o, lo que es peor, siendo robadas.

—Ni lo piense, por Dios. Eso sería un desastre.

—Por ahí no se preocupe, nadie robará un manuscrito como ése, perfectamente catalogado e identificado; si alguien se arriesgara a robarlo jamás podría venderlo, y sería un esfuerzo inútil.

—Dios lo oiga, padre.

El Peregrino acabó deprisa la comida, se retiró a su habitación y llamó a un número de móvil.

—Dígame —dijo una voz.

—Esta mañana un profesor de París ha visitado el archivo de la catedral. Ha tenido el libro en sus manos y ha pedido permiso para hacer un estudio detallado cuando pase el verano. ¿Es un enviado suyo? —El Peregrino estaba alterado.

—No. Pero estaba al tanto de que esa visita se iba a producir. No se preocupe, no es importante, y además ese permiso no será concedido. Le ruego que no vuelva a llamar a este teléfono salvo cuestión muy grave; ya conoce el protocolo.

—Lo siento, señor, pero esta ocasión me lo ha parecido.

—De acuerdo, no se preocupe. Y sosiéguese. Necesito que permanezca completamente tranquilo. Si cometemos el menor error, esta operación fracasará. ¿Entendido?

—Sí, señor; no volverá a ocurrir, se lo prometo.

—¿Ya tiene acordada la cita? —le preguntó Jacques Roman.

—En dos días. Ahí cerraremos los últimos detalles. ¿Esa pareja es de fiar?

—Sí. En lo suyo son los mejores. Usted cumpla su parte y no habrá el menor problema. Buenas tardes.

Tras finalizar la conversación, el Peregrino se santiguó tres veces y rezó varias oraciones. Se recostó en el sofá de su habitación pero no pudo echar la cabezada que acostumbraba a echarse todas las tardes después de comer. La idea del pecado lo atormentaba. El castigo para los ladrones sacrílegos conllevaba la condena eterna en el infierno, pero procuró convencerse de que lo que él estaba haciendo no era un pecado, sino un gran servicio a la verdadera fe, a las creencias que siempre habían guiado sus pasos. Aquello no iba a ser un robo, sino un acto de reafirmación del cristianismo auténtico, la manera de evitar que las fuerzas del mal acabaran con la obra de Jesucristo y que hicieran baldío su sacrificio en la cruz.

Sobre Oporto lucía un sol espléndido. Habían llegado la tarde del miércoles y se habían dirigido en busca del Café de París, que encontraron enseguida.

El local, probablemente una antigua tienda, era en realidad un café-restaurante al que acudían intelectuales, artistas, estudiantes y profesores de la Universidad de Oporto. Un cartel anunciaba un asombroso desayuno que incluía café con leche, zumo de naranja, tostada con mantequilla y mermelada, bollo, cruasán y un tazón de fruta por un euro y medio. En otro se detallaba el menú para la cena: entrantes típicos portugueses, entrecot, postre, café y vino blanco; todo por quince euros.

—Podemos cenar aquí mismo, ¿te apetece? —propuso Patricia.

—Claro. Reservo mesa y luego vamos a visitar esa librería tan famosa, Lello; sobre las ocho y media venimos a cenar.

Así lo hicieron.

La librería Lello e Irmao estaba en una calle próxima. Ocupaba un edificio de tres alturas que en el interior albergaba una tienda con una extraordinaria decoración que recordaba a una imposible catedral neogótica. Compraron una guía de Oporto y pasearon por las calles cercanas. Entraron en una tienda de vinos y adquirieron dos botellas de un *vintage* de 1997 que el vinatero, un tipo agradable y dicharachero, les recomendó como la mejor añada del siglo xx.

Regresaron al café-restaurante París y pidieron el menú de quince euros, que es lo que cenaban casi todos los clientes.

—¿Qué esperas mañana del Peregrino? —le preguntó Patricia.

—Que nos asegure por completo la operación. Si comete algún error acabaremos todos en la cárcel.

—Hasta ahora hemos podido librarnos.

—Pero nunca hemos robado nada.

—Vamos, Diego, no te engañes; el tráfico ilegal de obras de arte está castigado en todos los códigos penales de todos los países del mundo, y nosotros hemos infringido algunos de ellos.

—Pero no hemos robado, insisto; al menos hasta ahora.

—Técnicamente quizá no, pero legalmente hemos sido colaboradores necesarios de los ladrones. Hemos traficado, vendido, colocado y obtenido importantes ganancias con la venta de objetos robados, que para el caso es lo mismo.

—Dejemos esto. Mañana es un día importante. Ha de quedar todo muy claro porque imagino que será la última vez que nos veamos con el Peregrino. Si tenemos que hacer este trabajo el viernes 1 de julio, lo más conveniente es que todo contacto con ese hombre quede interrumpido desde mañana mismo. Deberemos evitar cualquier circunstancia que pudiera acabar relacionándonos con él.

—Es un cura; el Peregrino es un sacerdote —afirmó Patricia.

—Sí, eso creo yo también.

—Y un obseso, o al menos un reprimido sexual de mucho cuidado. ¿Viste cómo me miraba los pechos en Madrid? No me extrañaría nada que se mortificara todas las noches con un par de cilicios para alejar de su cabeza las tentaciones que seguro que lo atormentan una y otra vez: sueños y pensamientos con mujeres desnudas que le envía el demonio, que lo acosan y lo empujan a cometer pecados para que el diablo se quede con su alma por toda la eternidad. ¿No es así como funcionan los cerebros de este tipo de individuos?

—Tienes una imaginación portentosa. No quisiera desmontar tu previsión de psicoanalista, pero tal vez sólo sea un cura que ha perdido la fe y que se ha cansado de celebrar misas, pronunciar sermones y confesar a viudas pecadoras, y ahora que se le ha presentado una oportunidad desea retirarse con un buen pellizco de euros a disfrutar del resto de su vida.

—Te equivocas. El Peregrino es uno de esos fanáticos religiosos que harían cuanto estuviera en sus manos para defender sus creencias. Si hubiera vivido en la Edad Media hubiera ido a las Cruzadas a matar musulmanes y en el Renacimiento hubiera sido inquisidor; no tengo la menor duda.

A las doce menos cinco de la mañana los dos argentinos estaban sentados a una mesa del Café de París; Patricia tomaba una limonada con hielo y Diego una cerveza.

En esta segunda ocasión el Peregrino no los hizo esperar ni un solo minuto. No llevaba sombrero pero sí sus gafas de sol, de cristales verdes muy oscuros, como recién sacadas de una película de los años sesenta.

Al entrar en el local, el hombre bajito y delgado se dirigió sin titubear a la mesa de la pareja.

—Buenos días. Síganme, por favor, hablaremos mejor fuera.

Diego pagó la cuenta y salieron a la calle. El Peregrino los condujo hacia un parquecillo cercano y se sentó en un banco solitario. Los dos argentinos lo hicieron a su lado.

—¿Por qué nos ha citado en Oporto? —le preguntó Patricia.

—Porque me he enterado de que ésta es la ciudad desde la cual escaparán una vez que el Códice esté en su poder; es una buena idea no pernoctar en Santiago. Y porque aquí nadie me conoce —respondió el Peregrino.

—Tampoco en Madrid, supongo.

—Viajar a Madrid implica dar explicaciones, pedir permiso en mi trabajo y ocupar dos días al menos. He venido en mi coche, poco más de dos horas por autopista desde Santiago, y hoy tengo el día libre.

—Bien. ¿Alguna novedad importante que justifique esta cita? —demandó Diego.

—Sí. Aquí tienen. —El Peregrino les ofreció una carpeta con decenas de fotos del archivo de la catedral de Santiago—. Ya conocen el lugar; ahí van las últimas fotos que se han realizado para una guía virtual en Internet. Les he marcado los lugares donde están ubicadas las veinte cámaras de grabación de vídeo, especialmente las cinco del archivo.

—Ya las teníamos localizadas en el plano —comentó Diego.

—Sí, pero en esos nuevos planos les he sombreado el campo de visión que recoge cada una de esas cámaras;

lo he tomado de las imágenes de las propias cámaras de vídeo.

—Se ha arriesgado usted demasiado.

—En absoluto. He copiado estas imágenes de las que se desechan una vez que transcurren cuarenta y ocho horas, que es el tiempo que las normas de seguridad obligan a conservar las grabaciones si no hay incidentes.

—¿Por qué hace esto? Usted no parece un profesional del tráfico de antigüedades.

—Ya le respondí a esa pregunta en Madrid, señorita: por dinero.

—No lo creo. Usted no es de esos que se juegan unos años de cárcel por un fajo de billetes.

—Pues créame que es así; a veces las apariencias sí engañan, señorita.

—¿Es usted creyente?

—Esa pregunta no debería hacerla, pero sí, soy católico. ¿Es suficiente para usted?

—Un católico no ayudaría a perpetrar un robo que merma el patrimonio de la Iglesia.

—A veces los católicos debemos hacer cosas que no nos gustan.

—Robar es un pecado.

—Se está usted excediendo, señorita.

—Olvidemos este asunto y vayamos al plan —intervino Diego al percibir que el Peregrino comenzaba a sentirse muy molesto con el interrogatorio a que lo estaba sometiendo Patricia.

El argentino le relató el plan para sustraer el Códice del archivo, y ambos fueron precisando los detalles sobre unos planos mientras Patricia se mordía la lengua.

—El trabajo se hará el viernes 1 de julio, pero ¿a qué hora? —demandó Diego.

—A última hora de la mañana, justo en los minutos previos al cierre del archivo. Ustedes entrarán poco antes de que se clausure al público, y serán los últimos visitantes en recorrer sus salas. Cuando lleguen a la estancia que ya conocen, abrirán la puerta, cogerán el Códice y se marcharán con él. Piensen en la manera de ocultarlo sin que provoque sospechas a su salida. No es muy grande, ya saben, treinta por veintiún centímetros y doscientos veinte folios, unos tres dedos de grosor. Cabe perfectamente en un bolso mediano o en una mochila pequeña.

—Lo sacaremos bajo nuestras ropas.

—¿Cómo? —preguntó el Peregrino.

—Todavía no lo sé; debo pensarlo. Usted ocúpese de que la estancia de seguridad esté abierta.

—Eso lo harán ustedes mismos.

—¿A qué se refiere?; creíamos que iba a ser usted quien...

El Peregrino sacó de su bolsillo una llave y la puso delante de los ojos de Patricia.

—Ésta es la principal razón por la que los he citado hoy en Oporto. Es la cuarta llave de la estancia de seguridad; ya la conocen, pues se la mostré en Madrid cuando les dije que nadie más sabe que existe. La llevarán consigo y ustedes mismos abrirán con ella la puerta blindada. Cuando tengan el Códice en su poder la dejarán puesta en la cerradura. No tengo que decirles que eviten dejar sus huellas.

—Pero ¿por qué dejar la llave puesta?

—Oficialmente sólo existen tres llaves de esa puerta; una la tiene el deán, responsable del archivo, y las otras dos están en poder de dos funcionarios: un canónigo y un archivero. Cuando la policía los interrogue, los tres mostrarán su correspondiente llave y entonces, con cuatro llaves encima de la mesa, se producirá una gran confusión.

—Espere un momento. Supongo que ya que tiene esa copia en su poder usted se ha apoderado en alguna ocasión de una de las tres llaves y ha encargado un duplicado. La policía cotejará esa llave con las tres originales y averiguará de inmediato de cuál de las tres se hizo la copia.

—Ya me he ocupado de eso. Cualquier marca que pudiera revelar la procedencia de esta cuarta llave ha sido eliminada. Nunca sabrán de cuál de las originales proviene esta copia.

—¿Cómo la consiguió? —le preguntó Patricia al Peregrino.

—Usted pregunta demasiado, señorita, y en este caso la discreción ha de ser la mejor virtud. Las medidas de seguridad del archivo y de toda la catedral no son modélicas. En el año 2005 se comenzó a redactar un plan director que se aprobó definitivamente en el 2009; la aplicación de dicho plan requiere de una inversión de veintisiete millones de euros en diez años, de ellos, dos millones se dedicarán a la seguridad del templo y de sus dependencias anexas, pero por el momento no se ha hecho nada. Por la catedral circulan cada día cientos, a veces miles, de personas: turistas, estudiantes y profesores, grupos de escolares, peregrinos, clérigos, feligreses, varias decenas de empleados, personal de limpieza y de mantenimiento, trabajadores y técnicos de las empresas de restauración, investigadores, curiosos... Todo un galimatías de gentes que van y vienen por todas partes, casi siempre sin el menor control.

—¿Y en cuanto a la policía de Santiago? —preguntó Diego.

—Nada podrá averiguar si ustedes no dejan pistas. Cuando se descubra la desaparición del Códice será el lunes día 4 de julio por la mañana, como pronto. Para entonces ya se habrán borrado las imágenes de las cintas de vídeo grabadas el viernes. No sabrán cuándo ha desaparecido ni cómo operó el ladrón. Y esa cuarta llave los despistará por completo, porque si existe una cuarta llave bien pudiera haber una quinta, y una sexta...

—Es decir, que recelarán y sospecharán de todo y de todos, y en ese río revuelto no habrá manera de aclararse.

—Usted lo ha dicho. Será un robo tan limpio que no sabrán cómo explicarlo. No habrá puertas forzadas, ni cerrajas estropeadas, ni ventanas abiertas, ni agujeros en el techo, ni pista alguna que delate a los ladrones; sólo una llave que no tenía que estar allí.

—¿Y si en el momento en que entremos en la sala de seguridad hubiera en ella alguna persona de las que trabajan en el archivo?

—Cuando ustedes entren a última hora de la mañana del viernes 1 de julio no habrá nadie en ese lugar —asentó con rotundidad el Peregrino.

—¿Cómo puede estar tan seguro?

—Créanme. El día 1 de julio, poco antes del cierre, estarán ustedes solos en la estancia de seguridad del archivo.

—Imagino que ésta es la última vez que nos vemos —supuso Diego.

—Desde hoy mismo deben olvidar que me han conocido, y yo a ustedes. A partir de ahora todo queda en sus manos. Por lo que a mí respecta, mi tarea ha terminado. Aquí tienen la llave de la estancia de seguridad. No la pierdan y no olviden dejarla puesta en la cerradura cuando salgan de esa sala. —El Peregrino le entregó la llave a Diego.

—Pero ¿y si necesitamos hablar con usted por cualquier contratiempo que pudiera surgir?

—No será necesario, aunque si algo muy grave sucediera llamen al teléfono de París. Él les solucionará cualquier inconveniente.

—¿Quién es «él»? —preguntó Diego.

—Yo no lo sé, pero supongo que se trata de la misma persona que los ha contratado a ustedes. Lo único que conozco de él es su número de teléfono, que vive en París y que es quien coordina todo esto.

»Y ahora, si me permiten, regreso a Santiago. Me gustaría llegar pronto. Que tengan suerte.

El Peregrino los saludó inclinando levemente la cabeza y se alejó presto.

—Ese hombre es un frustrado.

—¿Sigues pensando que es un obseso del sexo? —le preguntó Diego.

—Por supuesto; si lo siguiéramos en su camino de regreso a Galicia, no me extrañaría nada ver su coche aparcado en alguno de esos sórdidos burdeles de carretera.

—¿Aunque sea sacerdote, como dices?

—No creo que su dedicación importe demasiado a los que regentan ese tipo de tugurios.

Diego abrió su mano y observó la llave que acababa de entregarle el Peregrino.

—Demasiado sencillo; un trabajo demasiado sencillo. Debemos andar con mucho cuidado o daremos con nuestros huesos en cualquier prisión española.

De regreso a Ginebra, Patricia y Diego disponían de toda la información para llevar a cabo el encargo que les había hecho Roman.

Recién llegados a su casa sonó el teléfono móvil de Diego.

—Dígame.

—El Peregrino me ha informado de que todo está correcto —dijo Roman sin identificarse, como era habitual.

—Sí. El trabajo está en marcha.

—Tengan cuidado. El cuarto sello se ha roto ya.

—¿La muerte? —preguntó Diego en tono irónico, algo cansado del juego que Jacques Roman parecía llevar a cabo en torno a los siete sellos del Apocalipsis.

—Ése es el nombre del cuarto jinete, el que monta el caballo amarillo, el último de los cuatro caballos y el más terrible de todos ellos.

—¿Qué ha ocurrido esta vez?

—No tardará en descubrirlo. Les deseo mucha suerte.

Y colgó.

Diego se quedó pensativo, observando la pantalla de su móvil que indicaba «llamada finalizada».

QUINTO SELLO

LOS MÁRTIRES QUE HAN SIDO Y LOS QUE SERÁN

—Los que en la Edad Media idearon todo este tinglado en torno a la presunta tumba del apóstol Santiago eran unos tipos muy inteligentes. Hoy no hubieran tenido precio como publicistas —comentó Patricia ya en Ginebra, al regreso de Oporto—. Ya ves, algo tan simple y casi doce siglos después el invento sigue funcionando a la perfección.

—No es tan sencillo, Patricia. En Compostela se ha plasmado algo más que la invención de un clérigo avispado; de no ser así no se hubiera mantenido durante tanto tiempo y con tanto éxito. El Camino de Santiago significa mucho más que ir a visitar los huesos de uno de los apóstoles; hacer el camino y llegar a la meta supone encontrarse a uno mismo y superarse, y hay gente que es precisamente eso lo que anda buscando. Y no todos lo encuentran.

—El camino interior y todas esas cosas con que nos bombardean los psicoanalistas. Oye, Diego, somos argentinos, pero no por eso debemos dedicarnos necesariamente a la psiquiatría ni siquiera a la psicología. Un templo como éste —tenían sobre la mesa el plano de la catedral de Santiago— no se construye con la fuerza interior ni con la fe, por mucha de una o de otra que quieran manifestar algunas personas, sino con plata, con muchísima plata.

—Ahí radicó la habilidad de los obispos compostelanos: en ser capaces de atraer a su diócesis los recursos necesarios para edificar este templo. Y lo tuvieron que reconstruir en varias ocasiones. El obispo Teodomiro levantó el primer edificio, poco más que una pequeña capilla, tras el descubrimiento del sepulcro con los huesos del apóstol Santiago, o al menos a él se le atribuyeron en las primeras décadas del siglo IX. Desde entonces, sus seguidores hicieron todo lo posible para convertir a Santiago en el santo defensor de la cristiandad hispana. Una táctica muy eficaz consistió en escribir crónicas guerreras en las que este apóstol se aparecía en medio de todas las batallas sobre un caballo blanco, dispuesto a ayudar a los cristianos en sus combates contra los musulmanes durante la Reconquista. Si hacía falta, se inventaban batallas inexistentes como la de Clavijo, que presuntamente tuvo lugar en el siglo IX pero que en realidad se trata de una fabulación de un clérigo del siglo XII.

»Esa primera iglesia del siglo IX fue ampliada y remodelada a comienzos del siglo X, en época del rey Alfonso III de León, y durante un siglo prosperó al abrigo de donaciones y de nuevas leyendas que iban creándose sobre el lugar. Pero el caudillo cordobés Almanzor, embarcado en una terrible guerra contra los cristianos, la destruyó el 10 de agosto del año 997. Cuenta una tradición que este caudillo musulmán se llevó las campanas de Santiago a Córdoba cargadas a hombros de los cristianos capturados en esa razia, donde fueron reutilizadas como enormes lámparas para iluminar la mezquita, y que cuando el rey Fernando el Santo conquistó Córdoba un par y medio de siglos después las hizo retornar a Compostela, pero en esta ocasión a hombros de cautivos musulmanes.

—Si Santiago permitió que los musulmanes destruyeran su santuario en el siglo X, significa que el santo no ayudó a los cristianos y que su protección no funcionó, al menos en esa trascendental ocasión. Los cristianos tenían motivos para estar enojados con él —ironizó Patricia.

—Siempre se encuentra una justificación a esos abandonos por parte de los santos protectores con respecto a sus devotos: la falta de fe, la comisión de pecados, el no prestar la suficiente atención... Pero, a pesar de la destrucción y tras varias décadas de decadencia y abandono, Compostela se repuso. Aquéllos fueron tiempos de luchas entre hermanos por el poder real; de hecho, desde 1065, Galicia tuvo un rey privativo llamado García, pero su reinado apenas duró seis años, pues en 1071 sus dos hermanos mayores, Alfonso VI de León y Sancho II de Castilla se aliaron contra él, lo derrocaron y se repartieron Galicia. El pobre García fue encerrado en una prisión, donde pasó el resto de sus días. En 1072 el rey Sancho II derrotó a su hermano y antiguo aliado Alfonso. Se hizo con todo el poder y todos los territorios de su padre Fernando I, pero murió a los pocos meses sin hijos y el derrocado Alfonso VI regresó del exilio para hacerse cargo de los reinos unificados de León, Castilla y Galicia.

»Fue a partir de ese reinado cuando se dio un gran impulso a Santiago. El obispo Diego Peláez colocó la primera piedra de la gran catedral románica en 1075, y a partir de ahí el templo compostelano comenzó a crecer ininterrumpidamente gracias a las donaciones que llegaban de todas partes, sobre todo de los reyes de León. Pero aquel obispo no se limitó a cumplir con su papel como pastor de los fieles de su diócesis y constructor del nuevo templo, sino que optó por participar en la compleja política del reino. Claro que eligió mal el bando al que afiliarse, de modo que, pese a su condición episcopal, fue acusado y encarcelado por conspirar contra el rey.

»Pero pese a esas disputas políticas, las obras de la catedral siguieron adelante. En 1100 el maestro Esteban ya había levantado la cabecera y se pudieron celebrar las primeras misas y otras ceremonias religiosas en el templo. Ese mismo año fue proclamado obispo de Compostela Diego Gelmírez, un personaje crucial en esta historia. Durante cuarenta años fue el prelado de esa diócesis, organizó las peregrinaciones masivas, construyó puentes, ordenó armar barcos para la defensa de las costas contra los piratas, reglamentó los mercados y las tiendas y reformó el cabildo catedralicio.

—Imagino que afluirían enormes rentas para poder hacer tantas cosas.

—A diferencia de su antecesor, Gelmírez tenía muy buena relación con la monarquía leonesa. Nada más tomar posesión de su cargo impulsó las obras de la catedral y puso en marcha una gigantesca campaña de propaganda religiosa con el sepulcro del apóstol Santiago como gran reclamo. En apenas cinco años consiguió que se labraran las dos portadas del crucero: la de Platerías, la primera de la catedral que contemplaban los peregrinos que entraban en Santiago por el camino que atraviesa todo el norte de España, y la de los franceses. Y en 1105 logró que se acabaran las obras de la girola. De inmediato se demolió lo poco que quedaba en pie de la iglesia saqueada por Almanzor y se iniciaron las obras del crucero y de la nave mayor. Gelmírez logró que la reina Urraca de León, hija y sucesora en 1109 del fallecido Alfonso VI, le otorgara muchas donaciones y privilegios, aunque a punto estuvo de irse todo al traste en 1116.

—¿Qué ocurrió, otro ataque musulmán? —preguntó Patricia.

—No. En esta ocasión los problemas surgieron por un asunto interno que estalló en la propia ciudad de Santiago. El obispo Gelmírez, investido de un poder casi absoluto, se comportaba ante sus vecinos y ciudadanos como un todopoderoso señor feudal, dueño de haciendas y vidas, y los burgueses de Compostela no soportaban que el poder del obispo lo cubriera todo, de modo que protagonizaron una monumental revuelta. Aprovechando una visita de la reina Urraca a la ciudad, asediaron el palacio de Gelmírez y cercaron a la reina y al obispo en una de las torres del palacio episcopal. Como los sitiados no se rendían, le prendieron fuego. La reina tuvo que salir de la torre para evitar ser abrasada por las llamas. Lo que cuentan los cronistas que sucedió con ella fue terrible: los burgueses la detuvieron, la arrastraron por el barro y la apedrearon y ultrajaron hasta que quedó desnuda de cintura para arriba a la vista de todos. Milagrosamente, logró escapar de aquella tortura. Entre tanto, ardía la techumbre provisional de madera del templo y Gelmírez aprovechó la confusión para escabullirse del asedio y huir de la ciudad. Durante año y medio los burgueses la gobernaron y promulgaron nuevas leyes y estatutos; lo hicieron con la ayuda de los canónigos de la catedral, que apoyaron la revuelta a causa de que el obispo les había recortado sus rentas y había colocado al frente de la administración económica del cabildo a su hermano y a un sobrino.

—¡La Revolución francesa en pleno corazón de Galicia y en el siglo XII! —festejó Patricia.

—Bueno, no tanto. Además, en 1117 Gelmírez regresó con un ejército real, logró la rendición de los burgueses y recuperó el poder. Ese año fue muy importante para la catedral de Santiago: la reina Urraca le otorgó nuevas donaciones y pudieron retomarse las obras. Una tradición señala que la reina entregó a la catedral la cabeza de Santiago el Menor, que unos cruzados habían conseguido recuperar en Jerusalén tras la toma de la Ciudad Santa durante la Primera Cruzada.

—¡Vaya!, ahora Compostela tenía las cabezas de los dos Santiagos.

—Creo que este dato es uno más de los muchos que confunden a los dos apóstoles del mismo nombre y que contribuyen a liar esta historia; además hay que tener en cuenta que Santiago el Menor no fue ejecutado mediante decapitación, sino apedreado. Algunos dicen que esa cabeza era la del propio Santiago el Mayor, que se había quedado en Jerusalén cuando sus discípulos trasladaron su cuerpo a Galicia. ¡A saber a quién perteneció en realidad esa cabeza! Pero fuera como fuese, la habilidad del obispo Diego Gelmírez no decayó pese a la revuelta, sino todo lo contrario. Solicitó el apoyo de la reina Urraca de León y reclamó para Compostela la primacía de la sede apostólica en Hispania, intentando arrebatársela a Toledo. Su argumento consistía en resaltar que la categoría sagrada de Santiago de Compostela era tan excelsa como la de la propia Roma, pues eran las dos únicas ciudades de Occidente que podían alardear de conservar el cuerpo de uno de los doce primeros apóstoles de Jesús: Roma guardaba el de san Pedro, y Compostela el de Santiago. Gelmírez no lo consiguió porque Urraca y su hijo Alfonso Raimúndez, el futuro rey, mantuvieron Toledo como sede primada, pero lo que sí logró fue que el papa Calixto II elevara la diócesis de Santiago a la categoría de archidiócesis, y él ascendió de obispo a arzobispo.

—Calixto II, el papa del Códice.

—Sí, el mismo. Este pontífice gobernó la Iglesia romana entre 1119 y 1124, y a él se le atribuye el origen del Códice.

—Entonces, ese manuscrito supone la culminación de la campaña política que puso en marcha el obispo Gelmírez para hacer de Santiago la sede episcopal más importante de Europa y el mayor centro de peregrinación de toda la cristiandad.

—En efecto. Ahí radica la gran trascendencia del Códice Calixtino: ese libro significaba el broche de oro que puso Diego Gelmírez a su obra de cuarenta años al frente de la iglesia compostelana. De ahí que se convirtiera en el símbolo de toda una época, tal vez la más gloriosa de las peregrinaciones a ese santuario.

—¿Y en Santiago son conscientes de todo esto? —preguntó Patricia.

—Por lo que he podido leer estas semanas creo que sí, al menos en los ambientes intelectuales y cultos de la ciudad.

—En ese caso, robarles el Códice es como robarles el alma.

—Quizá no tanto. No conozco a los españoles, pero es probable que a la mayoría de la gente no le importe demasiado, aunque supongo que una minoría sí lo considerará como un grave atentado a su cultura. Y todavía más en este año en el que celebran el octavo centenario de la consagración del templo, pues las obras se dieron por terminadas en 1211.

—Pero si no recuerdo mal por las clases de historia del arte medieval, el Pórtico de la Gloria es anterior en varias décadas.

—En efecto. Ya comentamos que el templo románico tenía una portada principal con dos entradas de comienzos del siglo XII que representaba una escena con la Transfiguración, pero fue derribada en 1168 para que el maestro Mateo labrara en su lugar el Pórtico de la Gloria, con triple acceso —dijo Diego.

—Y ahí dejó su cabeza labrada en piedra para que los que lo visiten la choquen con la frente creyendo que así les inculcará un poco de su sabiduría.

—Santiago de Compostela es la meta del Camino, el final, pero a lo largo del mismo surgieron numerosas iglesias, abadías y monasterios que se dotaron de reliquias para recibir la visita y las donaciones de los peregrinos. En Conques se levantó una iglesia en honor de santa Fe, martirizada por Diocleciano en el 303, cuyas reliquias se guardaban en una estatua de oro de la santa; en Tréveris se exponían las sandalias de san Andrés dentro de una caja de oro con forma de pie; la abadía de Reading guardaba un zapato de Cristo, sus pañales, sangre de su costado, un pan del milagro de la multiplicación, el velo y la mortaja de la Verónica, varios cabellos, la cama y el cinturón de la Virgen María, las varas de Moisés y de Aarón y algunas reliquias de san Juan Bautista, e incluso una mano del propio Santiago procedentes del saqueo de Constantinopla por los cruzados en 1204, que la emperatriz Matilde había entregado a su abad.

»En la Edad Media la mayoría de los peregrinos hacían el Camino para "remedio de su alma", como suele citarse en los documentos de la época, pero hoy en día muchos de los caminantes no lo son por motivos religiosos, sino por pura exigencia personal. He leído una guía del Camino escrita por un alemán donde destaca la experiencia casi mística que significa caminar horas y horas en soledad por las inmensas planicies de la meseta castellana, en interminables jornadas que es preciso afrontar con espíritu de superación y con el convencimiento de que puede vencerse el reto con la fuerza de la voluntad y el empeño en saber afrontar las debilidades que nos invaden para sobreponerse a cualquier adversidad.

—Visto así, el Camino parece una excelente terapia de autocuración y de autoestima.

—Y así es. Quienes lo han finalizado aseguran que la culminación del mismo, una vez que llegas a Compostela y tienes a la vista las torres de la catedral desde el monte del

Gozo, implica una extraordinaria carga de autocomplacencia, pero también de superación y de triunfo personal.

—Como ganar una medalla de oro en unos Juegos Olímpicos, vamos —ironizó Patricia.

—Pues no te rías, pero algo así deben de sentir los peregrinos a la vista de su meta, si nos fiamos de sus declaraciones.

—Como sigas hablando con ese entusiasmo te veo haciendo el Camino de Santiago cualquier día de éstos.

—De momento lo haremos en avión para recoger el Códice y entregarlo en París, pero ¿quién sabe? Tal vez algún día me proponga recorrerlo a pie, desde el propio París.

—Sería una forma de purgar tus pecados como ladrón de antigüedades para evitar la condena eterna y poder entrar en el cielo.

—Sabes bien que no creo en el más allá.

—Quizá en el Camino encuentres la revelación y te conviertas en un fervoroso creyente. No serías el primero; recuerda lo que le ocurrió a san Pablo camino de Damasco.

—Lo dudo. Mi ateísmo no es una cuestión de falta de fe, sino de lógica científica.

—Claro, claro...

En ese momento sonó el teléfono de Diego. Tras contestar, escuchó la elegante e inconfundible voz de Jacques Roman.

—Estoy en Ginebra; he venido a resolver unos asuntos financieros. ¿Están ustedes en la ciudad?

—Sí, estamos en casa.

—¿Podemos vernos?

—Por supuesto.

—En ese caso los invito a almorzar. ¿Conocen el restaurante La Broche?

—Sí, es uno de los mejores de Ginebra.

—¿Les parece bien mañana, a las dos de la tarde? Reservaré mesa para tres.

—Allí estaremos.

—De acuerdo, hasta mañana entonces. —Jacques Roman colgó el teléfono.

—¿Con quién has quedado? —le preguntó Patricia.

—Jacques Roman está en la ciudad y nos ha invitado a almorzar mañana en La Broche.

—¡Aquí, en Ginebra! ¿A qué ha venido?

—Por «asuntos financieros», me ha dicho. Imagino que, en realidad, ha venido a ingresar divisas en cualquiera de los bancos de la ciudad. Roman suele manejar mucha plata en negro.

—Echo de menos aquellos tiempos en los que no teníamos ese problema —comentó Patricia.

—¿Qué problema?

—El de blanquear dinero. Mi jefa me explotaba en la galería de arte de Buenos Aires, sí. Me pagaba ochocientos dólares al mes y me hacía trabajar diez horas diarias de martes a domingo, pero cada noche podía dormir tranquila en mi modesto apartamento. Y ahora ya ves: vivimos en una magnífica casa, en un paraje de ensueño, tenemos dinero, pero no me siento tan segura como antaño.

—Ambos elegimos vivir así, y sabíamos perfectamente dónde nos metíamos. Quiero que estés bien, de manera que si deseas que abandonemos este modo de vida, lo haremos, pero antes debemos realizar ese trabajo en España —replicó Diego.

—No acabará nunca, ¿verdad? Te gusta demasiado el dinero que proporciona este negocio. Creo que ya no podrías vivir de otra manera.

—Por ti, al menos lo intentaría. Si tú lo deseas dejaremos todo esto y reharemos nuestras vidas.

Patricia abrazó a Diego y lo besó con ternura. En el fondo de su corazón sabía que aquel hombre al que amaba no cambiaría jamás, y que pronto llegaría el momento en que ella tendría que decidir entre seguir con aquella vida de delincuentes internacionales de guante blanco, siempre caminando en el filo de la navaja, o tornar a la placentera mediocridad de la gente común en Buenos Aires. Ambos temían que llegara ese momento, porque ninguno de los dos tenía claro cuál sería su prioridad en la trascendental decisión que en algún momento deberían tomar.

La puntualidad de Jacques Roman y de Diego Martínez era proverbial; ambos coincidieron a las dos en punto en la puerta del restaurante.

—Señorita Patricia, está usted hermosísima; buenas tardes, Diego, ¿cómo se encuentran?

—Muy bien, gracias. —Patricia dio la mano a Roman, que luego estrechó la de Diego.

Entraron juntos en el restaurante y el *maître* los condujo hasta la mesa que Jacques Roman había reservado, en una zona discreta del local donde podían hablar con absoluta intimidad. Una vez acomodados y elegidos los platos, Roman pidió champán.

—Por favor, sírvanos una botella de Krug Clos d'Ambonnay de 1995.

—Magnífica elección, señor. —El *sommelier* dibujó una sonrisa servil; no todos los días, ni siquiera en ese restaurante, se servía una botella de tres mil euros.

—¿No deberíamos esperar a que este trabajo se culmine con éxito para celebrarlo? Tal vez nos estemos precipitando —preguntó Diego a la vista de la elección del champán por Jacques Roman.

—No se trata de una celebración, sino de manifestarles mi agradecimiento por haber aceptado el encargo.

—Tal cual está planificado, este asunto parece un juego de niños —intervino Patricia.

—Así debería ser. Hemos estudiado las medidas de seguridad del archivo de la catedral y, salvo por las cámaras de vídeo, un niño podría entrar, apoderarse del Códice y salir del templo sin que nadie se percatara de que ha desaparecido. Y eso sin contar con un colaborador interno, como ocurre en este caso.

El *sommelier* se acercó con la botella de Krug y las tres copas como si llevara entre sus manos un preciado tesoro. Quitó el aluminio que cubría el gollete y giró el corcho con la experiencia del profesional acostumbrado a tratar los grandes vinos y los grandes champanes con la delicadeza requerida en su manipulación. El líquido dorado burbujeó en la copa, que Roman ofreció a Patricia.

—Espero que le guste.

La argentina mojó sus labios con el champán. Un delicado efluvio a diversos aromas frutales que no fue capaz de identificar inundó su pituitaria.

—Riquísimo. Tiene usted un gusto excelente —le dijo a Roman.

—Puede servir el resto de las copas. Y no se preocupe más, yo serviré el resto —le indicó Jacques al *sommelier*, que se retiró con una leve inclinación de cabeza.

—Estupendo champán —señaló Diego.

—Tal vez el mejor de la última década; la ocasión lo merece. Pero volvamos a nuestro asunto, queridos amigos. Supongo que ya tendrán todo estudiado.

—Así es.

—El Peregrino está preocupado por una sola cuestión, y yo comparto sus temores: ya conocen el plan para entrar y hacerse con el Códice, pero ¿cómo lo sacarán ustedes del archivo?

—Ya hemos resuelto ese inconveniente. —Diego dio un sorbo a su copa mientras miraba a Patricia, indicándole con los ojos que le siguiera la corriente.

—¿Puedo saberlo?

—De momento, si no le importa, preferimos guardar silencio; pero no se preocupe, nadie se dará cuenta de que salimos del archivo con el Códice —aseguró Diego—. Ni siquiera las cámaras de vídeo, siempre que una de ellas no enfoque el armario donde se guarda el Calixtino.

—Ya saben que en esa estancia no hay ninguna cámara.

—En ese caso, nadie detectará que llevamos con nosotros el manuscrito.

—Me están intrigando. ¿Acaso son magos ilusionistas?

—En esta profesión hay que hacer magia a veces, pero le aseguro que en esta ocasión no habrá tal. Confíe en nosotros.

—No he hecho otra cosa desde que los contraté.

—Yo, en cambio, sí tengo algunas dudas —terció Patricia.

—¿A qué se refiere?

—Sigo sin entender la motivación que le mueve a organizar este trabajo. Usted es un hombre rico...

—No todo en esta vida gira en torno al dinero, señorita Patricia. No puedo decirles, de momento, por qué quiero ese Códice, pero sepan que lo necesito imperiosamente; en caso de que no lo obtuviese, todo aquello en lo que creo podría venirse abajo.

—No lo entiendo, Jacques. ¿Me permite que lo trate así?

—Por supuesto, Patricia. Lo explicaré brevemente: el cristianismo está en peligro, acechado por fuerzas ocultas muy poderosas, interesadas en destruir la obra que tanto esfuerzo, tantos mártires y tantos siglos le ha costado levantar a la Iglesia.

—¿Se refiere a fuerzas satánicas, a los islamistas, o a los ateos y a los comunistas? —Patricia intuyó que aquél era el momento, aprovechando la euforia provocada por el champán, para sonsacarle algo más a Jacques Roman.

—Me refiero al Apocalipsis. —Jacques Roman pareció entrar en una especie de trance, como si se hubiera liberado de ciertas prevenciones y estuviera dispuesto a desvelar algunos de los secretos que se guardaba.

—¿Al libro de san Juan?

—A las profecías que allí se anuncian.

—¿De verdad cree en ello?

—Está escrito. Como saben, en el Apocalipsis se habla de la existencia de un libro sellado con siete sellos, y cada uno de ellos encierra una catástrofe para la humanidad, que se desencadena conforme se van rompiendo. La apertura de los sellos supone una calamidad tras otra, pero es imprescindible para la llegada del reino de Dios, y hay que pasar por ello. Según san Juan, entre los seres humanos no existe una sola persona digna de abrirlos para leer su contenido, de modo que quien deberá hacerlo será el cordero divino, Jesucristo. Será Él quien los irá rompiendo uno a uno. Ya les he anunciado que han sido abiertos los cuatro primeros sellos, que corresponden a los cuatro jinetes con sus cuatro caballos: el caballo blanco montado por el hambre, el jinete coronado armado con un arco; el caballo rojo con un jinete con una espada, la guerra; el caballo negro y el jinete con una balanza, la injusticia; y el cuarto, el caballo amarillo montado por la muerte.

—Sí, los cuatro jinetes del Apocalipsis que según usted ya han sido liberados tras la ruptura de los cuatro primeros sellos —comentó Patricia—. Pero ¿qué tienen que ver esos sellos y esos jinetes con el Códice Calixtino? Los libros donde se representa con miniaturas el texto del Apocalipsis de san Juan son los Beatos.

—Ayer se rompió el quinto sello, el de los mártires que han sido y el de los que serán. Para que la Iglesia haya triunfado ha sido necesario derramar la sangre de miles de mártires. La ruptura del quinto sello significa que nuevos cristianos serán martirizados, y su sacrificio rescatará a la Iglesia de las terribles fuerzas que la amenazan y que pugnan por destruirla.

—¡Un momento! ¿Usted cree que el Códice Calixtino es el libro de los siete sellos que describe el Apocalipsis? —preguntó Patricia a Jacques Roman, quien conforme hablaba parecía sumido en una especie de estado de catalepsia, con una rigidez que le impedía mover cualquier parte de su cuerpo que no fueran los labios.

—No, no lo es, pero, desde luego, si se revela su contenido oculto podría desencadenarse el verdadero cataclismo que anuncia san Juan en su profecía.

—Vamos, déjese ya de juegos, ¿qué diablos contiene ese maldito Códice? —Patricia comenzaba a impacientarse.

De repente, como si hubiera vuelto a la realidad después de estar vagando por un mundo de pesadillas, Jacques Roman se mostró mucho más seguro de sí.

—Según las Sagradas Escrituras, Juan se comió el libro que se describe en el Apocalipsis, y aunque le supo dulce como la miel en la boca, le amargó las entrañas cuando lo digirió.

—¡Déjese de adivinanzas! ¿Qué contiene ese Códice, por favor? —insistió Patricia levantando la voz.

—Señorita Patricia, esa cuestión no es de su incumbencia, pero le prometo que una vez el Calixtino esté en mis manos se lo explicaré con todo detalle, y entonces entenderá, e incluso justificará, mi manera de actuar.

—Que así sea —terció Diego a la vez que levantaba su copa de champán y la apuraba hasta la última gota.

Acabaron el almuerzo comentando cuestiones banales sobre el mercado de antigüedades, y de cómo, según defendió Roman, dada la difícil situación financiera internacional, en esos momentos era más rentable y seguro invertir en oro, cuyo precio superaba por primera vez al del platino. Además no estaba cargado con tantos impuestos y era facilísimo de blanquear en cualquier país que hacerlo con obras de arte, sobre todo con las robadas, pues la policía de la mayoría de los países de la Unión Europea estaba comenzando a tomarse en serio el tráfico ilegal de antigüedades, y ya sólo era posible encontrar nuevas piezas de cierto fuste en Italia, donde el expolio continuaba sin remedio.

Al despedirse a la puerta del restaurante, Jacques Roman les deseó suerte y les anunció que la próxima vez que se encontraran sería en su casa de la isla de San Luis, en París, brindando con otra botella de champán por el éxito del trabajo y con el Códice Calixtino encima de la mesa.

—¡Vaya!, creía que, además de pareja, también éramos un equipo —le comentó Patricia a Diego al entrar en casa.

—¿Por qué dices eso?

—Porque no tenía la menor idea de que ya habías planeado cómo sacar el Códice del archivo.

—Es que no lo he pensado... hasta esta misma mañana. Se me ha ocurrido la idea justo cuando llegábamos al restaurante, al ver salir de una tienda cercana a una embarazada.

—¡Cómo!

—Cuando vayamos a por el Códice tú estarás embarazada, de siete u ocho meses al menos.

—Nunca hemos hablado de tener un hijo, pero aunque nos decidiéramos ahora mismo, creo que has calculado mal el tiempo; para llevar a cabo el trabajo de Santiago falta menos de un mes —ironizó Patricia.

—Serás una embarazada aparente.

—Explícate.

—Dadas las facilidades que nos vamos a encontrar, siempre que el Peregrino cumpla con su parte del plan, lo complicado no será hacernos con el Códice, sino salir del archivo sin despertar sospecha alguna. Bien, el manuscrito tiene unas dimensiones de treinta centímetros de alto por veintiuno de ancho y tres dedos de grosor. —Diego se acercó hasta una estantería y cogió el facsímil del Códice Calixtino que habían adquirido unas semanas atrás en la tienda de la catedral de Compostela—. Exactamente así.

Y colocó el libro sobre el vientre de Patricia.

—Ya, pero alguien puede sospechar de una mujer que entra en el archivo con mi aspecto actual y sale media hora después con una barriga de ocho meses de embarazo, ¿no crees?

—Entrarás y saldrás con el mismo aspecto de embarazada.

—¿Y cómo será posible si tengo que meterme debajo de la ropa ese Códice?

—Porque entrarás con un globo, lo deshincharemos, colocaremos el Calixtino en su lugar y nadie notará el menor cambio. Claro que tendremos que practicar un poco para que todo salga a la perfección. En un minuto como máximo deberemos deshinchar el globo, colocar sobre tu vientre el Códice, sujetarlo para que no se caiga o se desplace y volver a colocarte la ropa de manera que no se note el truco. Tendremos que probar con un globo de goma suficientemente resistente, darle la forma adecuada y hacer lo mismo con el libro una vez colocado. Y ensayar una y otra vez hasta que podamos ejecutar la transformación en menos de un minuto.

—Es ingenioso, sí. Hace más de siete años que comparto mi vida contigo y no dejas de sorprenderme.

—Mañana iremos a una tienda de bricolaje y compraremos todo lo necesario: un globo de goma resistente, una válvula para hincharlo y deshincharlo, cinta adhesiva por las dos caras y algo de ropa de embarazada lo más amplia posible; un vestido que se pueda levantar con toda rapidez para poder colocar el Códice adosado a tu vientre.

—¿Y qué haremos con el globo una vez deshinchado?

—No lo deshincharemos del todo. Tendremos que calcular que quede aire suficiente como para recolocarlo encima del Códice y que mantenga la forma redondeada, pues en caso contrario tu vientre tendría un aspecto extraño, como una gigantesca porción de chocolate, y eso sí que llamaría la atención de todo el mundo. Por eso debemos practicar una y otra vez hasta que el resultado sea perfecto, y todo en menos de un minuto.

En los días siguientes prepararon el artefacto y ensayaron repetidamente los movimientos que iban a ejecutar para ocultar el Códice Calixtino bajo las ropas de embarazada de Patricia. El facsímil, colocado sobre una almohada encima de la mesa del comedor, hacía las veces de original. Patricia llevaba sobre el vientre el globo de goma, con una válvula especial que permitía vaciar el ochenta por ciento del aire en apenas siete segundos. Una y otra vez, hasta la saciedad, repitieron los mismos movimientos. Se acercaban codo con codo hasta un metro de distancia del libro y entonces Patricia se levantaba con ambas manos el vestido de embarazada comprado para la ocasión a la vez que Diego manipulaba la válvula para sacar el aire necesario y dejar espacio para el Códice; ella sujetaba el borde del vestido con los dientes, con las manos ya libres agarraba el globo casi deshinchado, lo despegaba de su vientre, liberándolo de la cinta adhesiva sujeta a un ancho cinturón que le ceñía la cintura sobre la piel, contaba hasta ocho y cerraba la válvula. Para entonces, Diego ya había cogido de encima de la almohada el libro, lo había rodeado con dos cintas de tela adhesiva y lo ajustaba sobre el vientre de Patricia, que de inmediato se colocaba sobre el libro el globo casi desinflado, pero con el aire suficiente como para presentar una forma redondeada. Él tomaba entonces otras dos cintas adhesivas que había llevado Patricia pegadas a sus muslos y con ellas sujetaba el globo a su cintura. Dejaba al fin caer el vestido sobre su vientre y sus piernas soltándolo de entre sus dientes y ambos ajustaban pliegues y telas para que todo quedara en su sitio.

Tras varios días practicando y ajustando el volumen de aire del globo y la longitud de las cintas adhesivas, lograron ejecutar toda la operación en cuarenta y tres segundos. El resultado era óptimo; antes de cada ensayo Diego fotografiaba a Patricia de frente, de los dos perfiles y de espaldas, y lo volvía a hacer una vez colocado el libro sobre su vientre. Tras múltiples intentonas lograron que el cambio no se notara en absoluto. El resultado fue tan perfecto que se limitaron a repetir esta operación, hasta que sus movimientos fueron tan precisos que hubieran podido hacerlo completamente a oscuras. De hecho, lo practicaron en una penumbra casi absoluta, por si se produjera algún contratiempo inesperado en el momento de la verdad.

SEXTO SELLO

TERREMOTOS, SOL NEGRO, LUNA ROJA, CAÍDA DE ESTRELLAS Y LLUVIA DE GRANIZO, FUEGO Y SANGRE

Mediado el mes de junio Patricia y Diego ya tenían organizado el viaje. El miércoles 29 de junio saldrían de Ginebra a París, y enlazarían allí con un vuelo a Oporto, donde pasarían las noches del 29 y 30 de junio. El viernes 1 de julio se trasladarían en un coche alquilado desde Oporto a Santiago, harían el trabajo y regresarían de inmediato al aeropuerto de Oporto, donde tomarían un avión a París ese mismo viernes.

Todos los días, a primera hora de la mañana, consultaban la prensa gallega mediante Internet. Les llamó la atención que en la segunda quincena de junio se celebraba en Santiago un encuentro de escritores sobre literatura de viajes con motivo del octavo centenario de la consagración de la catedral. Al leer la noticia, ambos comentaron que uno de los libros que contenía el Códice Calixtino, atribuido al monje cluniacense Aimeric Picaud, era considerado por algunos historiadores como la primera guía de viajes de la Europa medieval, anterior en sesenta años al libro *Il Milione* de Marco Polo.

—Si los escritores deciden celebrar un tercer encuentro el año que viene tendrán un tema bien destacado para debatir —sugirió Patricia.

—En caso de que el trabajo salga bien, sí, pero, si nos atrapan, me temo que ese tercer encuentro no versará sobre literatura de viajes sino sobre literatura negra, y en ese caso nosotros seremos los protagonistas.

—No nos atraparán —sentenció Patricia.

—¿Cómo estás tan segura?

—Porque Jacques Roman lo tiene todo previsto, y en sus previsiones no está el que nos capturen. Tengo la corazonada de que hay mucha gente y muy importante implicada en este asunto, y ellos se encargarán de que nunca se descubra a los autores materiales e intelectuales de este robo.

—Siempre has sospechado que había algo más que un siempre capricho de Jacques Roman en este negocio.

—Y lo hay. ¿No viste el otro día cómo se expresaba Roman durante el almuerzo?

—Te refieres a lo del Apocalipsis y todas esas obsesiones...

—Sí. Ese hombre es una pieza fundamental del ala más integrista del catolicismo, que extiende sus tentáculos en amplias esferas de poder: el Vaticano, la gran banca, los consejos de ministros de los principales Estados europeos, las asociaciones profesionales, la judicatura, la policía... Toda una trama de intereses coincidentes que ha creado una red imposible de desenmarañar. Estoy convencida de que detrás del robo del Códice se oculta una operación de tan alto calado y con personas tan importantes implicadas que sus autores intelectuales jamás permitirán que ese manuscrito se recupere.

—¿Cuál crees que es el motivo por el que van a robarlo?

—En ese libro se oculta algo que, de hacerse público, socavaría los cimientos en los que se basan las creencias de toda esa gente, las que les permiten mantener su poder y sus privilegios —explicó Patricia.

—¿Y qué crees que encierra ese secreto tan terrible: la clave para desencadenar el fin del mundo?

—No te burles, querido, pero esas referencias al Apocalipsis que está haciendo Jacques Roman...

—Vamos, Patricia, Roman es un tipo extraño. Pero es culto, bien educado, inteligente, de gusto exquisito y de maneras muy refinadas, no me parece de esos que creen en que las profecías más terribles tengan el menor viso de verosimilitud. Lo considero un hombre pragmático al que le gusta vivir bien, un burgués rico y caprichoso al que todo le ha venido de cara en la vida.

—Sí, eso ha marcado una parte de su personalidad, pero tiene otro perfil oscuro y enigmático, un lado lleno de miedos y angustias terribles. Y ésa es su cara tenebrosa, la que ha despertado al conocer el secreto que se guarda en el Códice.

—Patricia, le hemos dado mil vueltas al texto y a las ilustraciones, hemos repasado una y otra vez lo que ahí se dice —Diego señaló el facsímil del Calixtino que tenían al alcance de la mano— y no hemos encontrado el menor rasgo, la más mínima señal que haga suponer que ese manuscrito es otra cosa diferente a lo obvio: varios libros sobre la importancia del apóstol Santiago y la ciudad de Compostela para los peregrinos, una crónica sobre Carlomagno y diversas composiciones para ser cantadas en los oficios litúrgicos en honor del santo; nada más.

—Hemos manejado un facsímil, no el original.

—La reproducción tiene tanta calidad que prácticamente es lo mismo.

—No. En un facsímil se recoge lo que el ojo humano ve, pues se utilizan cámaras de fotografía convencionales.

—¿Te refieres a que puede existir un texto oculto, tal vez escrito con alguna especie de tinta invisible, o algo así?

—No sería extraño. En la Edad Media se utilizaba una tinta especial que a la vista no podía leerse, pero si se aplicaba zumo de limón o incluso vinagre sobre lo escrito, surgía de nuevo el texto a la vista.

—Y si estuvieras en lo cierto, ¿qué crees que oculta el Códice?

—La revelación de uno de los grandes misterios de la cristiandad; de eso no me cabe la menor duda.

—¡Ah, claro!, el matrimonio de Cristo con María Magdalena y el árbol genealógico con su descendencia al completo, desde su hijo primogénito hasta el actual prior de la esotérica orden de Sión, pasando por los reyes merovingios, Carlomagno, los templarios, los alquimistas medievales como Nicolás Flamel, el mismísimo Leonardo da Vinci, Nostradamus, Galileo Galilei, Benjamín Franklin, George Washington, Abraham Lincoln, algún que otro papa, media docena de reyes y de presidentes de gobierno... y no sé si me dejo alguno en el tintero. Vamos, Patricia, todo eso son cuentos chinos, lo sabes bien.

—Pero mucha gente cree en esas supercherías. En la *Guía del peregrino*, Aimeric Picaud escribe que en Vézelay se venera el cuerpo de María Magdalena, que llegó a Provenza tras la muerte de Jesús, acompañada de algunos de sus discípulos.

—Eso es precisamente lo que han aprovechado algunos para difundir tantas fabulaciones absurdas, a partir de inexistentes códigos secretos y de inventar presuntos hijos de Jesús y de la Magdalena.

—¡Supercherías inventadas en el siglo XIX! La verdad es que los Evangelios, tanto los canónicos como los apócrifos, presentan a María Magdalena como la discípula más amada y la predilecta de Jesús, lo que provocó celos entre algunos apóstoles. Pedro intentó que María Magdalena fuese expulsada del círculo íntimo de discípulos, a lo que Jesús se negó. Pero ni los Evangelios canónicos ni los apócrifos, ni siquiera el Evangelio apócrifo de María Magdalena hallado en Nag Hammadi, se refieren a una posible relación sexual entre Jesús y la Magdalena. Sí, allí se dice que «El Salvador, al verla, la ha amado sin duda», y pone en boca de Pedro la expresión de que «Cristo la apreciaba más que a las demás mujeres», e incluso que la amaba más que a los apóstoles. Y ella misma les anuncia a los apóstoles que conoce datos sobre Jesús que ellos ignoran, pero Andrés duda de esa afirmación. Sólo en el Evangelio copto de Felipe se dice en una ocasión que María Magdalena era la pareja de Jesús.

—Serán supercherías, pero parece que algunos están dispuestos a robar para obtener esos presuntos secretos.

—Creo que incluso a matar si fuera necesario —puntualizó Patricia.

—Y nosotros nos encontramos ahora en el meollo de todo este barullo.

—Tengo miedo.

—No quiero que sientas el menor temor. Si me lo pides, dejaremos esto. Le devolveremos a Jacques Roman su medio millón de euros y le diremos que busque a otros para este trabajo. Conocemos a media docena de tipos que estarían dispuestos a ello por la mitad de lo que nos va a pagar a nosotros.

—Debemos hacerlo. No hay marcha atrás. Pero cuando acabe todo esto, hablaremos. ¿Te parece?

Diego asintió, aunque observó una inmensa sombra de duda en los ojos de Patricia.

En Santiago, el Peregrino cerró la puerta de su oficina en las dependencias del palacio arzobispal y salió a la plaza del Hospital. Las tiendas de campaña de los indignados seguían ocupando el centro. Habían pasado las elecciones municipales, pero mucha gente continuaba acampada en las plazas para reclamar mayor participación en los asuntos públicos y una democracia más directa y plena. Los miró con indiferencia y alzó los ojos hacia la fachada del Obradoiro. Algunos turistas subían los peldaños de la escalera que salvaba el acusado desnivel desde la plaza hasta el ras del suelo de la nave de la catedral. Se detuvo un momento, se persignó y decidió entrar en el templo.

Atravesó el Pórtico de la Gloria, cubierto por los andamios y las telas de los restauradores, y entró en la iglesia. Un murmullo de fondo alteraba la solemnidad del edificio. Recorrió la nave lateral del lado del evangelio hasta llegar al crucero. Se sentó en uno de los bancos, frente al altar bajo el cual la tradición sostenía que estaban depositados los restos del apóstol Santiago, y se puso a rezar.

Una pulsión de culpa y pecado le atormentaba el alma. Durante casi cuarenta años, desde que fuera ordenado sacerdote, había trabajado por la iglesia de Galicia, primero como párroco en un concejo del interior de la provincia de Lugo, después en una de las parroquias urbanas de Compostela y más tarde, dados sus conocimientos administrativos, había pasado a ocupar un puesto burocrático en las oficinas del arzobispado; de eso hacía ya más de quince años.

Fue en este su último destino donde entró en contacto con grupos católicos muy conservadores. Asistió a sus encuentros casi clandestinos, en discretas dependencias de conventos y colegios religiosos de la ciudad; participó activamente en ejercicios espirituales, reuniones que convocaban a medio centenar de personas cada seis meses para retirarse durante dos o tres días de un fin de semana a alguna casa de ejercicios de la archidiócesis, donde se dedicaban a rezar, reflexionar sobre la trascendencia de sus vidas e intentar acercarse a Dios mediante la meditación y la oración. Pero durante esos ejercicios espirituales, en las horas de asueto, también se hablaba de los problemas que aquejaban a la Iglesia y de la necesidad de influir en la sociedad para evitar el giro que la estaba inclinando hacia el laicismo o, peor aún, hacia el ateísmo, que consideraban desolador para el ser humano.

Diversos grupos dentro de la Iglesia ya se habían puesto a trabajar para detener el avance de las ideas progresistas, a las que combatían por considerarlas culpables de la devastación de la sociedad que pretendían restaurar. Algunos de esos grupos, sostenidos y alimentados con abundantes recursos económicos procedentes de generosas donaciones y de negocios a veces un tanto turbios, habían creado emisoras de televisión y de radio, y fundado empresas editoriales que empleaban como altavoces de transmisión de su mensaje.

Esas tácticas se estaban utilizando en todos los países europeos y en Estados Unidos y Canadá, pero también en América Central y del Sur, donde los triunfos electorales de gobiernos izquierdistas en la última década habían provocado una honda preocupación; no en vano algunos de los movimientos católicos más reaccionarios tenían su origen en países latinoamericanos, apoyados en su día por las dictaduras, en buena medida como respuesta conservadora, dentro de la propia Iglesia católica, a la Teología de la Liberación, que propugnaba la construcción de una nueva Iglesia alineada con las necesidades de los pobres y no al servicio de los intereses de los poderosos.

El Peregrino, un hombre muy conservador, de sólidas creencias, había sido educado en sus años juveniles en el seminario de Lugo en la ortodoxia más tradicional. Convencido de que apoyar a esos movimientos conservadores era la única manera de detener el avance arrollador del ateísmo, se implicó por completo en sus actividades. Cuando quiso darse cuenta, la red tejida por esos grupos lo había atrapado por completo. Ya no era él mismo, sino un auténtico soldado, un mero instrumento al servicio de unos ideales que compartía pero cuyos partidarios aplicaban unos métodos que jamás hubiera sospechado que un católico pudiera aceptar.

Por eso cuando le propusieron que participara en la sustracción del Códice Calixtino, en un primer momento pensó en acudir directamente al deán de la catedral y denunciar a quien se lo había planteado, pero cuando le contaron el porqué de aquel robo y le presionaron para que colaborara, supo que estaba comprometido sin remedio y que no tenía otra alternativa que cumplir cuanto le ordenaran.

Entonces entendió que ya no era dueño de su voluntad, que sus deseos y sus actos estaban en manos de otros, que se había convertido en un mero ejecutor de los planes diseñados por personas a las que ni conocía ni jamás llegaría a conocer, gente poderosísima que manejaba desde la más completa opacidad e impunidad los hilos de aquellos grupos de la Iglesia que se manifestaban como los genuinos defensores de la verdadera fe, los guardianes de las esencias del catolicismo y los garantes de la supervivencia de la auténtica doctrina de Jesucristo.

El Peregrino se arrodilló, puso la cabeza entre sus manos y se repitió una y otra vez que aquello lo hacía por la salvaguarda de la verdadera Iglesia, por amor a Jesucristo y por la defensa de los valores eternos de la fe católica.

—No he hecho otra cosa que entregar una llave, sólo eso, nada más. No estoy pecando contra la ley de Dios, no estoy pecando, no estoy pecando —musitó.

A su alrededor, los turistas, peregrinos y visitantes recorrían las naves de la catedral admirando su fábrica románica y la perfecta conjunción de arcos de medio punto, pilares de piedra y bóvedas de crucería, ajenos a la tormenta interior que se estaba desatando en la cabeza de aquel anónimo sacerdote.

En París, Jacques Roman aguardaba con expectación y cierto nerviosismo la fecha fijada para el robo del Códice.

Se había citado para una reunión en su casa de la isla de San Luis con un alto cargo de la Iglesia de Francia. El invitado llegó puntual. Vestía un terno de pantalón, chaleco y chaqueta en gris marengo, con camisa de seda a juego y alzacuellos. Los zapatos negros, de una prestigiosa marca y carísimos, hacían juego con el cinturón de piel negra de la misma marca. En su muñeca derecha lucía un elegante Hublot de oro rojo con correa de caucho; un macizo sello de oro adornaba el dedo corazón de su mano derecha y una cruz de platino con brillantes destellaba en el ojal de su chaqueta. Era todavía más alto que Roman, lucía un rasurado perfecto, el pelo todavía abundante y completamente blanco y unas gafas de varillas de oro con los cristales montados al aire. Tenía unos sesenta años, pero el traje oscuro y el pelo albo lo hacían parecer algo mayor.

—Excelencia —lo saludó Jacques Roman.

—Me alegra verlo de nuevo, Jacques. ¿Cómo va nuestro plan?

—Conforme a lo previsto. El sábado 2 de julio, a primera hora de la mañana, el Códice estará en nuestras manos.

—Nada debe fallar.

—Hemos contratado a los mejores para este trabajo y todo ha sido planificado con absoluta meticulosidad. Nada se ha dejado a la improvisación.

—Y ese sacerdote de Santiago...; me han llegado preocupantes informes de que es un tipo algo inestable emocionalmente. Si se viene abajo, puede dar al traste con la operación.

—Nuestra gente en España lo ha trabajado muy bien. Hará sólo lo que se le ordene. Su papel en todo este plan es decisivo, pero muy sencillo. Se ha limitado a conseguir una copia de la llave de la puerta de la estancia donde se guarda el Códice, planos y fotos de la catedral y de sus cámaras de seguridad, y a entregarles todo ese material a los dos argentinos; nada más.

—Y en cuanto a esos argentinos...

—Son los mejores en este tipo de trabajos. Han colocado en el mercado negro de antigüedades numerosas piezas procedentes de los saqueos de Sarajevo, San Petersburgo, Moscú y Bagdad, y han trabajado para nosotros en algunas ocasiones anteriores a plena satisfacción. Están absolutamente limpios y la policía ni siquiera sospecha de su existencia. Si hay unos profesionales capaces de hacer desaparecer el Códice Calixtino sin dejar el menor rastro, sin duda son ellos. Una vez que esté en nuestro poder, no habrá forma humana de saber qué ha sido de él. ¿Le apetece una copa de champán? He recibido un par de cajas de brut Cristal Rosé realmente extraordinario.

Instantes después un sirviente entró en la sala con una botella de champán Cristal rosado, dos copas de flauta, una latita de caviar beluga y unas galletitas saladas.

—*Bocatto di cardinale...* —comentó el eclesiástico tras saborear una galletita cubierta con una fina capa de huevas de esturión.

—Espero que esa expresión se cumpla literalmente en breve, Excelencia.

—Es probable. Su Santidad ya tiene encima de la mesa mi expediente. Hace cinco años y medio que la sede episcopal de Notre-Dame de París la ocupa el arzobispo André Ving-Trois, y eso ha favorecido nuestro avance.

La archidiócesis de París había cambiado mucho en los últimos cinco años. Hasta 2005 había ocupado la sede parisina el cardenal Jean Marie Lustiger, nacido en una familia judía y al que llamaron Aaron hasta que a los catorce años de edad, en plena segunda guerra mundial, se convirtió al catolicismo y cambió su nombre hebreo por el de Jean Marie. Lustiger, que en su momento había sonado en las quinielas vaticanas como futuro papa y sucesor de Juan Pablo II, tuvo que renunciar a su episcopado debido a una penosa enfermedad, y murió a comienzos de agosto de 2007. La renuncia primero y luego la muerte de Lustiger facilitaron que los conservadores ganaran posiciones en el Vaticano y dejaron expedito el camino del papado al cardenal alemán Ratzinger. Desde entonces Jacques Roman, uno de los principales sustentos de la archidiócesis de París, una de las de mayor peso de toda la Iglesia católica, había alcanzado una gran influencia y se codeaba con las más altas dignidades eclesiásticas de la curia romana.

—Ojalá Francia, la hija predilecta de la Iglesia, pueda contar pronto con un nuevo cardenal en la persona de Su Excelencia.

—Así será. En unas semanas vestiré la púrpura cardenalicia.

—Usted lo merece, Excelencia. Será una noticia estupenda que habrá que celebrar.

—Lo festejaremos en su momento, Jacques, en su momento. Comprenderá que mi interés en el éxito de esta operación es ahora máximo, y no sólo por cuestiones de fe, sino también por lo inmediato de ese nombramiento. En contra de lo que pensamos cuando lo apoyamos sin condiciones previas para que se sentara en el solio de san Pedro, y a pesar de su pasado de teólogo progresista, los reformistas han ganado terreno en el Vaticano con este nuevo papa; por eso debemos reaccionar para inclinar a nuestro favor la balanza de poder en la Iglesia. Mi nombramiento como cardenal contribuirá a ello. Pero si fallase nuestro plan y se descubriesen nuestras intenciones, se frenaría en seco mi acceso al cardenalato y nuestro fracaso sería tan estrepitoso que tardaríamos años en recomponernos, como ya nos ocurrió durante el mandato del papa Juan XXIII. En fin, ocurra lo que ocurra, debemos seguir vigilantes, Jacques; nuestros enemigos son muchos y muy poderosos, no podemos concederles la menor oportunidad.

—No lo haremos.

—Ya están surgiendo voces que claman para que en la Iglesia autoricemos el matrimonio de los sacerdotes, para que consintamos el que las mujeres puedan ejercer el magisterio sacerdotal e impartir los sacramentos, e incluso para que permitamos el uso de anticonceptivos y admitamos como matrimonio la unión entre personas del mismo sexo. Si triunfan los reformistas, tal vez esas calamidades se tomen en consideración, y quién sabe si algún día podrían llegar a aprobarse en un concilio dominado por ellos. Obvio decirle que eso supondría nuestro fin.

—Y además, Excelencia, ¿se imagina qué ocurriría si el secreto que guarda el Códice de Compostela se conociera? Los pilares milenarios de nuestra fe se derrumbarían, nuestras creencias serían barridas de la Tierra y la Iglesia sufriría la mayor desolación imaginable.

—No exagere, amigo Jacques; no creo que eso desencadene el fin de este mundo, pero le aseguro que sí supondría la liquidación de una parte fundamental de nuestra historia.

—Nuestra misión es preservarla tal cual la hemos heredado, Excelencia. Y así lo haremos.

—Por lo que respecta al destino del Códice, ya sabe cómo actuar en cuanto esté en nuestro poder.

—Conforme a lo estipulado en la reunión en la que se decidió este asunto; supongo que no ha habido cambios.

—¿No le temblará la mano en el último momento?

—En absoluto, Excelencia. Usted sabe bien que cumpliré con mi obligación.

Brindaron con sus copas de champán y tomaron sendos sorbos.

—Tenía usted razón, Jacques, este *rosé* es delicioso; le diré a mi secretario que encargue una caja.

—No se moleste, Excelencia, yo se la enviaré a palacio hoy mismo; y espero brindar pronto con una de sus botellas cuando Su Santidad le conceda el capelo cardenalicio.

En cuanto se marchó Su Excelencia, Roman llamó a Diego Martínez a Ginebra.

—¿Todo listo? —Oyó el argentino en la voz de Jacques Roman.

—Hasta el último detalle.

—Nada puede fallar, pues el sexto sello ha sido abierto. Ya habrá visto las noticias sobre los terremotos que comienzan a asolar el mundo, la gran tormenta solar que ha iniciado un proceso nuclear que convertirá el Sol en un astro negro, la palidez de la Luna que tornará hasta teñirse de rojo, la caída de estrellas que arrasarán la Tierra y provocarán una gran extinción de especies animales y vegetales, la inminente desaparición del cielo azul que ahora observamos, y la serie de catástrofes naturales que se están desencadenando por todo el mundo y que culminará con una lluvia de granizo y de fuego mezclados con sangre; pronto veremos a los poderosos del mundo escondiéndose en grutas y cuevas para intentar escapar de la ira de Dios.

—Sí, lo conozco bien porque desde que usted nos está hablando del Apocalipsis he vuelto a releer el libro de las profecías de san Juan.

—Entonces habrá recordado que en griego *apocalipsis* significa «revelación». San Juan, el último superviviente de los apóstoles, lo escribió en su exilio en la isla de Patmos entre los años 96 y 98, ya muy anciano. Para entonces el cristianismo había sobrevivido a las terribles persecuciones del emperador Domiciano, tras las cuales se hizo mucho más fuerte gracias a la sangre de los mártires, el verdadero abono de la fe. Recuerde el quinto sello, el de los mártires que han sido y el de los que serán. Ésa es la gran profecía de todos los tiempos.

Diego pensó que Jacques Roman se había vuelto loco, o que, al menos, la lucidez y serenidad que mostraba la mayor parte del tiempo se alteraban de una manera incontrolable cuando se refería a la Iglesia y a su destino. Lo comparó con esos hinchas deportivos que en su vida cotidiana se comportan como pacíficos trabajadores, amables padres de familia o venerables jubilados, pero cuando se trata de defender los colores de su equipo en el campo de juego se transforman en seres irracionales, capaces de proferir los insultos más hirientes al rival, de enfrentarse en peleas callejeras con los socios del equipo contrario o de arrasar con cuanto se ponga por delante, sin que importe en este caso si su equipo ha sido el vencedor o el perdedor del partido.

—He dejado resuelto este asunto de los Santiagos —le comentó Patricia a Diego mientras desayunaban en su casita a orillas del lago Lemán.

—¿Aún sigues dándole vueltas a tu teoría de la existencia de tan sólo dos Santiagos, el Mayor y el Menor?

—No es una teoría, sino la constatación de una realidad. He consultado el llamado Protoevangelio de Santiago, un texto en el que su autor se identifica a sí mismo como Santiago, hermano de Jesús y hermano mayor de José, no del esposo sino de uno de los hijos de la Virgen María. En ese texto se dice que el viudo José, el padre adoptivo de Jesús, ya tenía hijos de una primera esposa antes de casarse con María, y lo mismo se escribe en el Evangelio de Pedro, otro de los apócrifos.

—Eso contradice tu teoría de que la Virgen María se casó con Alfeo una vez muerto José, y que los hermanos de Jesús eran fruto de ese matrimonio —comentó Diego.

—En absoluto. En esos dos textos apócrifos en ningún momento se dice que los hijos de José fueran Santiago o el otro José; no se les da ningún nombre. Es evidente que José estuvo casado y que tuvo hijos de una esposa anterior a María, pero en ese caso los hermanos de Jesús no serían llamados hijos de María, tal cual se citan en los Evangelios, como ya te demostré cuando comentamos lo que revelan algunos textos gnósticos. Y además está la carta de Santiago el Menor, en la que no precisa que es hermano de Jesús porque todo el mundo ya lo sabía, y la carta de Judas, en la que se declara hermano de Santiago; este Judas es el mismo apóstol llamado Judas Tadeo, uno de los cuatro hermanos de Jesús. Un historiador romano cuenta que dos hijos de Judas Tadeo, es decir dos sobrinos de Jesús, fueron conducidos a declarar ante el emperador Domiciano por su implicación con el cristianismo, y éste los dejó en libertad. Otra vez está presente la familia.

»Los textos donde se identifica a los cuatro hermanos de Jesús y a las dos hermanas con los hijos de José, habidos de su primer matrimonio, son el Evangelio armenio de la infancia y el Evangelio árabe de la infancia, dos relatos apócrifos muy tardíos que inventan una vida de María antes de casarse con José y fabulan sobre la infancia de Jesús. Esos dos textos son posteriores al Concilio de Nicea del 325; lo que pretendían sus autores era ratificar la virginidad de María por encima de todo y tratar de explicar las citas a los hermanos de Jesús para justificar lo aprobado en ese concilio; como también lo hacen la Historia copta de José el carpintero y el Evangelio del Seudo-Mateo.

—Bueno, tú lo tienes claro, pero por lo que a mí respecta todo esto me sigue pareciendo un monumental embrollo —comentó Diego.

—Tal vez te suceda porque la confusión aumenta en el caso de Santiago en Compostela. Recuerda estos datos de los que ya hablamos: en 1117 el obispo de Tuy, una diócesis al sur de Compostela, trajo de Jerusalén la cabeza de Santiago y la reina Urraca la entregó al obispo Gelmírez de Compostela. Esa cabeza sólo podía ser, según los que creían en que el cuerpo de Santiago el Mayor había sido llevado desde Jerusalén por sus discípulos a Iria Flavia en el siglo I, de Santiago el Menor, que no fue decapitado, sino lapidado. De modo que, según esta tradición, en el siglo XII se reunieron en Compostela el cuerpo entero de Santiago el Mayor, el que yo creo que era primo hermano de Jesús, y la cabeza de Santiago el Menor, su hermano o medio hermano. Eso explicaría el que algunos digan, incluso en la actualidad, que en Compostela está enterrado Santiago Alfeo, es decir Santiago el Menor, hijo de Alfeo, el segundo esposo de la Virgen y padre de los hijos de María y medio hermanos de Jesús. Aimeric Picaud aseguró en la *Guía del peregrino* que a mediados del siglo XII el cuerpo del apóstol Santiago el Mayor se encontraba íntegro en Compostela, y que emanaba divinos aromas y se alumbraba con luminarias celestiales. Nada comenta de una segunda cabeza del otro Santiago. Y Aimeric Picaud estaba en 1117 en Compostela; de modo que si el obispo de Tuy hubiera depositado allí esa reliquia, Picaud lo hubiera constatado. Y ahí es donde se genera toda la confusión posterior, que a veces no distingue a los dos Santiagos y claro, así no se entiende nada y todo aparece muy complejo.

—Santiago el Mayor, Santiago el Menor, el otro posible Santiago hermano de Jesús, Prisciliano... Si te interesa mi opinión, considero que no importa de quién sean los restos enterrados bajo el altar de la catedral de Compostela. Lo trascendente es que esos restos han atraído durante siglos a millones de peregrinos hasta ese lugar y que, pese al paso del tiempo y a los cambios históricos que se han producido, allí continúan afluyendo.

—Si en Compostela se custodiara el cuerpo completo de Santiago el Mayor y la cabeza del Menor, poseería nada menos que las reliquias de dos de los apóstoles, los dos Santiagos; eso hace más importante todavía su catedral. Esa ciudad ha venerado sus reliquias con gran cuidado. ¿Sabes que fue saqueada por los vikingos a finales del siglo x, unos años antes de que lo hiciera Almanzor? ¿Y que en 1588 la urna de plata con los restos del apóstol y de sus dos discípulos, Atanasio y Teodoro, tuvieron que esconderse bajo el ábside en prevención de un posible ataque inglés?

—Es lógico. ¿Te imaginas la convulsión que se habría provocado en la corte de Felipe II si su gran rival y enemiga, Isabel I de Inglaterra, se hubiera apoderado de la reliquia del santo patrón protector de España en alguna incursión pirata en Compostela?

—Hubiera sido un golpe moral muy importante, sí, pero ¿sabes que los restos del apóstol estuvieron escondidos en el ábside hasta 1879? —preguntó Patricia.

—Bueno, tal vez nadie se interesó por ellos hasta ese momento.

—¿Y no te parece una extraña casualidad que justo cuando se desenterraron del ábside esos restos es cuando se rescató del olvido de casi tres siglos el Códice Calixtino?

—No, al contrario, fue precisamente una cosa la que llevó a la otra; además, Galicia vivió en las últimas décadas del siglo XIX un despertar cultural muy interesante, y parte de ese renacimiento intelectual gallego pasaba por Santiago y por todo lo relacionado con él.

El teléfono sonó en ese momento. Diego miró la pantalla retroiluminada; la llamada carecía de identificación.

—¿Dígame?

—¿Diego? Buenos días, soy Von Rijs.

—Michael, buenos días. ¿Qué tiempo tenéis en Londres?

—Fresco y nublado, lo habitual.

—¿Qué deseas?

—Tu colaboración.

—Tú dirás.

—Me han entregado un manuscrito procedente del saqueo de una biblioteca de Afganistán, me gustaría que tú y Patricia le echaseis un vistazo.

—¿Está «limpio»?

—Inmaculado; no está registrado en ningún catálogo ni presenta sello de propiedad.

—¿De qué se trata?

—Según mi primera intuición es un texto sagrado, tal vez una copia del Evangelio de Tomás el Mellizo, pero me da la impresión de que es algo distinto al ya conocido.

—¿En qué lengua está escrito?

—En griego. Si os parece os envío un par de billetes de avión y os reservo hotel para la semana que viene. Por supuesto, corro con vuestros honorarios profesionales.

—Lo siento, pero va a ser imposible.

—Puede ser un manuscrito importante y habrá bastante dinero en juego.

—No lo dudo, pero... —Diego ideó sobre la marcha una excusa— salimos de viaje hacia Argentina. Lo siento.

—¿Cuánto tiempo vais a estar allí?

—Un mes.

—No me corre prisa; si al regreso os comprometéis a echarle ese vistazo, puedo esperar.

—De acuerdo. Dos mil libras por la tasación y tres mil más por un informe completo, además de los gastos; y el quince por ciento del precio de venta si nos encargamos de colocarlo y buscar a un comprador. ¿Te parece?

—Habéis subido vuestro caché.

—La crisis, Michael, la crisis. Nuestros gastos han aumentado y...

—Está bien, está bien; dime fecha y os espero en Londres.

—¿La última semana de julio?

—Hecho; hasta entonces.

—Tenemos un nuevo trabajo en Londres, para dentro de un mes, justo cuando acabemos el de Compostela. Y te va a gustar; me ha dicho Michael von Rijs que cree que tiene en su poder una versión diferente de la ya conocida del Evangelio de Tomás —informó a Patricia tras colgar el teléfono—. Ya verás como, al fin, tu propuesta sobre la identificación de los apóstoles y de los hermanos de Jesús es la correcta. Tenías razón, en realidad es tan sencillo como cotejar los cuatro Evangelios, los Hechos de los Apóstoles y las cartas del Nuevo Testamento. Y además sin contradicciones con los Evangelios apócrifos o los textos gnósticos.

—Sí, es así de sencillo —asintió Patricia.

—¿Qué te ocurre?

Diego percibió un rictus de tristeza en los ojos de su novia.

—Nada.

Unas lágrimas empaparon los ojos de la argentina.

—Estás llorando.

—No, no es nada.

—Dime qué te ocurre, por favor.

Patricia calló, se abrazó con fuerza a Diego y lo besó apasionadamente. Él no se dio cuenta, pero al aceptar el trabajo del anticuario londinense había roto las esperanzas de Patricia en que el de Galicia fuera su último trabajo y de que, una vez finalizado, pudieran emprender una nueva vida juntos. Tras escuchar a Diego hablando con aquel anticuario, Patricia comprendió que él jamás cambiaría.

SÉPTIMO SELLO

MEDIA HORA DE SILENCIO

Prepararon la maleta con todo cuidado, revisando una y otra vez que no se les olvidara lo fundamental: el vestido de embarazada de Patricia, el globo de goma con su válvula especial, las tiras de cinta autoadhesiva y la factura de compra del facsímil del Códice Calixtino adquirido en la tienda de la catedral de Compostela unas semanas atrás, con su correspondiente estuche.

El vuelo de Ginebra a París despegó de la ciudad suiza a las diez treinta y llegó a la francesa con puntualidad, una hora y diez minutos más tarde. En el Charles de Gaulle tuvieron que esperar tres horas la salida del vuelo a Oporto, pero a las siete de la tarde ya estaban en la segunda ciudad portuguesa.

Habían reservado dos noches, la del miércoles 29 y la del jueves 30 de junio, en un hotel céntrico, con plaza de aparcamiento para el coche que alquilaron nada más desembarcar en el aeropuerto. Se instalaron en el hotel y cenaron frugalmente.

El jueves se les hizo especialmente largo. Dedicaron toda la mañana a practicar en su habitación la colocación del Códice en el vientre de Patricia, utilizando una guía de teléfonos de Oporto.

No fallaron ni una sola vez y siempre mantuvieron un tiempo de ejecución entre los cuarenta y tres y los cuarenta y cinco segundos. Ambos habían aprendido cada movimiento de memoria y podían repetirlo mecánicamente con los ojos cerrados, al menos en los cientos de ensayos que practicaron. Otra cosa sería si las condiciones que esperaban cambiaban, o si por cualquier circunstancia surgiera un imprevisto; o incluso los propios nervios, que les causaran una mala pasada. No era lo mismo ejecutar ese ejercicio en casa, sin la menor presión ambiental, sin que ocurriera nada en caso de error, que realizarlo en el archivo de la catedral sin margen alguno para la equivocación.

Pasado el mediodía salieron a dar un paseo. La crisis económica afectaba con fuerza a todo Portugal, y se notaba en los bares y en los restaurantes. Almorzaron en la terraza de un restaurante en el paseo de Cais da Ribeira, en la orilla derecha del Duero, a la vista del gran puente de hierro de Don Luis. El río bajaba plácido y sus aguas verdosas eran surcadas por embarcaciones de recreo cargadas de turistas.

En la otra orilla destacaban varias de las antiguas bodegas de Oporto, algunas de ellas dedicadas ahora a restaurantes, puntos de degustación y museos del vino semidulce más famoso del mundo.

—¿Estás nerviosa? —le preguntó Diego a Patricia, mientras saboreaban un aromático y denso café.

—Impaciente es la palabra. Ya tengo ganas de que esto se acabe.

—Sólo un día más. Mañana a estas horas estaremos en el aeropuerto listos para volar a París, y con el libro en nuestro poder.

De vuelta al hotel prepararon la maleta; colocaron sus ropas y dejaron un espacio para el Códice, junto al estuche vacío y a la factura del facsímil. Sobre la mesita de noche de la habitación prepararon el globo y la cinta adhesiva, todo listo para colocárselo al día siguiente.

Ninguno de los dos tenía ganas de cenar, de manera que salieron del hotel a estirar un poco las piernas y tomaron un ligero aperitivo en un bar cercano. En una farmacia compraron unas tiritas.

Poco antes de las diez de la noche, todavía con luz solar, se retiraron a la habitación. Hicieron el amor despacio y en absoluto silencio, como dos extraños que no fueran a volver a verse, ajustaron la alarma de sus móviles a las siete de la mañana e intentaron dormir.

Apenas lo hicieron. Al sonar la alarma del móvil, Diego se levantó de sopetón, como si los muelles del colchón lo hubieran empujado de repente, y Patricia se desperezó al sentir a su pareja ponerse en pie con semejante rapidez.

—¿Tienes prisa? —le preguntó todavía somnolienta.

—Quiero ducharme y luego desayunar con tranquilidad; estoy hambriento.

—Vale. —Ella se dio media vuelta e intentó dormir unos minutos más mientras Diego se duchaba, pero ya no pudo.

Tras la ducha y el desayuno pagaron la cuenta en efectivo y subieron a la habitación. Patricia se vistió con el vestido de embarazada y se colocó las cintas adhesivas en los muslos y en el vientre. Luego, Diego le ajustó el globo deshinchado y lo aseguró a la cintura de la argentina. Habían pensado hincharlo unos kilómetros antes de llegar a Compostela, soplando a través de la válvula especial que le habían adosado.

El coche de alquiler arrancó a las ocho en punto, las nueve en España, y tomaron la salida de la ciudad en dirección hacia el norte. Habían calculado que, cumpliendo todos los límites de velocidad, y con una parada de unos veinte minutos para hinchar el globo sobre el vientre de Patricia y convertirla en una embarazada, llegarían a Santiago alrededor de mediodía. Debían tener en cuenta que entre España y Portugal había una hora de diferencia en el horario oficial.

Unos minutos antes del mediodía, hora española, avistaron Compostela. Siguiendo la ruta previa trazada en un mapa se dirigieron a la zona de la Universidad de Santiago, a unos seiscientos metros de la catedral. Había varios sitios para aparcar, pero, no obstante, se cercioraron de que el coche estuviera perfectamente estacionado.

Poco antes de las doce y media se dirigieron hacia la plaza del Hospital. Parecían una pareja más de las muchas que recorrían aquel primer viernes de julio las calles de Compostela. Patricia lucía su falso embarazo con su vestido de amplio vuelo, y portaba un pequeño bolso no mayor de un palmo; llevaba además unas gafas de sol de grandes cristales y se cubría la cabeza con un gorrito donde recogía su hermosa melena castaña. Diego vestía un pantalón de loneta y una camisa azul celeste; también usaba gafas de sol y una gorra de béisbol.

Cronometraron el tiempo que habían tardado caminando sin precipitarse desde el aparcamiento hasta la puerta de la catedral: poco más de siete minutos.

Cuando se encontraron delante de la fachada del Obradoiro eran las doce horas y veintiséis minutos. Subieron las escaleras de la portada principal del templo románico y entraron por el Pórtico de la Gloria, que seguía en obras y cubierto por andamios y lonas.

Se sentaron en un banco de la nave; Patricia lo hizo con alguna dificultad. El globo hinchado que imitaba su vientre embarazado le molestaba más de lo que había venido siendo habitual hasta entonces. Se dio cuenta de que un sudor frío le recorría el vientre, y eso podía convertirse en un serio contratiempo.

—Estoy sudando —le susurró a Diego al oído—. Siento algunas gotitas de sudor resbalar por mi vientre. Se trata de la goma.

—¡Vaya!, espero que la cinta adhesiva funcione pese al sudor.

—¿Y si se despega?

—Ya lo arreglaremos. Procura calmarte, cuanto más nerviosa estés más sudarás y menos eficaz será el adhesivo.

A la una de la tarde se colocaron sobre las yemas de los dedos las tiritas que habían comprado en Oporto y se dirigieron hacia la puerta del archivo. Conocían de memoria dónde estaba ubicada cada una de las cámaras de seguridad del templo y cuáles eran los ángulos que cubrían, de manera que procuraron caminar por las zonas menos expuestas a la captura del vídeo y lo hicieron lo suficientemente separados para que no coincidieran los dos a un tiempo en el mismo plano de cualquiera de las cámaras.

Se detuvieron en la primera sala, haciendo tiempo para que el empleado de la puerta del archivo procediera a su cierre. Tenían que ser los últimos en visitar cada una de las salas y comprobar que nadie quedara a sus espaldas. Para su asombro y tranquilidad, el empleado que cerró la puerta no lo hizo por el interior, sino por fuera, de modo que estaban seguros de que ellos habían sido los últimos en entrar en el recinto.

Fueron retrasando sus pasos hasta que los visitantes que los precedían quedaron separados de ellos por al menos una sala. Cuando llegaron ante una puerta verde y maciza supieron que aquél era el punto de no retorno. Con tranquilidad, atravesaron dos antesalas, siempre separados por unos cuantos pasos, bajaron unas escaleras de piedra, llegaron ante una pesada puerta de reja, la empujaron suavemente y se abrió sin un solo chirrido.

«Alguien ha debido de engrasarla hace muy poco», pensó Diego.

Atravesaron otra antesala y una nueva reja de hierro; al fin estaban ante la puerta de la estancia de máxima seguridad del archivo. Diego introdujo la mano en su bolsillo y tomó la cuarta llave, la que les había entregado el Peregrino en Oporto. Giró tres veces hacia su derecha, tiró de ella y la puerta de acero se abrió con suavidad.

Patricia miró a Diego y le sonrió. El Peregrino había hecho bien su trabajo.

Con un gesto de su cabeza, Diego le indicó a Patricia que entrara en la cámara y él lo hizo a continuación, dejando la llave en la cerradura tal cual le había indicado el Peregrino. De un vistazo comprobaron que las pequeñas tiritas estaban bien colocadas sobre las yemas de sus dedos para no dejar una sola huella dactilar de su paso por las dependencias del archivo.

Tal y como habían ensayado, Diego abrió el armario: allí estaba el Códice Calixtino, sobre un cojín y cubierto por un tapete para evitar el polvo, tal cual les había explicado el Peregrino. Patricia se colocó de frente a un metro del armario y se levantó el vestido dejando al aire sus muslos, su ropa interior y su vientre cubierto por el globo.

El globo de goma comenzó a perder aire por la válvula abierta por Diego. Patricia, con el dobladillo del vestido sujeto con los dientes, contó hasta ocho, cerró la válvula y despegó el globo casi deshinchado del ancho cinturón que rodeaba su cintura. Estaba sudando demasiado; al calor, la humedad y la goma sobre su piel se sumaba el nerviosismo que la invadía. Estaba acostumbrada a determinadas prácticas ilegales en la compra y venta de antigüedades robadas, pero nunca se las había visto en una como ésta. Le parecía estar protagonizando una de aquellas películas en las que una ladrona de joyas o de cualquier otro bien preciado se deslizaba en el interior de un museo o de una exposición y con ayuda de sofisticados aparatos tecnológicos se llevaba el objeto más preciso.

Entre tanto, Diego ya tenía el manuscrito en sus manos, ceñido con dos cintas, y lo colocó en el vientre de la argentina. Todo transcurría bien... hasta entonces. La humedad producida por la sudoración de Patricia apenas permitía que el adhesivo de la cinta se pegara a la piel de la mujer. Diego reaccionó deprisa, sujetó con una mano el Códice y con la otra se quitó la gorra y secó el vientre y la espalda de Patricia. Despegó entonces las dos cintas de los muslos de la argentina y las colocó sobre el globo semideshinchado, que ella acababa de ajustar encima del Códice. El vestido cayó sobre los muslos de la mujer.

Diego cerró el armario y ambos salieron de la estancia de seguridad, entornando la puerta pero dejando la llave puesta en la cerradura. Habían transcurrido algo más de cincuenta segundos. Aceleraron el paso para llegar a la altura de los postreros visitantes, ya en la última de las salas, y se mezclaron entre ellos.

Salieron al exterior por separado y una vez en la plaza del Hospital, bajo la fachada del Obradoiro, se reunieron y se dirigieron hacia el coche; por el camino se fueron quitando las tiritas de las yemas de sus dedos; a Patricia le faltaba una. El Omega Constellation de Diego marcaba la una y cuarenta y dos minutos. Su vuelo a París salía de Oporto a las veintiuna y treinta y cinco, hora portuguesa, una hora más en España, de modo que disponían de tiempo más que suficiente para llegar sin prisa alguna al aeropuerto, deshacerse de los artilugios utilizados en el robo y devolver el automóvil de alquiler.

El coche seguía en el lugar donde lo habían aparcado. Diego también sudaba. Hasta entonces se había mantenido sereno y en calma, pero una vez dentro del vehículo sus nervios contenidos se desataron. Se sentó en el asiento del conductor, colocó las manos en el volante e inclinó la cabeza sobre ellas jadeando compulsivamente, como si en vez de haber caminado seiscientos metros hubiera corrido un *sprint* en la final olímpica del hectómetro.

Unos golpes en la ventanilla le hicieron levantar la cabeza.

Era un policía municipal.

—¿Puede bajar el cristal, señor? —le preguntó el policía—. Gracias. ¿Le ocurre algo, señor? ¿Se encuentra bien? ¿Y usted, señora? ¿Necesitan ayuda?

Diego tenía la boca seca y estaba empapado en sudor.

—No, gracias. Ha sido un pequeño sofoco. Será por el calor y la humedad. Se me pasará enseguida.

—¿Seguro que no necesitan ayuda?

—No, muchas gracias.

—¿Me permite su carné de conducir?

Diego buscó en su cartera y se lo entregó. Era un documento emitido en Suiza, pero con validez para toda la Unión Europea.

—Aquí tiene, agente.

—¿El coche es suyo?

—No; es de alquiler. Estamos visitando Galicia.

—¿Puede enseñarme el recibo?

Diego le entregó al agente el resguardo del contrato de alquiler.

—Venimos de Oporto.

—Ya lo veo. Todo correcto.

—¿Podemos marchar?

—Le recomiendo que descanse unos minutos antes arrancar el coche; hasta que se encuentre bien. Y conduzca con cuidado.

—Gracias, así lo haré.

—Buenos días, señora. —El policía saludó a Patricia llevándose la mano derecha a la punta de la visera de su gorra y se alejó por la acera.

Diego suspiró profundamente y ella se sintió agarrotada, incapaz de moverse. Se mantuvieron callados por unos minutos hasta que Diego habló al fin.

—Pensé que nos habían descubierto. ¿Estás bien?

—Ahora un poco mejor; pero ha habido un momento en que el corazón me latía tan rápido que pensaba que me iba a saltar del pecho. Y creo que he perdido una de las tiritas.

—¿Ha sido en el archivo?

—No lo sé, me he dado cuenta al quitármelas de camino hacia el coche.

—No importa.

Diego arrancó el coche. El sonido del motor tras el encendido los calmó. Puso la primera marcha y tomó la dirección a la rúa das Galeras, luego enfiló la rúa do Pombal hacia el sur, en busca del camino a la frontera portuguesa.

Salieron de Santiago y tras una hora de viaje entraron en Portugal; afortunadamente para ellos hacía ya algunos años que las aduanas entre la mayoría de los países europeos habían sido eliminadas y un cartel con el nombre del país era la única señal que indicaba que acababan de pasar de un Estado a otro.

Entraron en la primera área de servicio que encontraron en la autopista portuguesa A3. Sólo había aparcados un camión y una autocaravana, y se detuvieron lo más lejos posible de ambos vehículos. Patricia, sin salir del coche, se levantó el vestido de embarazada y se quitó, con ayuda de Diego, el globo de goma y el Códice. Diego tomó el manuscrito, lo hojeó e instintivamente se lo llevó a la nariz para olerlo.

—¿A qué huele? —le preguntó Patricia.

—Algunos dirían que a historia, pero a mí me huele a un millón de euros. —Y se echó a reír de manera incontrolable.

—Tenemos que deshacernos de esta ropa. En el maletero hay una bolsa de plástico con unos tejanos y una camiseta; tráemela, por favor.

—Enseguida.

Diego miró a su alrededor antes de salir del coche. Se dirigió a la parte posterior, abrió el maletero y cogió la bolsa con la ropa de Patricia. Antes besó el Códice, lo colocó en el estuche que había contenido el facsímil, en una bolsa de papel con el logotipo de la tienda de la catedral de Compostela, junto a la factura de dos mil cuatrocientos euros que había pagado semanas atrás por el facsímil del Códice Calixtino, y lo puso dentro de la maleta.

Patricia se quitó el vestido, se colocó el pantalón y la camiseta dentro del coche y salió al exterior para ajustarse bien la nueva ropa.

Entre tanto, Diego recogió el vestido de embarazada, su gorra, las tiras de cinta adhesiva y el globo semideshinchado, los introdujo en la misma bolsa de plástico que había contenido el pantalón y la camiseta de Patricia, la cerró con un par de nudos y la depositó en una de las papeleras del área de servicio.

Eran las tres y media, hora española, pero ninguno de los dos tenía apetito. Sólo sed, mucha sed. Se detuvieron en una gasolinera y compraron dos latas de bebida isotónica y unas galletas. Siguieron hacia Oporto; a las cuatro y media de la tarde, hora de Portugal, ya estaban en el aeropuerto Francisco Sá Carneiro.

Devolvieron el coche en la agencia de alquiler de vehículos y se dirigieron a la zona de facturación. Faltaban más de cuatro horas para la salida de su vuelo y al menos dos para que abrieran el mostrador de facturación, de modo que decidieron esperar en la cafetería.

Mediada la tarde comieron unos bocadillos y bebieron unos refrescos. No perdieron de vista la maleta con el Códice ni un solo momento.

Desde una cabina telefónica Diego marcó el número de un móvil, que respondió apenas había sonado el primer tono.

—El trabajo ha salido bien. Llegaremos a las once y media de la noche —dijo el argentino.

—Hoy se ha abierto el séptimo sello: media hora de silencio. El tiempo que ustedes han tardado en efectuar el trabajo, y durante el cual supongo que no han cruzado una sola palabra.

—Media hora, sí, más o menos ése ha sido el tiempo que hemos tardado en nuestro trabajo, pero no veo la relación con el Apocalipsis.

—Está escrito en el Apocalipsis que antes de la ruptura del séptimo sello cuatro ángeles detendrán las tempestades y un quinto vendrá para colocar en la frente de los creyentes la marca de Dios, y la multitud aclamará al Señor. Y después vendrá esa media hora de silencio.

Ya no le cupo duda a Diego: Roman era un hombre lúcido pero de vez en cuando desvariaba sobremanera, como una reencarnación contemporánea del doctor Jekyll y mister Hyde.

—Nos veremos en París.

—Les enviaré un coche al aeropuerto.

—No se moleste. Mañana a las diez estaremos en su casa con el «regalo», como estaba previsto.

—De acuerdo. Enhorabuena y buen viaje de regreso.

—¿Qué te ha dicho Roman? —preguntó Patricia, que se había quedado al lado de la maleta, sin soltarla de su lado mientras Diego hacía esa llamada.

—Quería enviarnos un coche para recogernos en el aeropuerto. Está como loco por tener el Códice en sus manos, pero haremos las cosas como se habían planeado. Esta noche dormiremos en el hotel y mañana le llevaremos el Códice a su casa.

—¿Te fías de ese hombre?

—No tengo otro remedio. ¡Ah!, y también me ha dicho que el séptimo sello se ha roto y que la media hora que empleamos en hacer el trabajo es la media hora de silencio que según el Apocalipsis sigue a la ruptura del séptimo sello.

—Esa gente es peligrosa. Su fanatismo les puede llevar incluso a matar para lograr sus propósitos; ya lo han hecho en algunas ocasiones. Debemos tener cuidado.

—Lo tendremos. De hecho, mañana tú no acudirás a la cita con Roman. Te quedarás en el hotel con el Códice, y no aparecerás por su casa hasta que yo te haga una llamada de móvil y te confirme que todo está correcto.

—No me habías dicho nada de esto.

—Se me ha acaba de ocurrir tras hablar con Roman. Es un hombre metódico que siempre cumple los planes, pero hoy ha decidido un cambio sobre la marcha al decir que nos enviaba un coche a recogernos al aeropuerto.

—Tal vez se deba a su interés por poseer el Códice cuanto antes.

—Ojalá sea así.

La espera se hizo demasiado larga hasta que anunciaron la apertura del mostrador para facturar los equipajes de los pasajeros del vuelo de las 21.35 horas con destino a París.

—¿Y si pierden nuestra maleta? —Patricia se hizo esta pregunta cuando ambos se dirigían hacia la facturación.

—Es un riesgo, pero suelen aparecer. Aunque podrían tardar varios días, y ya se sabría que el Códice había sido robado. Si la revisaran en ese caso...

—Podemos llevar el manuscrito con nosotros, en una bolsa; al pasar por el escáner parecerá un libro más.

—Tienes razón.

Diego abrió la maleta y cogió la bolsa de papel que contenía el Calixtino. Entró en una librería y compró un periódico y un par de revistas que colocó en una bolsa de las tiendas del aeropuerto, junto con el Códice.

—Ahora el nervioso eres tú —le dijo Patricia.

—No todos los días paseo con un millón de euros en forma de un Códice del siglo XII debajo del brazo.

El vuelo procedente de Oporto llegó al aeropuerto de Orly con veinte minutos de retraso. Los argentinos tomaron un taxi que los condujo al hotel donde habían reservado habitación para el viernes y el sábado.

Aquella noche, el Códice Calixtino durmió entre ellos.

PARTE II

LAS SIETE TROMPETAS

PRIMERA TROMPETA

UN TERCIO DE LA TIERRA QUEDARÁ ARRASADA

Jacques Roman se había levantado temprano. Antes de las siete de la mañana del sábado ya había entrado en las páginas web de varios periódicos gallegos para comprobar si alguno de ellos publicaba la noticia de la desaparición del principal tesoro bibliográfico del archivo de la catedral de Santiago de Compostela.

Ninguno ofrecía la menor referencia, ni tampoco los grandes diarios de tirada nacional como *El País*, *El Mundo*, *ABC* o *La Vanguardia*. Entró en la página del arzobispado de Santiago y en la de la catedral y tampoco halló el menor indicio de que el Códice Calixtino hubiera desaparecido del armario donde se custodiaba.

A las ocho en punto el mayordomo le sirvió un café y un par de tostadas, que consumió sin perder detalle de cuanto iba apareciendo en la pantalla de su ordenador. La última puesta al día de la información sobre el archivo compostelano databa de mediados del mes de marzo de ese mismo año. En los últimos cuatro meses no había recibido ninguna modificación.

En varias ocasiones estuvo tentado de coger el móvil y marcar el número de Diego Martínez, pero supo vencer su impaciencia y se contuvo. No quería dar la impresión de inseguridad o de ansias, como había hecho la tarde anterior, cuando, rompiendo los planes trazados, le había ofrecido al argentino acudir a recogerlos al aeropuerto de Orly.

A las diez en punto sonó el timbre del lujoso apartamento de Roman en la calle del quai de Béthune, en la isla de San Luis. El mayordomo comprobó por el videoportero la identidad de quien llamaba y abrió. Un minuto después Diego Martínez saludaba sonriente a Jacques Roman, que había salido personalmente a abrirle la puerta, lo que nunca solía hacer.

—Buenos días, Jacques, es un placer volver a verlo.

Su rostro, al contemplar a Diego solo y con las manos vacías, mudó su primera sonrisa a una mueca mezcla de sorpresa y confusión.

—¿Qué..., qué..., dónde está, dónde está...? —balbució Roman sin entender nada.

—¿El Códice? No se preocupe, Jacques, está a buen recaudo con Patricia. ¿Puedo pasar?

—Sí, claro, pase, pase. Pero no entiendo, quedamos en que ustedes me entregarían el Códice hoy...

—Lo traerá Patricia; yo me he adelantado. Espero que no le importe.

—¿Eh?, no, en absoluto. Pasemos a la biblioteca, y siéntese, por favor.

—Gracias.

—Disculpe mi sorpresa, pero yo esperaba que usted trajera el Códice. Si se trata del dinero, no debe tener la menor duda, el medio millón restante lo recibirá conforme a lo pactado. ¿Ha habido algún problema? —Roman parecía repuesto de la primera impresión.

—No, ni el más mínimo. Todo ha salido conforme lo planeamos. Si me permite una llamada...

—Por supuesto. Si lo desea puedo retirarme un momento...

—No es necesario.

Diego marcó el número del móvil de Patricia y esperó un instante.

—Dime, cariño. —Patricia seguía en la habitación del hotel, custodiando el Códice.

—Te esperamos. Ya sabes la dirección. Pide un taxi.

—¡Estoy a cinco minutos!

—Ven en taxi, por favor —insistió Diego—. Hasta ahora. —Colgó—. Patricia tardará unos minutos.

—¿Por qué han hecho esto? ¿No se fían de mí? —le preguntó Roman.

—Una simple medida de seguridad. Hay que tomar todo tipo de precauciones, como usted nos recomendó. Imagine que el Peregrino hubiera «cantado» y esta misma mañana hubiera habido apostados a la puerta de su casa, o incluso aquí dentro, media brigada de agentes de la Interpol o de la gendarmería francesa. Yo me he adelantado para comprobar que todo estuviera en regla.

Quince minutos más tarde llegó Patricia con una bolsa de las tiendas del aeropuerto de Oporto; dentro iba el Códice Calixtino.

Al contemplarlo, el rostro de Jacques Roman se iluminó, pero su gesto no era el de un hombre que ha conseguido el objeto que anhelaba, sino el de alguien que se hubiera quitado un gran peso de encima.

—¡Al fin! Aquí está.

Roman abrió el Códice aleatoriamente por el folio 192 según la paginación moderna, y leyó traduciendo directamente del latín:

—«Comienza el libro quinto de Santiago apóstol. Argumentación del beato Calixto, papa.» ¡La *Guía del peregrino*!

—Ya es suyo, Jacques. ¿Puede decirnos ahora cuál es el secreto que guarda este manuscrito?

—La vista humana no puede verlo —dijo Roman.

—¿Se trata de un acertijo, de una clave?

—No. Permítanme un momento.

—Por supuesto.

Roman abrió la puerta de uno de los armarios de la biblioteca y tras él apareció una caja fuerte pintada en color verde oscuro de aspecto muy sólido. Accionó la ruleta de la cerradura de seguridad hasta ajustar la combinación numérica y abrió luego la cerraja convencional con una llave que guardaba en uno de sus bolsillos. Depositó el Códice en el interior y cerró la puerta de acero y luego la del armario.

—Tenemos pendiente el champán.

Jacques Roman llamó a su asistente y le pidió que sirviera una botella de Cristal Rosé.

—Por el trabajo bien hecho —propuso Diego alzando su copa.

Los tres chocaron sus copas y bebieron el espumoso líquido rosado.

—El Códice Calixtino es un palimpsesto —asentó Roman tras dar un buen sorbo de champán.

—¿Qué?

—Saben perfectamente de qué hablo. A la vista se observa un texto escrito con tintas roja y negra, iluminado con abundantes iniciales y con varias miniaturas, pero en el interlineado de esos textos tan conocidos se guarda otro mucho más interesante, en concreto entre los folios 192 y 207. Imagino que habrán leído las diversas cautelas que los autores del Códice incluyeron en el texto sobre su conservación o la maldición a los que lo dañen o lo roben, y la alusión a que en este libro se encuentra la verdad.

—Ese tipo de sentencias y aforismos es habitual en los manuscritos medievales.

—«Si el lector busca la verdad, en este Códice la encontrará» —sentenció Roman parafraseando varias sentencias del Calixtino—. Un palimpsesto, como bien saben, es un manuscrito antiguo que conserva restos de un escrito anterior que han sido borrados, u ocultados de alguna manera, para escribir encima otro texto —explicó Roman, aunque no hacía falta, pues tanto Diego como Patricia conocían perfectamente ese tecnicismo, e incluso habían comerciado con algún palimpsesto en alguna ocasión.

—Se refiere a que alguien copió el Códice Calixtino, en concreto la *Guía del Peregrino*, sobre un texto anterior borrado.

—No, no borró nada, escribió un texto distinto en el interlineado, con una tinta especial invisible al ojo humano, sin borrar lo anterior.

—En ese caso, el documento al que se refiere no es técnicamente un palimpsesto. Para que fuera así debería haberse borrado artificialmente la escritura anterior, y por lo que dice en este caso se colocaron las dos una junto a la otra; una con tinta visible y otra con invisible. Y le recuerdo que ese término también se aplica a la pintura. Hace un par de años intervinimos en la venta de un icono de estilo bizantino del siglo XVI que se sacó de Rusia oculto bajo una pintura abstracta contemporánea, sin el menor valor, colocada por encima para ocultar la valiosa pintura bizantina. Bastó con retirar la pintura moderna, realizada con una mezcla especial de fácil limpieza, para recuperar la del siglo XVI. Pero en este caso no se ha borrado una escritura anterior en los folios de pergamino que componen el libro de la *Guía del peregrino*. Esa práctica era habitual en la Edad Media, y algunos pergaminos se borraban con agua o se raspaban para aprovechar esas hojas y reutilizarlas, pues era un material muy caro en aquella época; en consecuencia, no quedaba apenas nada del primer texto —precisó Diego.

—De acuerdo, no es un palimpsesto, sino un doble texto: uno oculto y otro visible. ¿Le parece mejor así? —asintió Roman reconociendo su error.

—Sí, técnicamente es lo correcto —precisó Diego.

—No es un palimpsesto —terció Patricia—, pero ¿puede ser más concreto sobre su contenido? Me refiero al texto oculto, claro, al que el ojo humano no puede ver.

—A su tiempo, señorita Patricia, eso se lo contaré a su debido tiempo. Todavía es demasiado pronto.

—Si usted conoce el texto oculto contenido en la *Guía del peregrino* quiere decir que alguien ha podido leerlo antes y pasarle esa información.

—Así es. Este trabajo fue planificado hace cuatro años. El manuscrito fue fotografiado para preparar una nueva edición facsímil, que finalmente no se llegó a editar, con unas cámaras especiales. Al visionar las fotos hubo algo que llamó la atención del fotógrafo. Oculto a simple vista, en el Códice había trazos de otro texto, escrito con una tinta especial que sólo es visible en determinadas condiciones y que pudo descubrirse gracias a las lentes y las luces especiales utilizadas para las fotos.

—¡Te lo dije! —Patricia se dirigió a Diego—. Con zumo de limón se puede leer un tipo de tinta que usaban en la Edad Media para enviar mensajes secretos y que los ojos humanos no pueden detectar.

—No lo leímos precisamente con zumo de limón; utilizamos un sistema bastante más sofisticado.

—¿Cómo llegó a sus manos esa información del fotógrafo? —intervino Diego.

—Porque era un hombre a mi servicio. Yo le había encargado esas fotos; comprenderán que no me es nada difícil conseguir permisos de ese tipo. Tras un estudio detallado del texto escrito con la tinta especial invisible, pudimos leer el relato oculto que revelaron las fotografías.

—Que era... —Patricia hizo un sonido con su boca imitando el redoble de un tambor.

—Ya se lo he dicho: un texto relacionado con el Hijo de Dios. Y no insista, Patricia, no me sacará una palabra más. No estoy autorizado para hacerlo.

—¿Autorizado? ¿Quién hay detrás de usted en este asunto?

—Es mejor que no lo sepan; les irá mejor así.

—Sus amigos de Sodalitium Pianum, ¿no? —Patricia se mostró demasiado atrevida con esa insinuación.

—Ese sociedad no existe desde 1921 —precisó Roman.

—Claro que existe. Fue disuelta en ese año porque los escándalos que protagonizaron sus miembros ya no se podían ocultar a la opinión pública, pero ha seguido funcionando clandestinamente bajo la protección del Vaticano. Sus agentes se infiltraron en los movimientos cristianos de base, en los gobiernos occidentales y en las superestructuras financieras y bancarias, y ahí permanecen, como espías del sector más recalcitrante y carca del Estado Vaticano.

—Patricia, tiene usted la cabeza llena de fantasías que pueden ser divertidas si alguna vez decide escribir esa novela que le auguro de éxito, pero le aseguro que nada de eso que imagina ocurre en la realidad.

—Usted es amigo de los lefebvristas. Lo he visto en alguna fotografía al lado de esos obispos que fueron expedientados y expulsados de sus diócesis hace unos años, a quienes, por cierto, el papa Benedicto XVI ha perdonado recientemente.

—Admito que alguno de esos prelados es amigo mío, ya se lo confesé en otra ocasión, pero también tengo amigos en el sector de la Iglesia católica que se denomina progresista, e incluso entre los más liberales partidarios de la Teología de la Liberación. Sin in más lejos, yo mantuve una muy buena relación con el tristemente fallecido arzobispo de París monseñor Lustiger, quien, como recordarán, nació judío.

—Como Jesucristo, Santiago y todos los demás apóstoles —añadió Patricia.

—Visto que no va a revelarnos, de momento, ese secreto tan apasionante que esconde el Códice Calixtino, creo que es hora de despedirnos —terció Diego.

—Hoy es sábado. El lunes por la mañana daré orden de que reciban el resto del dinero por su trabajo; imagino que la transferencia tardará un par de días más en recibirse en su banco de Ginebra.

—De acuerdo, Jacques. Ha sido un placer hacer negocios con usted.

Los tres apuraron sus copas de champán y Jacques sirvió otras.

—No necesito recordarles que a partir de que ustedes salgan por esa puerta no hablarán con nadie de este asunto, y les rogaría que destruyeran cualquier dato que pueda relacionarlos con su estancia en Santiago de Compostela ayer. Y, por supuesto, no se pongan en contacto conmigo por ningún motivo. Si ocurriera algo indeseado, yo mismo los llamaría.

—Descuide. Pagamos todos nuestros gastos en efectivo. Nadie podrá demostrar que estuvimos en Santiago ayer viernes.

—¿No tuvieron ningún contratiempo?

—Todo salió tal cual estaba planeado. El Peregrino cumplió con su cometido y ni siquiera lo vimos, aunque imagino que él nos estaría observando —supuso Patricia.

—Así fue. Desde que ustedes aparecieron en la plaza del Hospital estuvieron bajo la atenta mirada del Peregrino —certificó Jacques Roman.

—¿Puede decirnos dónde se encontraba? Le aseguro que estuve atisbando a mi alrededor para ver si lo localizaba en algún lugar, pero si anduvo por allí o no lo observé o no pude identificarlo.

—En efecto, el Peregrino siempre anduvo cerca de ustedes.

—Ese Peregrino, ¿se trata acaso del ángel del Apocalipsis? —ironizó Patricia.

—Es probable. Les recuerdo que una vez abiertos los siete sellos comienzan a sonar las siete trompetas; al toque de la primera, un tercio de la Tierra quedará arrasada.

—¿Y ya ha sucedido?

—Por supuesto. La desolación ya ha comenzado en África y en Asia, y pronto llegará a América y a Europa. La primera trompeta ya ha sonado, y su toque es terrorífico.

—Si nos necesita para algún otro trabajo no dude en llamarnos, sobre todo si está tan bien pagado como éste.

Diego extendió su mano y la chocó con Jacques Roman.

—Lo haré.

Roman le dio la mano a Patricia.

—Que disfrute de su Códice. Espero que algún día nos cuente el secreto que en él se esconde —dijo Patricia.

Volvieron a beber el delicado champán *rosé*.

—¿Desean que les pidan un taxi?

—Gracias. Nuestro hotel está muy cerca. Pasearemos por la orilla del Sena y almorzaremos en algún buen restaurante. Tal vez en La Tour d'Argent; he oído decir que, desde que lo han vuelto abrir tras la reforma, su propietario se ha empeñado en recuperar el prestigio que un día lo convirtió en el mejor del mundo.

—¿A qué hora desean almorzar? Si me permiten, yo haré la reserva y correré con la cuenta.

—Es usted muy amable, Jacques, muy amable.

Los dos argentinos almorzaron una crema de verduras y pato a la sangre en La Tour d'Argent. Por la tarde visitaron un par de galerías de arte, dieron un largo paseo por los Campos Elíseos y cenaron en una de las embarcaciones que surcan el Sena llevando turistas de un lado a otro del río en su recorrido por su cauce en la ciudad.

La mañana del domingo tomaron el avión y regresaron a Ginebra pasado el mediodía.

—Ya concluyó todo. —Diego se dejó caer sobre el cómodo sofá, frente a la chimenea.

—Vamos a ver si la prensa española publica algo sobre el caso —propuso Patricia.

La argentina abrió su portátil, se sentó junto a Diego, se conectó a Internet y buscó las páginas de la edición dominical de los más importantes diarios españoles. No había la menor noticia sobre que hubiera desaparecido el más preciado Códice del archivo de la catedral de Santiago.

—El Peregrino tenía razón. Pueden pasar días, semanas tal vez, hasta que se den cuenta de que el Códice Calixtino ya no está en su armario. —Diego acarició la espalda de su compañera—. Según nos dijo el Peregrino, cuarenta y ocho horas es el tiempo que guardan las grabaciones de las cámaras de seguridad. Si mañana por la mañana no se ha descubierto el robo, se borrarán todas las imágenes del viernes, y no habrá la menor prueba de nuestra estancia en Santiago. Además, aunque nos vieran paseando por las estancias del archivo no podrían imaginar que llevábamos el Códice con nosotros.

—Esa idea tuya de esconderlo en mi presunto embarazo fue muy buena, aunque quizá pudieran identificarnos.

—No lo creo. Tú estabas visiblemente embarazada, llevabas sombrero y gafas de sol y yo también llevaba gafas y una gorra. Ninguna de las cámaras nos grabó juntos y no dejamos huellas dactilares. No, no nos identificarán jamás —aseguró Diego.

—Recuerda que perdí una de las tiritas, y tal vez aquel policía con el que hablamos en el coche...

—Ni siquiera se acordará de esa circunstancia. ¿Con cuántos turistas crees que se cruzará en situaciones similares?

—No sé, a lo mejor tomó nota de la matrícula...

—Aunque así fuera. Una matrícula de un coche de alquiler en el aeropuerto de Oporto y una pareja de turistas... No, no hay manera de llegar hasta nosotros.

—¿Y si descubren al Peregrino y éste confiesa? —se preguntó Patricia.

—Ese hombre es el único punto débil de esta trama, pero ¿qué podría declarar? Aunque lo descubrieran y lo interrogaran, no sabría decir quiénes somos, ni dónde vivimos, ni siquiera sabe cuáles son nuestros nombres. Sólo nos ha visto dos veces, la primera en Madrid y la segunda en Oporto, no más de hora y media entre las dos ocasiones.

—Conoce tu número de teléfono —asentó Patricia.

—Es de prepago y no está personalizado. Y supongo que tampoco sabe nada sobre quién es el instigador de este plan, ni mucho menos de su verdadera identidad. Recuerda que cuando hablamos con el Peregrino en Oporto nada sabía de Jacques Roman; simplemente tenía un número de móvil de alguien de París que era quien coordinaba esta operación. De momento no podemos hacer otra cosa que esperar. Aunque tal vez deberíamos «desaparecer» por algún tiempo.

—¿A qué te refieres, a marcharnos a algún país discreto?

—Todo lo contrario, a permanecer aquí, en casa, y salir en los próximos días lo mínimo indispensable —propuso Diego.

—Pero en cuanto este asunto se descubra se liará una buena. Toda la policía europea se pondrá manos a la obra en busca de ese Códice.

—No hay manera de llegar hasta nosotros. Esta casa está a nombre de una sociedad; ni siquiera Jacques Roman, o como quiera que se llame en realidad ese hombre, conoce el lugar donde vivimos. Sólo tiene nuestro número de móvil y la referencia de que habitamos una casita en los alrededores de Ginebra. No hay modo de localizarnos. Cuando nos trasladamos a Suiza sabíamos que para nuestro trabajo necesitábamos absoluta discreción, y creo que la hemos conseguido.

—Esa gente tiene recursos extraordinarios para localizarnos si así lo pretendieran. ¿Quién te dice que no nos siguieron hasta aquí cuando estuvimos almorzando en Ginebra con Roman? Hubiera bastado con ofrecerle cien francos al taxista que nos trajo y pedirle la dirección.

—Pese a todo, permanecer en Ginebra es lo más seguro. —Diego intentaba tranquilizar a Patricia, que se mostraba inquieta.

—Tenemos dinero suficiente para ir a cualquier parte y desaparecer por algún tiempo perdidos en el rincón más alejado del mundo.

—¿Y adónde vamos? ¿A Brasil, a Cuba, a una isla del Pacífico? No, Patricia, es aquí donde estamos a salvo. Además, creo que a los que ahora poseen el Códice les interesa mantener nuestra seguridad, y disponen de recursos para hacerlo. Sabemos demasiado, conocemos a Jacques Roman, hemos estado en su casa de la isla de San Luis, lo hemos visto fotografiado al lado de los obispos seguidores de Lefèbvre y, sobre todo, sabemos cuál es el verdadero móvil del robo.

—No del todo, pues ignoramos qué contiene ese texto oculto escrito con la tinta invisible. Y Roman no es sino la tapadera de este asunto —asentó Patricia—, un mero ejecutor de las órdenes de otros. Recuerda que ayer en París se le escapó que no estaba autorizado para revelarnos qué textos se ocultan en ese Códice. Eso quiere decir que hay alguien por encima de él que es quien de verdad da las órdenes.

—¿Y quién crees que puede ser el jefe?

—Desde luego alguien muy poderoso, capaz de que se le abran las puertas de cualquier dependencia eclesiástica de cualquier lugar del mundo católico sin que nadie pregunte para qué.

—Eso sólo puede hacerlo el papa —asentó Diego.

—O los verdaderos poderes que mueven desde la sombra los hilos de la Iglesia y los resortes de sus instituciones.

—¿Te refieres a esa secta, o lo que sea, de Sodalitium Pianum, o a la Fraternidad de san Pío X?

—Quizá. Pero, para poder averiguarlo, antes necesitaríamos saber qué se esconde en el Códice, qué texto hay oculto en ese libro y qué peligro entraña para la Iglesia, para el catolicismo o para el cristianismo en general el que el mundo pudiera conocer ese escrito.

—Pues me temo que, o nos lo revela algún día Jacques Roman o no tendremos otra forma de averiguarlo.

—Santiago; sigo pensando que la clave está en el apóstol Santiago —bisbisó Patricia.

—¿En el Mayor o en el Menor? —ironizó Diego.

—¿Crees que estoy obsesionada con este asunto de los dos Santiagos y de su parentesco con Jesucristo, y que se trata de un producto de mi imaginación? Espero que algún día se descubra todo lo que aquí se esconde, y entonces tendrás que darme la razón.

—Es probable que acertara Jacques Roman cuando te dijo que deberías dedicarte a escribir novelas de misterio; tu imaginación es portentosa, cariño.

La mano de Diego acariciaba ahora los muslos de Patricia y no tardó en llegar a su entrepierna. Minutos después hacían el amor sobre el sofá.

El ordenador portátil seguía encendido y desde el suelo mostraba la primera página de la edición del diario de mayor tirada de España. Actualizado a las trece horas y once minutos del domingo 2 de julio de 2011, seguía sin publicar la menor referencia a Santiago de Compostela o al Códice que contenía la copia más famosa del *Liber Sancti Iacobi*.

SEGUNDA TROMPETA

UN TERCIO DEL AGUA DEL MAR SE CONVERTIRÁ EN SANGRE

El martes 5 de julio, en la casa familiar donde seguía viviendo su hermana, en su pequeña aldea natal del norte de la provincia de Lugo, donde cada año pasaba las vacaciones de verano, el Peregrino aguardaba noticias con impaciencia.

Mientras comía una empanada de bacalao y pasas y un guiso de patatas y carne, recordó que hacía tan sólo cuatro días que había seguido a la pareja de argentinos desde la plaza del Hospital de Santiago de Compostela hasta la zona de la universidad.

Aquella mañana del viernes primero de julio, sobre las doce, el primer día de sus vacaciones, se había apostado tras una barbacana cerca del antiguo hostal que los Reyes Católicos construyeron para los peregrinos más acomodados, convertido en parador de turismo de lujo, que cerraba uno de los cuatro lados de la plaza del Hospital, a la izquierda de la fachada del Obradoiro.

Minutos antes de las doce y media vio a los dos argentinos entrar en la plaza por la embocadura de la calle Costa do Cristo; a pesar de las gafas de sol, la gorra y el sombrero, los identificó enseguida, aunque dudó un instante cuando se percató del embarazo de la mujer. Era imposible que en los pocos días que habían transcurrido desde su encuentro en Oporto hubiera engordado tanto su vientre, aunque ya hubiera estado embarazada para entonces. Los siguió con la mirada hasta que los vio subir por la escalinata de la fachada principal. Aguardó allí durante más de una hora hasta que los volvió a ver salir de la catedral y desandar sus pasos en dirección a la rúa das Hortas. No llevaban ninguna bolsa, ni nada donde, aparentemente, ocultar el Códice, pero caminaban con paso firme y decidido hacia los jardines de la universidad.

En un primer momento se sorprendió, y pensó que había ocurrido algo inesperado y que había fallado el plan. Pero enseguida lo entendió: el Códice iba oculto bajo el vestido de la embarazada. No había otro lugar posible.

Los siguió a una distancia prudencial hasta donde habían aparcado el coche; sufrió unos momentos con la presencia del policía que le pidió a Diego los papeles, pero respiró aliviado al ver alejarse el automóvil por la rúa das Galeras.

Minutos después subió a su modesto coche y puso rumbo al pueblo donde lo esperaba su hermana en la costa de Lugo para comenzar su veraneo.

Esa mañana de martes se había acercado hasta Barreiros, un pueblo cercano a su aldea, en busca de la prensa. En una gasolinera compró *El País*, *La Razón* y *El Correo Gallego*. Ojeó con avidez cada una de las páginas de los tres diarios y no observó una sola noticia sobre el robo del Códice.

Sentado a la mesa, con la empanada casera en una amplia bandeja en el centro y el guiso de patatas en el plato, no dejaba de darle vueltas a la cabeza sobre lo que podía haber ocurrido en el archivo de la catedral compostelana. Se había marchado de Santiago el viernes sobre las dos de la tarde, tras comprobar que la pareja argentina se alejaba sin otro contratiempo que el breve encuentro con el policía municipal. Suponía que llevaban con ellos, sin duda bajo el vestido de embarazada de la mujer, el Códice Calixtino, y que, como les había indicado, habían dejado la cuarta llave colocada en la cerradura de la puerta acorazada de la estancia de seguridad. Pero si todo eso había ocurrido así, tal cual lo planificaron, ¿cómo era posible que cuatro días después todavía no se hubiera descubierto el robo? Imaginó la probabilidad de que no habían podido lograrlo y que el Códice seguía seguro en el archivo.

El Peregrino conocía sobradamente la laxitud de las medidas de seguridad de la catedral, pero no dejó de hacerse preguntas durante el almuerzo: ¿y si no habían podido apoderarse del Códice?, ¿y si los habían detenido poco después de que se alejaran con el coche? Algo había fallado. Las dudas lo asaltaban de tal modo que pensó en llamar al móvil de su contacto en París, o al número que tenía para hablar con los argentinos, pero se contuvo. También pensó en llamar, con alguna excusa intrascendente, a las oficinas del obispado donde trabajaba; pero ¿qué iba a hacer: preguntar directamente si alguien había robado el Códice Calixtino?

La espera de noticias le reconcomía el alma, aunque decidió aguardar. Era probable que la policía ya estuviera al tanto del robo y que no hubiera trascendido la noticia a la prensa por si los autores cometían algún error y se delataban. No había que mostrarse nervioso. Era cuestión, tan sólo, de esperar y de no cometer errores por precipitación o impaciencia.

En Ginebra, Diego Martínez y Patricia Veri también aguardaban noticias de la prensa española. Aquel martes de principios de julio la información la monopolizaban los problemas por los que estaba atravesando la economía mundial y el adelanto de las elecciones generales en España. Cada dos o tres horas actualizaban en Internet la información de los diarios digitales españoles o sintonizaban en su receptor el canal internacional de Televisión Española, que emitía con periodicidad diversos informativos.

Pero nada; ni una sola noticia acerca del robo del Códice Calixtino.

—¿Qué coño está pasando? —se preguntó Diego cuando acabó el informativo de primera hora de la tarde de la televisión pública española sin dar noticia alguna sobre el robo del Códice.

—No lo entiendo. Han pasado cuatro días desde que nos llevamos el Calixtino y no se ha publicado ni una sola mención en ningún medio de comunicación español. Es imposible que no se hayan dado cuenta de su desaparición. Alguien ha tenido que ver la llave que dejaste en la cerradura, el hueco del manuscrito en el armario... —Patricia seguía con avidez la pantalla de televisión en la que un locutor explicaba el mapa del tiempo.

—Algo va mal.

—Deberíamos llamar a Jacques Roman, tal vez él sepa lo que está ocurriendo.

—En estas circunstancias sería peligroso. Lo mejor, en tanto no haya noticias, es ser prudentes y comportarnos como lo hacemos habitualmente. Por lo demás, nosotros hemos cumplido con nuestro trabajo y no hay manera de que nadie nos relacione con el robo del Calixtino.

—¿Y si hubieran detenido al Peregrino? Ese hombre parecía inestable, tal vez haya cometido algún error y lo hayan descubierto, y ahora esté siendo interrogado por la policía y largando todo lo que sabe.

—Aunque así fuera y le contara la verdad a la poli, sólo podría declarar que entregó la cuarta llave a una pareja de desconocidos a los que vio una vez en Madrid y otra en Oporto.

—En ese caso la policía podría seguir algunas pistas:

rastrearían los hoteles de Oporto, las listas de embarque de los viajeros en el aeropuerto, los coches de alquiler...

—Todos nuestros gastos los pagamos en efectivo, y por los datos que dimos nunca podrían llegar hasta nosotros. No hemos dejado la menor pista; estamos a salvo. Ni siquiera darían con nosotros aunque conocieran nuestra identidad —insistió Diego—. Esta casa está a nombre de una empresa con domicilio fiscal en la islas Vírgenes.

—De acuerdo. Esperaremos, pero me siento intranquila.

En París, Jacques Roman recibió la visita del hombre al que llamaba «Excelencia» y que esperaba ser nombrado en breve cardenal de la Santa Iglesia Romana.

—Aquí está, al fin.

Roman tenía en sus manos el Códice Calixtino, que acababa de sacar de su caja fuerte.

Su Excelencia lo tomó y pasó las yemas de los dedos por la encuadernación de cuero antes de abrirlo por la primera página.

—¿Ya tenemos la trascripción del texto completo? —le preguntó a Roman.

—Es muy pronto, pero estamos trabajando intensamente. El padre Villeneuve, nuestro mejor traductor, está cotejando las nuevas fotografías que acabamos de hacer con el texto de las fotografías que sacamos en el año 2006; en unos días nos entregará su informe.

—¿No ha habido contratiempo?

—Ninguno. Lo que no entiendo es cómo todavía no hay noticias del robo en ningún medio de comunicación.

—Nadie lo ha denunciado —informó Su Excelencia.

—¡Qué!

—Como lo oye, Jacques. En la policía de Santiago no existe ninguna denuncia sobre el robo del Calixtino.

—Pero lo habrán echado en falta. Han pasado más de cuatro días desde su desaparición.

—Ya ve en qué manos está la custodia de nuestro patrimonio como Iglesia. Mantenemos el mínimo contacto con Santiago. Uno de nuestros hombres allí ha llamado esta mañana y nos ha confirmado, hablando en clave, por supuesto, que en el archivo de la catedral la normalidad es absoluta.

—¡Pandilla de inútiles! Les roban delante de sus narices su tesoro más preciado y cuatro días después siguen sin enterarse.

—Tal vez nadie haya abierto el armario donde se guardaba el Códice Calixtino en estos cuatro días —supuso Su Excelencia.

—Pero está la llave. El plan pasaba por dejar una llave en la cerradura de la puerta de seguridad. A no ser que esos dos argentinos se la llevaran, ¿nadie se ha dado cuenta de que esa llave sigue ahí? ¿Ninguno de los tres que tiene una copia ha sido capaz de apreciar ese pequeño detalle?

—No lo sé, pero creo que no tardaremos en enterarnos. En cuanto disponga de la transcripción completa del texto avíseme. Entre tanto, guarde este manuscrito como si se tratara de su propia alma.

—Así lo haré, Excelencia.

—¡Ah!, muchas gracias por su regalo; en verdad ese champán *rosé* es magnífico. Ayer abrimos una botella para celebrar que el expediente para convertirme en cardenal va estupendamente en el Vaticano; sólo está a la espera de la firma de Su Santidad.

—Pues ordene que pongan a enfriar otra botella. En cuanto dejemos solucionado este asunto, brindaremos por el éxito de nuestra misión en Santiago, y espero que también por su cardenalato. Y quién sabe si pronto veremos a Su Excelencia como arzobispo de París, quiera Dios que el actual monseñor viva muchos años, y luego incluso como papa.

—No adelante acontecimientos, Jacques. Por el momento debemos centrarnos en luchar por la supervivencia de la Iglesia, para que no se tambaleen sus pilares.

—Por supuesto, Excelencia, por supuesto, también por la Iglesia.

El archivero de la catedral de Santiago había pasado todo el día ordenando unas antiguas fichas de papel. El proceso de digitalización estaba en marcha y pronto tendrían digitalizados todos los fondos documentales. Así, los investigadores podrían consultar cualquier documento del archivo catedralicio desde cualquier lugar del mundo gracias a las nuevas tecnologías.

Pasaban unos minutos de las ocho de la tarde del martes 5 de julio. Cuando el archivero fue a cerrar la puerta de la estancia de seguridad se percató de que la llave seguía en la cerradura. Hacía ya dos, o quizá tres días, que se había apercibido de ello, pero no le había dado mayor importancia. No era la primera vez que alguno de los tres que poseían una copia de esa llave la dejaba puesta durante todo el día en la cerradura de aquella sala.

Buscó en sus bolsillos y comprobó que aquélla no era la suya, pues la tenía en su llavero. Cerró la puerta, giró la llave, la dejó puesta en la cerradura y se alejó; pero apenas había dado media docena de pasos cuando le sobrevino un extraño presentimiento. Volvió sobre sí, abrió la puerta de la estancia y se dirigió al armario donde se guardaban los manuscritos más valiosos. Lo abrió y echó un rápido vistazo. En un primer momento no observó nada raro, cerró la puerta y se dispuso a salir de la sala. Pero, de nuevo, una sensación inexplicable lo detuvo. Se acarició el mentón con su mano derecha, cerró los ojos y, entonces, se dio cuenta.

Abrió de nuevo la puerta del armario y su mirada se dirigió directamente a la pequeña almohada sobre la que se posaba habitualmente el Códice Calixtino. Sobre aquel cojín estaba el tapete que protegía el Códice del polvo, pero entre el cojín y el tapete no había nada.

El archivero sintió un sobresalto. Recorrió con su mirada el interior del armario en busca del manuscrito encuadernado en cuero repujado con figuras romboidales y luego rebuscó con sus manos entre los manuscritos allí depositados. Ni rastro del Calixtino. Miró y remiró alrededor del armario y por toda la estancia, sin resultado. El Códice más famoso del archivo de la catedral de Santiago había desaparecido.

Intentó no ponerse nervioso, pero no pudo sino apresurarse para llegar hasta su mesa en las oficinas y marcar un número de teléfono.

—¿Quién es? —preguntó una voz al otro lado de la línea.

—Señor deán, no encuentro el *Calixtinus*.

—¿Cómo dice?

—Acabo de revisar la estancia de seguridad y el *Codex* no está en su lugar habitual; he mirado en el armario y por todos los rincones de la sala, pero no lo encuentro. ¿No lo tendrá usted en su despacho?

—Hace algo más de un mes que no lo he manejado. Desde que se lo enseñamos a aquel profesor... ¿De dónde era, de la Universidad de La Sorbona?

—Sí, de París, creo recordar —ratificó el archivero.

—¿Ha hablado usted con el señor canónigo? Tal vez lo tenga él. Llámelo enseguida e infórmeme a continuación. Me disponía a cenar, pero me mantendré a la espera.

El archivero llamó al canónigo, la tercera persona que tenía una llave de la estancia de seguridad.

—¿Sí?

—Señor canónigo, soy el archivero. Acabo de hablar con el señor deán porque he echado en falta el *Codex Calixtinus*. ¿No lo tendrá usted?

—¿Yo? Jamás se me ocurriría sacar del archivo ese manuscrito. Ya conoce las normas.

—Pues no lo encuentro.

—¡Qué me dice!

—Que no está en su sitio habitual, sobre el cojín.

—¿Ha informado al deán?

—Acabamos de hablar hace dos minutos; ha sido él quien me ha dicho que le preguntara a usted. Tengo que volver a llamarlo para darle cuenta de nuestra conversación.

—Está usted en el archivo, supongo.

—Sí; ya iba a cerrar cuando me he dado cuenta de que faltaba el *Codex*.

—Vuelva a llamar al deán y aguarde; yo voy para allá.

El archivero marcó de nuevo el número del deán.

—¿Dígame?

—Señor deán, el canónigo no tiene el *Codex*, ni sabe dónde puede estar. Me ha dicho que lo espere aquí, en el archivo, que viene enseguida.

—Permanezca ahí, por favor, yo también me acerco ahora mismo.

El deán de la catedral de Santiago y el canónigo responsable de su archivo se presentaron casi a la vez en las dependencias del ala sur del claustro del templo del apóstol. Eran las ocho y media de la tarde; la luz solar todavía iluminaba con fuerza las calles de Compostela.

—¿Qué ha ocurrido? —preguntó el deán, un hombre habitualmente tranquilo, de ademanes sosegados y calmos;

no manifestaba signos de nerviosismo, a diferencia del canónigo, que se mostraba muy abatido.

—¿Han buscado bien? —El canónigo, visiblemente afectado, tenía el rostro serio y no paraba de pasarse la mano por la frente y la parte superior de la cabeza, completamente desprovista de pelo.

—Desde que los llamé a ustedes hemos registrado una y otra vez la estancia de seguridad, los armarios de esa zona, y nada, no aparece por ninguna parte. —El archivero estaba acompañado de un auxiliar; eran las dos únicas personas que se habían quedado a última hora de aquella tarde en el archivo.

—No perdamos la calma —dijo el deán—. Revisemos de nuevo todas estas dependencias, tal vez se les haya pasado por alto a ustedes. No es un libro demasiado grande.

Los cuatro hombres recorrieron todo el archivo, sala por sala, armario por armario, rincón por rincón, sin ningún resultado. El Códice Calixtino se había esfumado.

—Señores, no nos queda más remedio que avisar a la policía. Si ninguno de nosotros tiene el *Codex*, ni sabe dónde está, es que lo han robado —asentó el deán.

—¡No puede ser! No. Debe de estar en alguna parte, miremos de nuevo.

—Ya lo hemos hecho, y ese manuscrito no aparece. Llamemos a la policía —reiteró el deán—. Ellos sabrán qué hacer.

En la comisaría de policía de Santiago de Compostela, en la avenida Rodrigo de Padrón, un agente descolgó el teléfono. Habitualmente la comisaría de la ciudad recibía pocas llamadas: Santiago era una ciudad tranquila y, pese al abundante tránsito de peregrinos, las incidencias que se producían solían ser escasas.

—Inspector, una llamada urgente. Es de la catedral —informó el agente a su superior.

—Ya la han liado esos indignados. No, si ya le dije al comisario que recomendara al delegado del gobierno que acabara con esa chusma y los desalojara de la plaza.

—No se trata de los acampados del 15-M, sino de un robo. Era el señor deán; me ha dicho que les han robado un libro, el «código calistino», me parece haber entendido. Nos piden que vayamos enseguida.

—¡No me jodas, un robo en la catedral! ¡Me cago en la...! Vamos a salir en todos los telediarios. Llama al comisario y dile que me voy para allá con un agente. Que me llame al móvil. Y avisa a la catedral para confirmarles que estamos allí enseguida.

El inspector Gutiérrez salió de comisaría acompañado de uno de los agentes de servicio. Caminando a pie ligero apenas había dos o tres minutos hasta la catedral, pero, siguiendo el protocolo de actuación en estos casos, decidieron acudir en uno de los coches.

Subieron la cuesta de la avenida de Raxoi a toda velocidad y entraron en la plaza del Hospital, bordeando las tiendas de los indignados. Aparcaron delante de la fachada del archivo, a la derecha del Obradoiro, donde los aguardaban el deán y el canónigo.

—Buenas noches, señores. Soy el inspector Gutiérrez y éste es el agente Vadillo. ¿Qué ha ocurrido?

El policía identificó de inmediato a los dos responsables del archivo, pues vestían traje de chaqueta negro con alzacuellos; nada que ver con la vestimenta de algunos indignados que debatían sus asuntos sentados en el suelo de la plaza.

—Ha desaparecido el Códice Calixtino.

—¿Es un libro?

—Sí. Un libro manuscrito del siglo XII, uno de los más importantes de la Edad Media y la joya de este archivo.

—¿Cuál puede ser su valor?

—Incalculable, pero la última vez que lo aseguramos para prestarlo a una exposición se tasó en seis millones de euros.

El inspector Gutiérrez resopló; se hizo de nuevo el propósito de dejar de fumar. Los dos policías y los dos sacerdotes iban hablando a la vez que subían las escaleras camino del archivo. Entonces sonó el móvil del inspector.

—Perdonen, es mi jefe. Comisario, estoy en la catedral, en el archivo, con el señor deán y uno de los canónigos. Aseguran que les han robado un importante libro del siglo XII... Sí, de acuerdo, aquí esperamos. —Colgó—. El comisario jefe viene en camino.

Mientras lo esperaban, Gutiérrez se dirigió a la estancia de seguridad. El deán le mostró el lugar donde debería haber estado el Calixtino.

El comisario llegó poco después acompañado por dos agentes.

—Señor deán, señor canónigo; hola, Manolo —saludó al inspector—. Bien, ¿qué ha ocurrido aquí?

—Esta tarde, cuando se iba a proceder al cierre del archivo, el archivero jefe ha echado en falta el Códice Calixtino, nuestro tesoro bibliográfico más valioso —explicó el deán.

—¿Cuándo ha desaparecido?

—No lo sabemos.

—¿Qué?

—Este libro apenas sale de su armario. La última vez que lo sacamos fue hace más de un mes, para que lo viera un profesor de París.

—¿Y desde entonces no ha vuelto a salir de este lugar? —intervino Gutiérrez.

—No. Hemos cotejado las fichas y nadie más lo ha consultado. Para evitar la manipulación excesiva del original disponemos de un facsímil, que es el que manejan los investigadores. El original se consulta tres o cuatro veces al año a lo sumo, y siempre en estos locales y bajo nuestra atenta vigilancia.

—Por lo que veo, esta puerta no ha sido forzada. ¿Quiénes tienen llave?

—Sólo existen tres: la del archivero jefe, la del canónigo y la mía.

El comisario se fijó en la cerradura y vio la llave puesta.

—¿De quién es esta llave?

—Yo tengo la mía. —El deán la mostró en su mano.

—Y yo también. —El canónigo enseñó la suya.

Todos los presentes miraron entonces al archivero.

—Y ésta es la mía. —El archivero mostró su llavero, del que colgaba la misma llave que tenían los otros dos.

Los ojos del comisario se dirigieron de nuevo a la cerradura y a la llave. Se sacó del bolsillo un pañuelo y, con cuidado, para evitar borrar posibles huellas, extrajo la llave de la cerradura y la cotejó con las otras tres. Era idéntica.

—Bien, si sólo existen tres llaves de esta cerraja, ¿alguien me puede decir qué es esto? —El comisario levantó la cuarta llave y la expuso a la vista de todos.

Media hora más tarde una decena de agentes estaba tomando todo tipo de datos del archivo: posibles huellas dactilares, cabellos, fotografías de cada rincón de cada una de las salas... todo cuanto contribuyera a la investigación sobre la desaparición del Códice Calixtino.

—Comisario, no hemos encontrado el menor signo de violencia en ninguna zona del archivo. Todas las puertas presentan sus cerraduras en perfecto estado y no hay restos de agujeros o butrones por donde se hayan podido colar los presuntos cacos.

—Todavía no sabemos si se trata de un robo.

—Comisario, ese Códice está valorado en seis millones de euros —dijo el inspector.

—Creo que en este asunto debe intervenir Madrid. Por favor, Manolo, ve a comisaría y llama a la brigada central de Patrimonio. Ponles al corriente y diles que necesitamos su ayuda, que envíen un equipo en cuanto les sea posible. Yo avisaré ahora al delegado del gobierno y a la consejería de Cultura. Y llama también al alcalde y al jefe de la policía municipal; mañana haremos controles por toda la ciudad, y deben saberlo.

—Son las doce de la noche.

—No importa; alguien habrá de guardia.

—A tus órdenes.

El inspector Gutiérrez salió presto hacia comisaría mientras el comisario llamaba al delegado del gobierno en Galicia.

El alto funcionario del gobierno central se presentó en el archivo pasada la medianoche. Un helicóptero de la policía sobrevoló los tejados de la catedral en busca de algún posible agujero por donde hubieran podido penetrar los ladrones. Ante la evidencia de que ninguna de las puertas del archivo había sido forzada, el comisario supuso que quizá se habían deslizado por el complicado laberinto de tejados del complejo catedralicio, para llegar así hasta el claustro y desde allí acceder al archivo. Pero, tras inspeccionar las ventanas, tampoco encontraron ninguna de ellas rota o con señales de haber sido forzada. Desde el helicóptero informaron por radio de que habían revisado los tejados desde el aire, iluminados con un potente foco, y no habían observado nada anormal, como un grupo de tejas rotas, una escala o algo que pudiera indicar que una o varias personas hubieran entrado en el archivo por el intrincado complejo de techumbres de la catedral.

A las tres de la mañana el comisario dio por finalizadas las primeras tareas de inspección.

Los cuatro miembros del equipo que trabajaban en el archivo estaban cansados pero sus rostros reflejaban sobre todo una notable perplejidad ante lo ocurrido.

—Creo que debemos retirarnos a descansar. Nada más podemos hacer hoy. Les ruego que mañana no abran el archivo y no toquen nada hasta que lleguen los expertos de la policía científica y de la brigada central de Patrimonio. Si no les importa, yo guardaré esta llave que no debería existir. —El comisario la depositó en una bolsa de plástico—. Y les rogaría a ustedes tres —se dirigió al deán, al canónigo y al archivero— que tengan a mano sus llaves, las necesitaremos para una comprobación.

—Así lo haremos. Cuenten con nuestra colaboración para todo lo que necesiten. Comprenderán que los más interesados en que este asunto se resuelva cuanto antes somos nosotros —asentó el deán.

—Señor delegado, si usted no ordena otra cosa nos retiraremos, pero dejaré a la puerta del archivo un retén de guardia —le dijo el comisario al delegado del gobierno.

—Que sean discretos. No vayan a pensar los indignados que los estamos vigilando a ellos y se líe una buena —añadió el delegado.

El teléfono de Su Excelencia sonó poco después de las nueve de la mañana del miércoles 6 de julio. El candidato a cardenal nunca se levantaba antes de esa hora, y tenía terminantemente prohibido a sus asistentes que lo molestaran, salvo por algún motivo trascendental.

La conversación que mantuvo con su interlocutor en Santiago fue escueta y críptica:

—Ya se sabe. —Oyó Su Excelencia nada más descolgar el móvil.

—¿Algún problema?

—Ninguno. Todo discurre según lo previsto.

—Gracias.

De inmediato, Su Excelencia llamó a Jacques Roman.

—Jacques, ya se han dado cuenta.

—¡Sí que han tardado!

—Manténgame informado, por favor.

—De acuerdo.

La mañana del miércoles 6 de julio el comisario jefe y el inspector Gutiérrez regresaron al archivo para continuar con las pesquisas. Por la ciudad de Santiago corría el rumor de que algo grave había pasado aquella noche en la catedral. La mayoría pensaba que se trataba de una maniobra policial para intimidar a los indignados, pero nadie sospechaba de un posible robo.

El despliegue policial en las calles de Santiago era inusual, por lo abundante, aquella mañana de miércoles. Decenas de policías, equipados con sus chalecos reflectantes amarillos, algunos de ellos con fusiles bajo el brazo, habían establecido varios controles en las calles de Santiago y en las principales salidas de la ciudad. Todo vehículo que dejaba la localidad era inspeccionado a fondo. Los conductores que circulaban por las calles de Santiago sufrieron las molestias de los atascos y de las inspecciones de la policía.

Aquella mañana, pese a estar en pleno verano, hacía fresco, había llovido y el pavimento estaba mojado. En la catedral, el deán convocó a los miembros del cabildo a una reunión urgente que sería presidida por el señor arzobispo de Santiago, a quien le dieron las primeras informaciones sobre lo ocurrido poco antes de la medianoche anterior.

El deán intentaba mantener la serenidad, pero el canónigo archivero se mostraba completamente nervioso. No dejaba de gesticular con las manos, frotárselas, soplarse los dedos y pasárselas por la cara y la cabeza.

La reunión tuvo lugar en un salón del palacio episcopal, cuyos dos amplios ventanales daban al patio interior.

El deán comenzó informando sobre las circunstancias de la desaparición del Códice Calixtino, sin pronunciar en ningún momento la palabra «robo». Conforme iba desgranando lo sucedido, el rumor de los cuchicheos entre los canónigos aumentaba, hasta tal punto que el arzobispo, un hombre callado y discreto, tuvo que intervenir en un par de ocasiones para demandar silencio a los allí reunidos.

Una vez finalizado el informe del deán, el arzobispo, visiblemente contrariado, le preguntó:

—¿Ha presentado usted la correspondiente denuncia ante la policía?

—Todavía no, monseñor.

—¿A qué espera?

—A que el abogado de la archidiócesis lo indique. Esta mañana, a primera hora, he hablado con él y me ha dicho que no podemos denunciar el robo. Al no haber puertas ni ventanas forzadas, este acto no puede calificarse, de momento, sino de desaparición, o hurto a lo máximo, lo que implica una pena menor en caso de que los culpables sean apresados. Además, yo confío en que hoy mismo aparezca el Códice.

—¿En qué se basa?

—En que quienquiera que se lo haya llevado es una persona de la casa. Y creo que el autor de esta tropelía se arrepentirá de lo que ha hecho y devolverá el Códice, probablemente hoy mismo.

El murmullo de los canónigos se elevó hasta convertirse en un verdadero guirigay.

—Silencio señores; guarden la debida compostura, por favor. —El arzobispo tuvo que levantar la voz para imponerla sobre las de los acalorados canónigos.— ¿Y si no fuera así?

—En ese caso nos veríamos obligados a presentar la correspondiente denuncia, pero por hurto, que no por robo —le respondió el deán.

—Consulte de nuevo con nuestro abogado, señor deán, pero dígale que si el Códice no aparece antes de las siete de esta tarde, que presente la denuncia en comisaría en los términos legales que considere oportuno —zanjó la cuestión el arzobispo ante la estupefacción de todos los presentes por lo que estaba sucediendo.

—Así se hará, monseñor.

—Vamos a ser el hazmerreír del mundo —se oyó musitar al arzobispo mientras salía con cara de pocos amigos de aquella reunión.

Gutiérrez apagó su cigarrillo y subió las escaleras del archivo de la catedral. Varios agentes seguían buscando pistas por todas las salas. El inspector había quedado con el deán, el canónigo y el archivero jefe en uno de los despachos del archivo.

—Buenos días señores —los saludó—. Mañana llegarán de Madrid tres expertos de la brigada central de Patrimonio Histórico. Dependen de la unidad de delincuencia especializada y violenta de la Dirección General de Policía, la UDEV, y la ley les atribuye la competencia específica sobre robos o agresiones al patrimonio cultural en cualquier ámbito del territorio español; también se han desplazado a Santiago expertos de la policía científica de la jefatura superior de La Coruña que colaboran con nosotros en la investigación.

—Les agradecemos sus esfuerzos —dijo el deán.

—Es nuestro trabajo.

—¿Han podido averiguar alguna cosa?

—Estamos en ello. Hemos desplegado un dispositivo de control de los automóviles que salen de la ciudad, y estamos revisándolos por si alguien —el inspector pronunció esa palabra con cierto énfasis— intentara sacar el Códice oculto en algún automóvil.

—¿Creen que el Calixtino sigue en Santiago? —demandó el canónigo.

—Es posible. El principal problema es que no sabemos qué día desapareció.

—Creo que lo vi por última vez el jueves pasado —intervino el archivero.

—¿Por qué no dijo eso anoche?

—Estaba confundido y nervioso, y además no estoy seguro. El jueves por la tarde abrí el armario donde se guarda... se guardaba el *Codex* para devolver a su lugar el *Tumbo A* y no recuerdo que hubiera ninguna anomalía, como sí me ocurrió ayer.

—Lo que les ruego es que cuiden lo que declaran a la prensa. Todavía no se ha publicado ninguna noticia, pero el revuelo que se ha armado en la ciudad ha hecho que circulen todo tipo de rumores, y uno de ellos es que han robado algo muy valioso en la catedral. No podremos detener más esta información, de modo que los periodistas caerán sobre ustedes como una plaga. No faciliten más datos que los que nosotros indiquemos, y que actúe una sola persona como portavoz de la catedral.

—Seré yo. El arzobispo así me lo ha pedido —intervino el deán.

—De acuerdo, señor deán. Nosotros le explicaremos lo que puede ser publicado y lo que debe permanecer en el secreto de la investigación. Cuantos menos datos concretos se faciliten, mejor. Y sí les rogaría que eviten las filtraciones «anónimas»; suelen confundir bastante y no ayudan en nada.

—Así lo haremos, inspector.

—Y ahora, permítanme una pregunta muy directa: ¿sospechan de alguien que desde dentro pudiera haber participado en este robo?

—No. —El deán fue contundente en su respuesta—. Todo el personal que trabaja en la catedral y en su archivo goza de plena confianza.

—Perdone mi insistencia, pero ¿está usted seguro? Por lo que hemos averiguado hasta ahora, el robo no ha podido efectuarse sin la colaboración de alguien que trabaje aquí. Es la única explicación a esa cuarta llave que apareció colocada en la cerradura de la puerta de la estancia de seguridad.

—¿Está insinuando que ese posible colaborador interno es uno de nosotros tres? Somos los únicos que tenemos llave de esa puerta —intervino el archivero.

—Lo siento, pero esa evidencia es contundente. Les tengo que pedir que me dejen sus llaves para hacer un estudio comparativo con la que estaba puesta en la cerradura.

—¿Qué averiguarán con eso?

—Si esa cuarta llave es una copia de cualquiera de las tres, es probable que podamos discernir cuál de ellas fue el modelo.

—Y en ese caso, uno de nosotros tres sería el colaborador necesario; ¿me equivoco? —preguntó el archivero.

—Ésa sería una de las hipótesis, por supuesto, pero no la única.

Los tres responsables del archivo cruzaron sus miradas de manera furtiva. El deán enarcó las cejas y los labios en un rictus serio, el canónigo se cubrió la cara y la cabeza con sus manos y el archivero dejó que su mirada se perdiera a través de una ventana, hacia el infinito.

El arzobispo pidió a su secretario que le pusiera en contacto con el abogado que llevaba los asuntos jurídicos de la archidiócesis. Acababa de hablar con el deán, que se mantenía remiso a presentar una denuncia formal por la desaparición del Códice Calixtino, aunque ya no había más remedio que hacerlo. El comisario de policía de Santiago le había pedido que no demorara más la presentación de esa denuncia para poner en marcha el protocolo europeo de defensa del patrimonio histórico.

Desde la brigada central ya se había enviado una nota sobre la posible sustracción del Códice Calixtino, con un pequeño anexo extraído de la Wikipedia sobre las características de este manuscrito, pero faltaba la denuncia de parte.

A las siete de la tarde del miércoles 6 de julio, el abogado del arzobispado se personó en la comisaría de policía de Santiago de Compostela. Llevaba consigo un escrito, que había redactado esa misma tarde tras consultar con el deán y el arzobispo, en el cual denunciaba la desaparición del Códice Calixtino del archivo de la catedral.

Poco después el delegado del gobierno español en Galicia citaba a los medios de comunicación a una rueda de prensa en la delegación para comunicar la desaparición del manuscrito.

A primeras horas de la noche todas la agencias de prensa del mundo daban cuenta de la noticia: «Roban el Códice Calixtino, una joya bibliográfica de la catedral de Santiago de Compostela.»

A orillas del lago Lemán la calma era absoluta. En medio de la vorágine de acontecimientos calamitosos que convulsionaban al planeta, sangrientas revueltas en varios países árabes, hambrunas terribles en África, sobresaltos financieros y crisis económica en Occidente, represión política en Asia, disturbios estudiantiles en América del Sur y ajustes de cuentas de narcotraficantes y policía en América Central, Suiza destacaba como un remanso de tranquilidad en medio de un mundo que parecía haberse vuelto loco.

Diego Martínez encendió el televisor para escuchar las noticias mientras preparaba la cena. Estaba aliñando una ensalada sin prestar demasiada atención a lo que un par de locutores leían durante el telediario de la noche cuando oyó «Santiago de Compostela». Dejó la ensalada y se acercó al televisor. Sólo pudo ver un fotograma de un manuscrito medieval antes de que apareciera el rótulo de la sección de deportes. Era una de las páginas del Códice Calixtino.

—¡Patricia, Patricia! —El argentino llamó a su pareja, que estaba acabando de ducharse en el baño del piso superior—. Ven enseguida, en la tele han hablado de Compostela y del Códice.

Patricia Veri bajó la escalera envuelta en la toalla de baño.

—¿Qué han dicho?

—No lo sé. Sólo he oído que citaban Santiago de Compostela y cuando me he acercado al televisor ya había acabado la información, pero todavía he podido ver una imagen del Códice. Vamos a Internet, a ver qué ha pasado.

Encendieron el ordenador y en un buscador de páginas web escribieron las palabras «Códice Calixtino Santiago Compostela» y dieron la orden de buscar. En 0,14 segundos aparecieron miles de entradas. Las primeras eran noticias sobre el robo de ese manuscrito.

—Ya está.

—Sí que han tardado en dar la noticia —comentó Patricia.

Fueron clicando en varias entradas de agencias de prensa y de periódicos, televisiones y radios españolas, y en todos esos medios se destacaba la noticia, aunque unos la calificaban de «robo», otros de «hurto» y los menos de «desaparición». El periódico de mayor tirada en España titulaba «Desaparece el Códice Calixtino de la catedral de Santiago», hablaba de «hurto» e informaba sobre la importancia del manuscrito. En unas declaraciones entrecomilladas, el deán de la catedral ofrecía algunos detalles, como que las llaves de la estancia de seguridad estaban puestas, que un archivero se había percatado de la desaparición el martes por la tarde y que pensaba que había podido ser sustraído la semana anterior.

—¿Qué te parece? —preguntó Patricia.

—Que la policía y los responsables del archivo de la catedral saben mucho más de lo que dicen.

Se olvidaron de la cena y ocuparon un par de horas en leer las diversas declaraciones que iban apareciendo: políticos gallegos y españoles que lamentaban el robo y lo calificaban de «pérdida irreparable»; profesores de historia, de arte y de musicología que equiparaban la desaparición del Códice Calixtino a la quema del Museo del Prado o al hundimiento del Pórtico de la Gloria; expertos que aventuraban las primeras hipótesis sobre la autoría del robo; gentes diversas que opinaban en las redes sociales sobre las más variadas teorías, e incluso escritores que resaltaban los factores novelescos y literarios de tan sorprendente episodio.

—Se ha liado una buena —comentó Patricia.

—Pero por las declaraciones que aquí van apareciendo, los investigadores tienen un despiste considerable. Dejar la cuarta llave en la cerradura ha sido una magnífica ocurrencia. Eso los ha desorientado por completo.

—Pero intuyen que alguien de entre el personal de la catedral ha ayudado desde dentro.

—Según nos informó el Peregrino, son más de setenta las personas que trabajan en el complejo de la catedral, más otros tantos de contratas diversas, empresas de suministros, etcétera. Si el Peregrino no se derrumba y no lo confiesa todo cuando lo interroguen, porque imagino que la policía someterá a intensos interrogatorios a todo el personal relacionado con la catedral, no se podrá descubrir nada, absolutamente nada.

—Estás muy convencido de que éste ha sido el robo perfecto.

—Es que en verdad lo ha sido. Si el Peregrino se mantiene callado no habrá manera de que la policía resuelva este caso, porque no habrá ni pruebas, ni testigos, ni el «cuerpo del delito».

—¡Ah!, ésta es muy buena. —Patricia leyó en voz alta unas declaraciones del deán al que un periodista le preguntaba si tenía en mente algún sospechoso de entre el personal del archivo—: «Si lo supiera, no lo diría; y si sospechara de alguien, tampoco. Es pecado hacer juicios temerarios y en ese caso puedo formularlo, pero no afirmarlo.» ¿Qué quiere decir el deán con esa frase?

—No estoy seguro, pero me parece que ese hombre

sospecha de alguien concreto y al no tener pruebas no puede acusarlo porque eso sería, según su fe, un pecado.

—¿Se referirá al Peregrino?

—No lo sé. Desconozco si entre el deán y el Peregrino existe alguna relación más allá de la profesional. Tal vez se odien y el Peregrino se haya tomado este asunto como una venganza personal. ¿Quién sabe los sentimientos que anidan en el corazón de cada ser humano y los motivos que lo empujan a realizar una acción como ésta?

—El Peregrino afirmó en dos ocasiones que lo hacía por dinero.

—¿Y tú lo creíste?

—Por supuesto que no. Está claro que ese hombre tenía otros motivos, no sé si más o menos espurios, para colaborar en este trabajo que el mero afán por la plata.

Decidieron ir a dormir pero antes de apagar el ordenador, Diego consultó su correo electrónico.

Uno de ellos, de remite no identificado, se limitaba a decir: «Todo va bien. No tienen la más mínima pista.» Y añadía: «Ha sonado la segunda trompeta: un tercio del agua del mar se convertirá en sangre».

Supo que detrás de aquellas frases estaba la mano de Jacques Roman. Eliminó ese correo, apagó el ordenador y se fue a acostar al lado de Patricia.

La ensalada a medio aliñar quedó sobre la encimera de la cocina.

TERCERA TROMPETA

UN TERCIO DEL AGUA DEL MAR SE CONVERTIRÁ EN AJENJO

El inspector Gutiérrez aguardaba en el aeropuerto de Compostela la llegada del primer vuelo procedente de Madrid aquel jueves. El comisario le había pedido que fuera a recoger a los tres colegas de la brigada central de Patrimonio Histórico que se desplazaban desde Madrid para colaborar con la policía de Santiago y con los especialistas en patrimonio de la policía científica de La Coruña y de la Guardia Civil para investigar la desaparición del Códice Calixtino.

Ya en la comisaría, los tres inspectores de Madrid se reunieron con el comisario, con Gutiérrez, con dos especialistas de La Coruña y con otros dos de la Guardia Civil.

El comisario fue quien los puso en antecedentes sobre lo sucedido.

—Los archiveros de la catedral se apercibieron de la desaparición del manuscrito el pasado martes poco después de las ocho de la tarde. El Códice no se encontraba en su lugar habitual, y la puerta de la sala de seguridad tenía puesta una llave en la cerradura. El primer problema es que esa llave no debería existir porque, según nos explicaron, sólo había tres, y todas ellas estaban en poder de sus custodios: el deán, el canónigo responsable del archivo y un archivero. Una dotación de esta comisaría se personó en la catedral a las diez de la noche. Revisó todas las dependencias, tejados, ventanas, puertas, paredes, y no encontró el menor signo de violencia: no había ningún butrón, ninguna cerraja había sido forzada..., no existía la menor señal que implicara el uso de utensilios contundentes para acceder al archivo.

—Imagino, comisario, que habrán cotejado esa llave con las otras tres.

Quien intervino a este respecto fue Teresa Villar, inspectora de la brigada central de Patrimonio, una mujer de treinta y cinco años de edad, licenciada en derecho y en historia del arte, menuda de tamaño y bajita, con el pelo rubio corto, ojos sagaces y rostro afilado. Sus superiores la consideraban la máxima experta en patrimonio de toda la brigada.

—Por supuesto, inspectora. Pero sin resultado alguno. Si esa cuarta llave fue copiada de una de las tres conocidas, quien lo hizo supo eliminar las posibles huellas que hubieran servido para identificar de cuál de las tres procedía esa copia. De todos modos, hemos podido saber que el control sobre las llaves del archivo era bastante laxo.

—¿Manejan ya alguna hipótesis en la brigada de Patrimonio? —demandó un teniente de la Guardia Civil.

—Desde que nos comunicaron la desaparición del Códice nos pusimos a trabajar en este asunto. La primera impresión que tenemos es que se trata de un robo por encargo en el que ha debido de intervenir alguien que trabaja en el archivo o en alguna otra dependencia de la catedral. El Códice Calixtino es una pieza muy conocida y perfectamente catalogada, de manera que no podrá salir al mercado legal y no podrá ser vendida en ninguna casa de subastas, al menos de manera pública —precisó Teresa Villar.

—¿Y quién puede estar interesado en ese Códice? —preguntó el comisario.

—Si se confirma que ha sido un robo, un coleccionista privado, sin duda.

—Un coleccionista muy rico, porque imagino que, si ha sido ése el móvil del robo, habrá pagado una buena cantidad por el manuscrito.

—Mire, señor comisario, hay coleccionistas que son capaces de gastar pequeñas fortunas en obras como ésta, que han sido robadas en archivos, museos, iglesias o bibliotecas. Unos lo hacen por su pasión por las antigüedades, sobre todo si la pieza que ambicionan se trata de un *unicum*, pero hay quien se siente satisfecho por la posesión de una obra de manera ilegal. Diríamos que les produce una subida de adrenalina —explicó Teresa.

—¿Podemos ver el archivo? —intervino uno de los inspectores que acompañaban a Teresa Villar.

—Enseguida iremos allí. La sección de policía científica de La Coruña ha terminado esta misma mañana de recoger todo tipo de indicios que puedan darnos alguna pista sobre quién pudo llevarse el Códice. Se ha revisado microscópicamente toda la estancia y el armario de seguridad donde se custodiaba en busca de material genético que pudieran haber dejado el ladrón o los ladrones: huellas dactilares o cualquier residuo, por mínimo que sea.

—Perdone la obviedad, comisario, pero imagino que habrán visionado las cámaras de vídeo del archivo... —dijo Teresa.

—Bueno, hay un problema al respecto. En todo el complejo catedralicio existen veinte cámaras de vídeo, cinco de ellas en la zona del archivo, pero ninguna de las cinco enfoca la estancia donde se guardaba el Códice.

—No puede ser —se sorprendió Teresa.

—Pues así es. Y además, desconocemos el día y la hora en que desapareció. Uno de los archiveros cree recordar que lo vio en su lugar de depósito habitual el jueves a última hora de la tarde.

—¡El jueves! —Teresa consultó de un vistazo su agenda—. ¿Se refiere al jueves 30 de junio?

—En efecto.

—Es decir, que desde la última vez que alguien del archivo vio esa pieza hasta que se dieron cuenta de que no estaba en su ubicación habitual transcurrieron cinco días.

—Y lo peor, aunque no ha trascendido, es que las imágenes que graban las cámaras de vídeo se eliminan pasadas cuarenta y ocho horas —dijo el comisario—. De manera que si el robo se produjo antes del domingo a primera hora de la mañana, ni siquiera tendremos imágenes de quienes deambularon por las salas del archivo en los días previos. No obstante manejamos la hipótesis de que los ladrones actuaron la noche del lunes. Tenemos a seis agentes ocupados en revisar las imágenes grabadas desde el lunes, pero la dificultad es extraordinaria. Entre los cientos de personas que circulan por la catedral y sus dependencias hay un elevado porcentaje de mochileros y gente con bolsos de todo tipo y tamaño. Como ya debe de saber, el Códice Calixtino tiene el tamaño de un libro de buen formato, que cabe en cualquier bolso habitual y por supuesto hasta en la mochila más pequeña.

El grupo policial salió hacia la catedral caminando a través de la avenida de Raxoi. Entre la comisaría y la plaza del Hospital apenas había trescientos metros.

La noticia de la desaparición, robo o hurto, según las diferentes versiones, ya estaba en todos los periódicos, radios y televisiones españolas. Las declaraciones de todo tipo de personajes se sucedían en una barahúnda de opiniones unánimes sobre el valor del manuscrito desaparecido y de diversas especulaciones sobre quién podría haber sido el autor de aquella fechoría.

Varios historiadores explicaban el contenido del Códice, su importancia para la historia de Santiago de Compostela, las diversas vicisitudes que había soportado a lo largo de su existencia, las exposiciones a las que había sido trasladado, los facsímiles que se habían editado, y todo tipo de anécdotas y datos sobre aquel manuscrito. Todos los expertos coincidían en señalar que el robo constituía un golpe tremendo para el patrimonio español y algunos se quejaban amargamente de la escasa protección de algunas obras de arte del país.

El deán, el canónigo y el archivero esperaban a la comitiva de la policía en las dependencias del archivo catedralicio. El revuelo en torno a la catedral era considerable. La mayoría de los turistas y visitantes ya conocían la noticia y todos preguntaban por aquel Códice, del que la mayoría jamás había oído hablar hasta entonces. Decenas de periodistas, fotógrafos de prensa y varios equipos de televisión estaban desplegados por los alrededores de la catedral en busca de alguna información o realizando entrevistas a los curiosos que merodeaban por allí.

Teresa Villar, el comisario jefe de Santiago y el inspector Gutiérrez se encerraron en un despacho del archivo con el deán.

—Señor deán —le dijo Teresa tras ser presentados por el comisario—, vistos los informes sobre cómo se ha producido este desgraciado suceso, mi primera impresión es que uno o varios miembros del servicio del archivo o de la catedral han intervenido directa o indirectamente en este hurto. ¿Tiene usted algún indicio que le haga sospechar de alguno de ellos?

—Señorita —el deán se fijó en que Teresa no llevaba ninguna alianza en sus dedos—, esa misma pregunta ya me la hicieron sus compañeros y algunos medios de comunicación, y les dije que no podía especular sobre ninguno de los que aquí trabajan porque eso sería un pecado.

—Entiendo, pero ¿sabe de alguien que pudiera tener algún motivo «especial» para sustraer el Códice?

—¿A qué se refiere, inspectora?

—Pues a algún trabajador que estuviera especialmente molesto por su situación; no sé, que se sintiera marginado, excluido o algo así.

—Aquí trabajamos unas setenta personas. No conozco a todas con la suficiente profundidad como para saber si alguna de ellas reúne esas circunstancias.

—Pero sólo tres de ustedes tenían llave de la estancia de seguridad, y resulta que ha aparecido una cuarta llave.

—Le aseguro que tengo plena confianza con respecto al canónigo y al archivero.

—Pero si sólo existían tres llaves, alguien debió de facilitar la suya para hacer esa copia.

—Ninguno de los tres sabemos cómo se hizo.

—La cuarta llave se encontró puesta en la cerradura, ¿cómo es que ninguno de ustedes se percató de que estaba ahí?

—Porque los tres pensamos que sería la llave del compañero —dijo el deán.

—¿A ninguno de los tres se les ocurrió preguntarles a los otros dos si esa llave era suya?

—No. Durante las horas de apertura del archivo solíamos dejar alguno de nosotros nuestra llave de esa manera.

—¿Puesta en la cerradura de la sala de máxima seguridad del archivo?

—Ninguno imaginábamos que alguien pudiera robar el Códice a plena luz y durante las horas de apertura —se justificó el deán.

—¿Me está diciendo que sólo cerraban esa puerta por la noche?

—La mayoría de los días así es.

—Permítame que le diga que la seguridad de este archivo es muy deficiente.

—Mire, señorita Villar, nadie está más interesado que nosotros en recuperar el Códice Calixtino. Es nuestro mayor tesoro bibliográfico.

—Quien se lo llevó sabía perfectamente cómo llegar hasta él y cuál es su valor.

—Que es incalculable.

—¿En cuánto lo tienen asegurado?

—No está asegurado.

Teresa Villar miró al deán por encima de los cristales de sus gafas.

—¿Cómo dice? ¿No tienen seguro?

—Ejem. —El deán carraspeó—. No; es demasiado caro y no pensamos que nadie pudiera robar alguno de nuestros manuscritos. Este cabildo ha sabido conservarlo durante ochocientos años; nos sentimos víctimas de un tremendo atentado.

—Tendremos que interrogar a todos los trabajadores de la catedral. Empezaremos esta misma tarde. ¿Dispone de una lista de los empleados, comisario?

—Por supuesto, inspectora. Aunque algunos están de vacaciones.

—A ésos también los interrogaremos.

—Gutiérrez, llama a comisaría y ordena que localicen a todos los empleados de la catedral y que se los cite para declarar —dijo el comisario.

—Eso nos puede llevar varios días —supuso Gutiérrez.

—Como si son varias semanas. El delegado ha dado a este asunto prioridad absoluta.

—Como ordenes, comisario. ¿Y los que están de vacaciones, o de baja? Aquí siempre hay alguien de baja.

—A todos. Si están en Galicia que vengan a Santiago y si están más lejos que presten declaración en cualquier comisaría o en el cuartel de la Guardia Civil que les caiga más a mano.

—Gracias, comisario —dijo Teresa.

—No quiero ser el destinatario de todas las hostias de mis superiores; y perdone por la expresión, señor deán.

Tras el deán prestaron declaración el canónigo y el archivero. Ninguno de los dos dio importancia a que aquella llave estuviera puesta en la cerradura, y ambos se expresaron en términos similares a los del deán, sin que hubiera contradicciones notables en las declaraciones de los tres.

De regreso a la comisaría, y tras una amplia inspección visual por todo el archivo, el comisario le preguntó a Teresa:

—Usted es la máxima experta en Patrimonio de la brigada, según me han dicho desde Madrid: ¿tiene alguna sospecha de algunos de esos tres?

—El deán es un tipo peculiar: sotana con alzacuellos, la cruz roja de Santiago bordada sobre el corazón, y parece encantado de haberse conocido; actúa como si fuera el señor feudal de esta catedral, pero no lo veo capaz de haber perpetrado el robo, salvo que a su edad se sienta frustrado por no haber llegado a ser obispo y quiera vengarse de la Iglesia. En cuanto al canónigo, no da el perfil de un ladrón, y creo que está completamente sometido a lo que diga el deán. Y por lo que respecta al archivero, su aspecto es el de un hombre serio y dedicado a su trabajo, gris y anodino tal vez, pero no da el perfil de un ladrón; claro que quizá haya sido tentado con dinero, con mucho dinero, y haya sucumbido a una oferta multimillonaria. La ambición puede cegar en un momento determinado a la persona más honrada y convertirla en un delincuente. Salvadas esas circunstancias, creo que ninguno de los tres ha participado en el robo.

—En ese caso, ¿cómo explica lo de la cuarta llave?

—No tengo la menor idea. Pero con semejante descontrol, cualquier empleado pudo hacerse con una de ellas durante el tiempo que permaneció en la cerradura, que podía llegar a ser, por lo que han dicho los tres, toda una mañana, encargar una copia y devolverla a su lugar sin que nadie lo sospechase.

—¿Así de simple?

—¿Quién sabe?

—Dicen que ese manuscrito está valorado en seis millones de euros. ¿Qué cree usted?

—Comisario, las piezas únicas, como el Calixtino, tienen el valor que alguien quiera pagar por ellas. Ese tipo de valoraciones cuantitativas se suele hacer para las compañías de seguros, y los anticuarios ponen precios a las obras de arte en función de criterios muy diversos: antigüedad, rareza, estado de conservación, demanda del mercado, calidad... Claro que en ocasiones aparece un millonario caprichoso capaz de pagar sumas exorbitantes por una pieza que es única y desbarajusta todo el mercado.

—¿Puede ser éste uno de esos casos?

—Si fuera así se habría robado por encargo, sin duda alguna.

—¿Quién puede estar interesado en el Códice?

—Desde luego, un coleccionista privado, alguien capaz de valorar ese manuscrito y, sobre todo, lo que significa.

Los policías llegaron a comisaría y revisaron de nuevo todos los datos recopilados hasta entonces.

—¿Algún indicio? —le preguntó el inspector a Teresa.

—No, inspector Gutiérrez.

—Llámame Manolo.

—De acuerdo, Manolo.

—Son las tres, deberíamos comer algo. Aquí cerca hay un buen sitio; con esto de la crisis han puesto un menú a ocho euros que incluye vino y postre. Con la mierda de dietas que nos dan...

Los tres policías desplazados desde Madrid asintieron.

—¿Nos acompañas, comisario? —preguntó Gutiérrez.

—Perdonad que no lo haga, pero he quedado con el delegado del gobierno. Está que arde y quiere soluciones; la prensa lo acosa a todas horas.

—Pues dígale que se serene, comisario, porque me temo que este asunto va a ir para largo, para muy largo tiempo —terció Teresa.

Aquella misma tarde comenzaron los interrogatorios a los primeros empleados de la catedral.

El Peregrino seguía de vacaciones en su pueblo natal al norte de la provincia de Lugo. Estaba paseando con su hermana por una vereda cercana a la casa cuando sonó su móvil. Una voz le preguntó por su nombre y él asintió. Era la policía de Compostela.

—Sentimos interrumpirlo en sus días de descanso, pero se ha ordenado que todos los empleados que trabajan en la catedral presten declaración; se trata, como ya sabrá por los medios de comunicación, del robo del Códice Calixtino.

—Yo estoy de vacaciones desde el día 30 de junio; además, trabajo en las oficinas del arzobispado, no en el archivo —se justificó.

—Lo siento, señor, se trata de una mera rutina policial. Será breve. ¿Dónde se encuentra?

—En mi casa familiar, en la costa de Lugo.
—¿Cuándo regresa a Santiago?
—A finales de este mes.
—En ese caso deberá venir por aquí antes.
—No me gustaría dejar sola a mi hermana.
—No queda otro remedio; dígame qué día puede acercarse por Santiago.
—El próximo lunes.
—De acuerdo. ¿Le va bien a mediodía, en la comisaría de la avenida Rodrigo de Padrón?
—Lo que usted disponga, agente. Allí estaré.

El Peregrino cortó la conversación con el agente de la comisaría de Santiago.

—¿Quién era? —le preguntó su hermana.
—Nada importante. Se trata de ese libro que ha desaparecido en la catedral de Santiago; están preguntando a todos los que trabajamos allí. No te preocupes. Tengo que ir a declarar este lunes. Será un mero formulismo. Lo haré en el día.
—¡Válgame la Virgen!, ya no se respeta ni lo sagrado.

La mujer se santiguó y rezó un padrenuestro.

El Peregrino procuró calmarse para que no se le notara demasiado la intranquilidad que le había provocado aquella llamada. Él sabía que se produciría y que, tarde o temprano, todos los empleados serían interrogados. Se había concienciado para ello, pero no estaba seguro de que pudiese mantener la compostura adecuada que muestran los inocentes cuando se enfrentan a una situación como ésa.

Había leído en algunos libros que la policía disponía de aparatos muy sofisticados para discernir si un testigo estaba mintiendo o no, como el suero o la máquina de la verdad. Imaginó que mientras declaraba le colocarían algunos sensores y a la menor duda o vacilación se encendería una luz roja indicando que estaba mintiendo.

Tenía que preparar bien su intervención ante la policía: alegaría que no sabía nada, que se había marchado de Santiago el primero de julio, una semana antes del robo, y que lamentaba mucho la desaparición del manuscrito, se repitió. Sí, de ahí no lo sacarían; al fin y al cabo la policía carecía de la menor prueba que pudiera incriminarlo en este caso, y la coartada de las vacaciones era contundente.

El viernes 8 de julio, al final de la mañana, treinta empleados de la catedral habían sido entrevistados por la policía. Los doce inspectores adscritos al caso apenas habían descansado unas pocas horas, las justas para dormir la noche anterior, ocupados en los interrogatorios y en el visionado de las grabaciones de vídeo. Veinte cámaras por cuarenta y ocho horas cada una de ellas suponían novecientas sesenta horas de imágenes. Seis policías estaban dedicados a ello; llevaban revisadas más de cien horas y no habían obtenido el menor indicio que pudiera conducir al autor del robo. En las grabaciones se observaba a cientos de personas circular por todos los espacios abiertos al público, muchas de ellas con mochilas y bolsos con capacidad suficiente como para ocultar el Códice sin que se notara que iba en su interior.

Teresa Villar, a la que le habían habilitado un pequeño despacho en comisaría, se encargaba de revisar aquellas declaraciones que a los inspectores que dirigían los interrogatorios les parecían más relevantes, así como las imágenes que podían tener algún interés para el desarrollo de la investigación.

Poco antes de las dos de la tarde del viernes dieron por concluida la sesión matinal, que había comenzado a las ocho de la mañana. Gutiérrez acompañó de nuevo a almorzar a los miembros de la brigada desplazados desde Madrid.

—He leído las declaraciones del deán en las que dice que la última vez que enseñó el Códice lo hizo a unos funcionarios del Ministerio de Cultura a mediados de mayo y poco después a un investigador, pero que no recuerda bien de quién se trataba ni cuál era su nombre, y que siempre que salía de su armario el Calixtino era convenientemente vigilado por miembros del archivo —comentó Teresa mientras aguardaban a que les sirvieran el menú.

—El deán es un tipo peculiar; me da la impresión de que cree que el archivo es de su propiedad —dijo Gutiérrez.

—Pues no siempre pusieron el mismo celo en su custodia. Escuchad estas declaraciones que vienen en la prensa de hoy: un fotógrafo profesional afirma que en el año 2002 realizó unas fotografías del Códice con motivo de unas reproducciones; asegura que nadie lo vigiló mientras realizaba su trabajo y que, cuando lo acabó, tuvo que recorrer las estancias del archivo con el manuscrito en la mano en busca de algún responsable para entregárselo. No parece que la vigilancia fuera tan estricta como asegura el deán —asentó Teresa.

—Ya te he dicho que es un tipo peculiar. Nunca admitirá que la seguridad del archivo era muy deficiente; que lo era —repuso el inspector Gutiérrez.

—Seguimos sin tener la menor pista; tal vez cuando recibamos los informes del laboratorio...

—Ojalá me equivoque, pero no creo que aporten nada definitivo —intervino uno de los compañeros de Teresa desplazados desde Madrid—. Por lo que estamos cotejando hasta ahora, el golpe ha sido muy bien planeado y no tenemos el menor indicio que nos señale a un sospechoso; ni uno solo, maldita sea.

—Y luego está esa cuarta llave. Ahí puede encontrarse la clave que resuelva el caso. Si pudiéramos dar con el que encargó esa copia... —comentó Teresa.

—Lo hemos intentado. La hemos cotejado con las otras tres, sin resultado alguno, e incluso hemos preguntado en las ferreterías donde duplican llaves en Santiago; pese a que no se trata de una llave habitual, ninguno de los empleados que se dedican a ello ha podido aclarar nada al respecto —explicó Gutiérrez.

—Todo es extraño: la limpieza con que se perpetró el robo, la falta de seguridad, el descontrol con las llaves, el que no hubiera una cámara de vídeo enfocada hacia la zona donde se guardaba el Códice, incluso que se tardara veinticuatro horas en denunciar la sustracción una vez que se había comprobado que había desaparecido —reflexionó Teresa.

—Desde luego, los controles que hemos establecido en toda la ciudad no están sirviendo para nada. Hemos revisado más de quinientos coches sin resultado alguno —dijo Gutiérrez.

—Quien o quienes lo hayan robado no se arriesgarán a sacarlo de Santiago en el maletero de un coche con tanta policía desplegada por la ciudad. O lo han hecho ya, no olvidéis que desde que recuerdan haber visto el Códice por última vez en su lugar hasta que se percataron de que había desaparecido transcurrieron cinco días, o esperarán a que se desinfle la conmoción que ha provocado y que los controles policiales sean mucho menores. Además, a estas horas puede estar en cualquier lugar del mundo.

—Tú eres la experta. ¿Se te ocurre algo? —preguntó Gutiérrez.

Teresa tomó su vaso y bebió un sorbo de agua.

—No. Por el momento no se me ocurre nada; lo siento, estoy en blanco.

En el televisor del restaurante económico donde estaban almorzando los policías, una locutora de un informativo resumía unas declaraciones del delegado del gobierno en Galicia en las que aseguraba que se había puesto en marcha un dispositivo especial y que se estaban desplegando todos los medios necesarios para dar con los autores del robo del Códice Calixtino, que había ya varias pistas que conducían a la colaboración necesaria de un empleado de la catedral sobre el que se estaba investigando, que se habían adscrito doce especialistas al caso y que contaban con todo el apoyo y la colaboración de la policía y la Guardia Civil de Galicia y de la brigada de Patrimonio de Madrid; y pedía paciencia a los ciudadanos de Santiago por las molestias causadas por los controles policiales.

Gutiérrez pensó que el delegado era un verdadero capullo, pero calló; al fin y al cabo era su superior y nunca se estaba seguro si entre los compañeros habría algún chivato que fuera a los jefes a contarlo. Ya le había ocurrido en un par de ocasiones por criticar abiertamente a políticos incompetentes, lo que le había supuesto sendas recriminaciones en su expediente. Una tercera falta le acarrearía una sanción de empleo y sueldo por desconsideración grave hacia un superior y al delator, probablemente, un ascenso.

Apenas tardaron una hora en almorzar y, de regreso a comisaría, retomaron el trabajo.

—Debemos valorar la posibilidad de que el Códice se encuentre fuera de España —dijo Teresa, tras comprobar diversas declaraciones de los empleados de la catedral y de cotejarlas entre sí.

—Perdonen. —Un agente interrumpió la reunión—. Inspectora Villar, tiene una llamada urgente de Madrid; es al fijo, la hemos pasado al despacho. Se trata del comisario jefe de la brigada central de Patrimonio.

—Voy de inmediato; discúlpenme, por favor.

Teresa salió de la sala y se dirigió al despacho que ocupaba provisionalmente.

—Teresa, te estoy llamado al móvil pero lo tienes apagado.

—Perdona, jefe, pero estamos en medio de una reunión con los gallegos. ¿Qué es tan urgente?

—Acabo de hablar con los ministerios de Interior y de Cultura, y están que trinan. Quieren resultados, y pronto. ¿Cómo van las pesquisas?

—Mal. No tenemos nada. Sólo he podido concluir dos cosas: que al menos uno de los ladrones es trabajador de la catedral, y en eso estamos todos de acuerdo, incluso los propios empleados a los que hemos interrogado, y que el robo se produjo entre la noche del jueves y la del viernes.

—¿Nada más?

—Nada. Nos faltan los datos de los análisis del material genético recogido en el archivo, aunque estoy convencida de que no aportarán ninguna pista, como tampoco las huellas dactilares, pues hay centenares de ellas por todas partes.

—Costó mucho montar esta brigada y que los jerarcas de Interior asumieran que era necesaria; si fracasamos, nos pondrán en entredicho y con los nuevos recortes que se anuncian incluso podríamos desaparecer. Así me lo han dejado caer los de arriba.

—¿Pero es que ya no se acuerdan de los casos que hemos resuelto?

—En estos momentos te aseguro que no. Es más, lo que me acaban de recordar es que sigue sin conocerse el paradero de los cuadros de Velázquez y de Fernando Valdés que se robaron en el Palacio Real, y que no hemos encontrado la escultura de treinta y ocho toneladas destinada al Reina Sofía. Como ves, Teresa, ahora sólo se acuerdan de los casos que no hemos resuelto, y no de las decenas solucionados, de los que han sacado un buen rédito político.

—Serán... Antes de que existiera esta brigada se producía un robo diario en las iglesias de España; entre 1975 y 1981 se desvalijaron miles de obras de arte, y desde que existimos no sólo ha descendido el número de robos de manera extraordinaria sino que se han resuelto miles de expedientes que antes quedaban sin concluir, y obras robadas sobre las que se había perdido la esperanza de recuperarlas han regresado a sus lugares originales.

—Tienes razón, pero ya conoces la urgencia de la política.

—Pues lo siento, pero en el caso del robo del Códice Calixtino no podemos adelantar ninguna solución por el momento.

—Intentaré calmarlos. La sección de patrimonio de la Guardia Civil ha emitido un comunicado en el que su capitán responsable ha declarado que en España sólo ha habido un robo por encargo de piezas de nuestro patrimonio histórico en los últimos treinta años, y que, en caso de comprobarse, éste sería el segundo.

—Joder con la Guardia Civil, ¿y quién le ha dicho a ese capitán que se trata de un robo por encargo? —preguntó Teresa a su jefe.

—No lo ha afirmado; lo ha planteado como hipótesis.

—Aquí todo el mundo hace hipótesis y todo el mundo opina. Hoy mismo el fiscal jefe de Galicia ha largado unas declaraciones en las que asegura que los ladrones pueden ser condenados hasta a cinco años de prisión. ¿Por qué no nos dejan hacer nuestro trabajo?

—Escucha Teresa, este asunto ha despertado un interés mediático extraordinario. Ni te imaginas la cantidad de llamadas que estamos recibiendo: de políticos, de periodistas, de historiadores, de escritores; todos quieren saber qué hacemos, quiénes somos y cómo trabajamos. Lo siento, pero tendremos que afrontar el desarrollo del caso con esta presión.

Aquel sábado Patricia Veri se había levantado temprano. A las ocho en punto había salido a correr por la orilla del lago Lemán. Lo hacía tres veces a la semana, y escuchaba música en sus auriculares, pero ese día había sintonizado una emisora de todo noticias en su MP4.

La crisis económica y las turbulencias financieras lo inundaban todo y monopolizaban el ochenta por ciento de la información, pero hubo un pequeño hueco para el robo perpetrado en Santiago de Compostela. La locutora se limitó a leer una nota de agencia en la que simplemente se recordaba que la policía española continuaba con la investigación y que creía haber localizado a un posible sospechoso, un empleado de la catedral.

Cuando llegó de nuevo a casa tras cuarenta minutos de carrera, Diego había preparado un nutritivo desayuno.

—No tienen ni idea de lo ocurrido; están absolutamente perdidos —le dijo Patricia a Diego.

—Tal vez no. La policía española asegura tener más o menos identificado a un sospechoso; ¿será eso verdad? Y si es verdad, ¿será el Peregrino?

—No lo creo. Ese anuncio es una treta para ponerlo nervioso. Claro que saben que alguien de dentro ha colaborado en este robo, pero no tienen la menor idea sobre quién puede ser. Están muy despistados.

—También dicen que están interrogando a todos los empleados de la catedral; ¿lo habrán hecho ya con el Peregrino?

—No lo sé, pero de lo que ahora estoy segura es de que ese hombre no confesará nada.

—Comentamos que parecía emocionalmente inestable y que podría derrumbarse ante el acoso policial.

—Antes de producirse el robo tal vez, pero ahora él se considera un soldado de Cristo, y sabe que no puede fallar. El Peregrino no ha participado en este asunto por dinero, como sí lo hemos hecho nosotros, sino por sus propios ideales y por la defensa de su fe. Jamás confesaría que participó en esto, ni siquiera aunque le aplicaran torturas inquisitoriales. Este tipo de gente es capaz de dejarse matar en defensa de sus ideas. Estoy convencida de que podemos estar seguros.

—¿Y Jacques Roman? No sabemos nada de él desde que le entregamos el Códice. Eso sí, ayer ingresaron en nuestra cuenta el resto del dinero, el otro medio millón de euros.

—¿Deseas continuar en este negocio? —le preguntó Patricia a Diego.

El argentino dio un sorbo a su taza de mate y se mantuvo en silencio durante unos segundos.

—Recuerda que tenemos un trabajo en Londres; Von Rijs nos espera a fin de mes para tasar ese manuscrito griego procedente de Afganistán. En una semana podemos ingresar cinco mil libras esterlinas, unos siete mil euros. Se trata, según dijo, de una copia del Evangelio de Tomás. Lo que allí se cuente podría ratificar tus teorías sobre la familia de Cristo, al menos en eso pensaste cuando te lo comenté.

—No has contestado a mi pregunta. Disponemos de un millón y medio de euros en la cuenta del banco y podemos sacar unos trescientos mil más si vendemos esta casa. Con todo ese dinero podríamos llevar una vida normal en Argentina o en España.

—No es tan fácil, cariño. Ese dinero está a buen recaudo aquí en Suiza, pero se trata de dinero negro, al margen de los canales de Hacienda en Argentina o en España.

—Sabes que hay mil maneras de blanquearlo y de convertirlo en dinero de curso legal, aunque tuviéramos que perder un diez o un quince por ciento.

—Al ritmo que ahora gastamos el dinero, un millón y medio de euros nos duraría... —Diego calculó mentalmente—, unos siete años. Para entonces tú tendrás cuarenta y siete y yo habré cumplido cincuenta y cinco. ¿Qué haremos entonces?

—Podríamos montar un pequeño negocio en la costa andaluza, o en Uruguay, en las playas al este de Montevideo, tal vez de hostelería.

—No te veo sirviendo copas.

—Eso quiere decir que estás dispuesto a continuar con este modo de vida, que no deseas dejar de traficar con obras de arte. ¿Vamos a seguir con esto durante el resto de nuestras vidas? Hasta ahora hemos tenido suerte y hemos logrado eludir a la policía, pero algún día cometeremos un error y nos atraparán. ¿Podrías resistir cinco años encerrado en una prisión?

—No seas pesimista; si estamos atentos no nos atraparán. El trabajo más arriesgado que hemos desarrollado hasta ahora ha sido el del Códice de Santiago, y ha salido redondo.

—Todavía no ha acabado la investigación, y nunca acabará, porque la policía seguirá con ese caso abierto, aunque jamás lo resolverán.

—También es posible que se considere sobreseído y se olviden definitivamente de él, como ha ocurrido otras veces. ¿Recuerdas la intermediación que llevamos a cabo con aquel cuadro de Velázquez robado en el Palacio Real de Madrid? Ya hace varios años que se perpetró el robo y cuatro de nuestra mediación entre vendedor y comprador. La policía española se ha olvidado del tema y nosotros ingresamos un buen pellizco, sin el menor riesgo.

»Comprendo que lo que hemos vivido la semana pasada te haya puesto muy nerviosa, a mí también, pero tenemos un millón de euros más en nuestra cuenta. De todos modos, te prometo que no volveremos a robar nada más, y que nos limitaremos a lo que veníamos haciendo: tasar, hacer informes sobre la autenticidad de las obras e intermediar entre vendedores y compradores, sin riegos, sin sobresaltos. Sé que te dije que sería capaz de abandonar todo esto si me lo pidieras, porque tú eres lo más importante para mí, pero no me obligues a que deje este trabajo porque no sabría hacer otra cosa.

Diego besó a Patricia con dulzura.

—Nunca podremos tener un hijo, ¿verdad? —preguntó ella.

El argentino calló.

Tomó su taza de mate, se dirigió a su ordenador y consultó el correo electrónico. Había un mensaje anónimo. Lo abrió enseguida porque supo que era de Jacques Roman, y lo leyó: «Ha sonado la tercera trompeta: un tercio del agua del mar se convertirá en ajenjo».

Recordó que el ajenjo era una planta con la que se elaboraba una bebida alcohólica muy amarga, medicinal y aromática. Diego seguía sin entender el desarrollo que del libro del Apocalipsis le iba desgranando poco a poco Jacques Roman.

A través de los cristales del ventanal de la cocina se vislumbraba una plácida vista del lago Lemán. Cuando se instalaron en Suiza, a ambos les pareció más que un país una maqueta. Todo estaba en su sitio, todo era perfecto, limpio, organizado, puntual, como si desde su Argentina natal se hubieran trasladado no a otro país sino a otro planeta.

Los periódicos españoles salieron aquel domingo de julio con páginas especiales sobre el Códice Calixtino. En los de tirada nacional y en los gallegos historiadores, directores de museos, archiveros, escritores y musicólogos escribían diversas colaboraciones. En alguno de ellos se aseguraba que aquélla era la noticia más importante del año y todos destacaban el precio incalculable que el manuscrito robado podría alcanzar en el mercado negro de antigüedades.

Un historiador resaltaba la importancia del Códice por ser la copia más completa del *Liber Sancti Iacobi,* un compendio de las leyendas y milagros atribuidos al apóstol Santiago en el siglo XII; otro se fijaba en la *Guía del peregrino,* a la que denominaba como la primera guía de viajes del mundo, «anterior incluso al libro de Marco Polo»; un tercero se ponía tremendo y declaraba que el robo del Códice era como «si desapareciera el Museo del Prado». Un catedrático de filología clásica afirmaba que el Códice Calixtino equivalía en arquitectura al Pórtico de la Gloria de la propia catedral compostelana, y una autoridad académica gallega lamentaba que se había perdido una de las señales de identidad de su cultura. Los musicólogos aducían la singularidad de las piezas litúrgicas del Códice, cuyas composiciones musicales se consideraban entre las primeras de la polifonía europea junto con las de Notre-Dame de París y algunas de Aquitania.

Varios escritores españoles citaban una reflexión de José Luis Borges, quien en una ocasión había afirmado que era inconcebible que la historia copiara a la literatura. Para los escritores éste era precisamente un caso evidente en el que, como se citaba en algunos artículos, la realidad superaba a la ficción. E incluso imaginaban, en relatos de ficción, cómo podría haberse producido el robo.

Algunos periodistas hablaban de «robo de película», propio de la imaginación del mejor de los guionistas de Hollywood, y recordaban que precisamente la catedral de Santiago había sido protagonista de recientes novelas de gran éxito, en las que los misterios y los enigmas deambulaban en ingeniosas tramas entre las columnas del templo, junto a los más secretos arcanos que guardaba la vía iniciática que constituía el propio Camino de Santiago.

Una de las opiniones más demandadas por los periodistas era la de un antiguo ladrón de obras de arte reconvertido en probo y ejemplar ciudadano tras su arrepentimiento público, y por tanto experto práctico en la delincuencia y tráfico ilegal de obras de arte. Sostenía que el Códice no poseía gran belleza y que se trataba de un robo inútil porque había un facsímil a disposición de cualquiera que pudiera adquirirlo por algo más de dos mil euros; asimismo aseguraba que no volvería a aparecer jamás.

Robos y crímenes sucedidos en catedrales medievales eran temas cargados del suficiente morbo como para convertir a una novela en un verdadero bestseller. Y así parecían entenderlo los lectores de los periódicos, que desde que se conoció la noticia inundaron con comentarios las ediciones digitales de los diarios. Algunas de ellas habían recibido más de quinientos comentarios y miles de entradas en tan sólo tres días.

Teresa Villar se había quedado todo el fin de semana

en Santiago, repasando vídeos y declaraciones de los empleados de la catedral. A última hora de la tarde del domingo estaba agotada y decidió salir a dar un paseo por la ciudad. Los bares del casco antiguo de Santiago rebosaban de gente pero ella se sentía en la soledad más absoluta. Había estado casada, pero de eso hacía ya tres años. Su matrimonio con un profesor de instituto, compañero de carrera en historia del arte, apenas había durado dos años.

Entró en un par de bares y se tomó dos ribeiros y unas tapas. Todavía no anochecía cuando decidió regresar al hotel, encender la tele y esperar a que el sueño la venciera. El lunes iba a ser un día realmente duro.

El Peregrino llegó a Santiago a las once y media. Había salido de su pueblo en Lugo a las nueve de la mañana y había conducido despacio, deteniéndose en dos ocasiones. Mientras conducía iba repasando una y otra vez en su mente lo que tenía que declarar ante la policía, y se repetía que debía mantener la calma y evitar caer en contradicciones. Como le habían aconsejado los que contactaron con él tiempo atrás para que colaborara en la ejecución de este robo, lo mejor era no dar ningún detalle, y, cuando le fuera posible, limitarse a contestar con unos escuetos sí o no, nada más.

Ya en la comisaría, el Peregrino se identificó. Lo condujeron a una sala de espera donde aguardaban un par de compañeros a los que conocía por compartir trabajo en la catedral pero con los que nunca había tenido un trato cercano. Se saludaron e intercambiaron unas palabras de mero compromiso.

Un agente llamó enseguida al Peregrino. Éste se despidió de sus colegas, recorrió un largo pasillo y entró en un despacho de reducidas dimensiones con una sola mesa y tres sillas.

Al otro lado estaban sentados Manuel Gutiérrez y Teresa Villar, que se levantaron para presentarse y dar la mano al Peregrino.

—Sentimos molestarlo, pero, como comprenderá, este asunto es de una trascendencia internacional —le dijo Gutiérrez—. Debemos grabar esta conversación, son las normas, y necesitamos su permiso.

—De acuerdo. Y no se preocupen, no es ninguna molestia; estoy de vacaciones en mi pueblo, con mi hermana, en Lugo, desde el 1 de julio, pero lo primero es lo primero.

—Usted trabaja en las oficinas del arzobispado, ¿es así?

—Sí, señorita. Soy uno de los encargados del registro.

—¿Cuánto tiempo lleva en la catedral?

—Algo más de quince años.

—En su ficha consta que es usted sacerdote.

—Pronto se cumplirán treinta y cinco años de mi ordenación.

—Estamos convencidos de que quien robó el Códice es una persona muy relacionada con la catedral y que conoce perfectamente sus dependencias.

—Yo no conozco el archivo, apenas he tenido relación con ese espacio —se apresuró a contestar en Peregrino.

—No me refería al archivo, sino a toda la catedral —precisó Teresa.

—Me limito a cumplir mi trabajo, aunque estoy de vacaciones desde el 1 de julio.

—Imagino que, dado el tiempo que lleva en ella, conocerá a la mayoría de los trabajadores de la catedral.

—Sí, a casi todos, aunque con los que mantengo una mayor relación es con los de las oficinas de la archidiócesis.

—Si usted fuera policía, ¿sospecharía de alguno de ellos como posible autor del robo del Códice Calixtino? —preguntó Gutiérrez, a quien Teresa miró sorprendida.

—No sé, no soy policía. Y ni siquiera he pensado en ese supuesto. No creo que ninguno de mis compañeros haya sido capaz de cometer semejante felonía. Además, aunque sospechara de alguno de ellos, mi respuesta sería la misma que le dio el señor deán a la prensa: los católicos no podemos hacer juicios temerarios; Dios es el único juez verdadero.

—Claro, claro. Bueno, muchas gracias por su colaboración. Hemos terminado. Le deseamos que retome sus vacaciones y perdone por las molestias ocasionadas —dijo Gutiérrez.

Teresa se quedó con la boca abierta.

El Peregrino salió del despacho y respiró con fuerza. Las piernas le temblaban y un sudor frío comenzaba a empaparle la espalda, pero sonrió satisfecho.

—¿Qué te pasa? Apenas habíamos comenzado a interrogar a ese hombre —preguntó Teresa, completamente sorprendida, a Gutiérrez.

—Creo que este cura puede estar implicado. Vamos.

La cogió de la mano y la llevó a través de la comisaría a otra ala del edificio, desde cuyas ventanas se podía ver la salida.

—Obsérvale.

El Peregrino no tardó en salir de la comisaría. Ya en la calle sacó de su bolsillo un pañuelo y se secó el sudor de la frente. Caminaba deprisa y parecía contento.

—¿Por qué sospechas de él?

—Por dos cuestiones, a las que ahora hay que añadir una tercera, su repentino sudor y su nerviosismo al caminar: ha repetido en dos ocasiones que estaba de vacaciones «desde el 1 de julio» y ha dicho que no conocía el archivo.

—*Excusatio non petita...*

—*Accusatio manifesta.* Vamos a ver quién es ese tipo.

—Si crees que está implicado, habrá que vigilarlo.

—Enviaremos una nota al cuartel de la Guardia Civil más próximo a ese pueblo de Lugo para que lo mantengan bajo una discreta observación, y pediré al juez que intervenga sus teléfonos. Recabaremos toda la información disponible sobre ese cura.

—Éste es un caso para volverse loca: no hay huellas, no hay datos, no hay pistas fiables, no hay delaciones... ¿Qué crees que hubiera hecho Sherlock Holmes ante una situación así?

La pregunta de Teresa despertó la imaginación de Gutiérrez.

—Hubiera apelado a la lógica. Este robo es obra de alguien que sabía bien lo que quería. En la sala donde se guardaba el Calixtino había otros tres o cuatro códices de igual o mayor valor, y no los tocaron. Iban precisamente a por ése en concreto, sin importarles los demás. Un atracador que busca un botín por dinero procura llevarse cuanto puede. Pero éste ha sido un robo de élite.

—En algunas novelas de Conan Doyle, el delincuente siempre regresa al lugar del crimen. Tal vez lo haga quien se llevó el Códice.

—A no ser que nunca se haya ido de ese lugar.

Tres días más duraron los interrogatorios a los empleados de la catedral y los visionados completos de las casi mil horas de grabación. Al final de la semana llegaron además los resultados de los análisis de huellas dactilares y los primeros resultados del material genético recogido en la sala de seguridad del archivo.

La policía científica, en colaboración con un laboratorio de la Universidad de Santiago, había realizado un excelente trabajo. Habían clasificado todo el ADN obtenido de distintos materiales y habían establecido nada menos que ochenta y tres variables diferentes. Y en cuanto a las huellas dactilares, había tantas que comprobar una por una llevaría, probablemente, varias semanas.

Habían tomado muestras de ADN y las huellas dactilares de casi todos los empleados de la catedral, y comenzaron a cruzar los datos obtenidos en el laboratorio.

Entre el material localizado en el archivo había una pequeña tirita que los inspectores de la policía científica habían recogido junto a la puerta de la sala de seguridad.

Con todos los informes encima de su mesa, Teresa Villar inspiró profundamente y se atusó el pelo. Y no dudó en que la investigación o se resolvía en unos pocos días o tal vez no lo hiciera nunca.

CUARTA TROMPETA

SE OSCURECERÁ EL SOL Y SE PERDERÁ UN TERCIO DE LA LUZ

Habían pasado ya dos semanas desde que Diego Martínez y Patricia Veri entraron en el archivo de la catedral de Santiago, se apoderaron del Códice Calixtino y se lo llevaron como si tal cosa.

Pese al despliegue de medios y efectivos, la policía no había descubierto ninguna pista razonable sobre la autoría del robo. Tras diez días de investigación, sólo disponían de la intuición del inspector Gutiérrez de que un sacerdote empleado en las oficinas del arzobispado podría estar implicado y la certeza de que alguien muy próximo a la catedral había participado directamente en el atraco.

Pero las hipótesis sobre el motivo del robo comenzaban a ampliarse. En los primeros días se había manejado como único planteamiento el encargo de un coleccionista y la intervención de una banda de expertos ladrones, profesionales en este tipo de acciones.

La policía española había demandado ayuda a sus colegas europeos, pero en ninguna de las comisarías de la Interpol se habían detectado indicios de que alguno de los delincuentes que tenían fichados y controlados hubiera estado preparando un asalto semejante. Ninguno de los sospechosos que podían haber sido los ejecutores del robo había sido localizado por las inmediaciones de Santiago, y ninguno de los posibles autores que manejaba la policía había estado en los hoteles de Compostela durante los días previos al 4 de julio ni figuraban entre los nombres de las listas de embarque de los vuelos a su aeropuerto.

Los miembros de los dos equipos en que el director del caso había dividido a los efectivos policiales —uno encargado de la investigación sobre el terreno y otro dedicado a analizar todo tipo de datos que iban llegando desde los distintos focos de información— apenas habían descansado.

Una a una las imágenes de todas las personas que aparecían en las grabaciones de vídeo eran analizadas y se procuraba identificar a aquellas que pudieran llevar algo oculto en sus bolsos o mochilas.

El segundo fin de semana de Teresa Villar en Santiago discurrió entre cientos de informes y decenas de imágenes de sospechosos.

Hacía ya diez días que había llegado a Santiago y no se había planteado regresar, por el momento, a Madrid. Gutiérrez la llamó el sábado por la tarde a su hotel y le ofreció salir a tomar alguna cosa por el casco viejo de la ciudad. Adujo que disponía de datos nuevos. La inspectora aceptó.

Sentados a la mesa de la terraza de un bar en la zona trasera de la catedral, Gutiérrez bebía una cerveza y Teresa un refresco.

—Tenías razón, habrá que descartar la intervención de una banda organizada de delincuentes internacionales —propuso el inspector.

—Pareces muy convencido de ello.

—Todos hemos apostado por esa tesis desde el principio, pero, a la vista de las pesquisas que hemos realizado, carece de toda lógica. Un profesor de la universidad me ha dicho que el libro que llaman *Tumbo A* hubiera alcanzado en el mercado negro de antigüedades incluso más valor que el Calixtino. Si tú eres un ladrón, entras en una joyería y tienes a tu alcance dos diamantes de gran valor, coges los dos, pero si sólo puedes llevarte uno, lo haces con el más valioso.

—Sí, eso parece lógico.

—Y está esa tirita.

—Cualquiera pudo perderla.

—No estaba manchada de sangre o de pus, ni de cualquier otra sustancia procedente de una herida.

—¿Tal vez una rozadura? —se preguntó Teresa.

—No. Estoy convencido de que pertenece al ladrón, que se puso tiritas en las yemas de los dedos para no dejar huellas dactilares, y eso significa que sabía que podríamos identificarlo de esa manera. Encaucemos la investigación por esta nueva línea. El sacerdote que veranea en Lugo es la única persona que ha dado indicios de poder estar implicado en este robo. Vayamos por ahí.

—De acuerdo. Dijiste que preguntarías sobre él. ¿Ya sabes algo?

—Sí. Esta misma mañana he estado en las oficinas del arzobispado y en la residencia donde se aloja aquí en Santiago, y he averiguado algunas cosas. —Gutiérrez sacó del bolsillo de su americana una pequeña libreta y cotejó algunos datos—. En efecto, su último día de trabajo en las oficinas del arzobispado fue el jueves 30 de junio, y el viernes 1 de julio, a primera hora de la tarde, llamó a la residencia para decir que había llegado bien a su pueblo en el norte de la provincia de Lugo; pocos minutos después también llamó a uno de sus compañeros de trabajo para decirle que ya estaba en su pueblo. ¿No te parece extraño?

—No demasiado.

—Para un tipo como éste, sí. Es un ser huraño y solitario que apenas habla con nadie más que de cuestiones laborales. Su colega del archivo se quedó tan extrañado al recibir la llamada que en un primer momento pensó que le había ocurrido algo grave, porque hasta ese día no lo había hecho jamás.

—¿Qué supones?

—Está claro que el curita pretendía que todos supieran que el viernes 1 de julio estaba en su casa familiar a más de cien kilómetros de Santiago, y que no pensaba moverse de allí durante todo el mes. Si tuvo algo que ver en el robo, su coartada es perfecta.

—Tú lo has dicho: es perfecta. Si la desaparición del Códice se descubrió el martes 5 de julio a última hora de la tarde y ese sacerdote estaba a más de cien kilómetros desde hacía más de cuatro días, él no pudo ser el ladrón.

—Sí pudo.

—¿Le supones el don de la ubicuidad? Tenía entendido que esa cualidad es exclusiva de Dios.

—Los ladrones dispusieron de un par de días al menos para sacar de aquí el Códice. Además, creo que el domingo ya lo habían sustraído.

—¿Cómo has llegado a esa conclusión? —le preguntó Teresa.

—Quien se ha llevado el Códice conoce a la perfección cómo funcionan todas las medidas de seguridad, por llamarlas de alguna manera, de la catedral y del archivo. Sabe moverse por sus salas, estoy seguro de que conoce el emplazamiento de las cámaras de vídeo y estaba al corriente de que sólo se almacenaban las últimas cuarenta y ocho horas. El lunes por la mañana se borraron las imágenes grabadas el viernes día 1 de julio; si el jueves por la tarde el Códice estaba en su lugar y el martes a última hora se apercibieron de su desaparición, creo que quien lo robó lo hizo ese mismo viernes; así, aunque el lunes a media mañana se dieran cuenta de que no estaba en su sitio, las grabaciones del viernes ya habrían sido eliminadas.

—No habías dicho nada de esto.

—Se lo comuniqué a mi jefe en Santiago.

—Eso mismo pensé yo, pero ¿cómo iba a suponer el ladrón que nadie se daría cuenta de la desaparición del Códice durante tres o cuatro días?

—Por eso precisamente se dio el golpe en viernes, o tal vez el sábado. Quien lo hizo sabía que, como pronto, la desaparición del Códice sería denunciada el lunes por la mañana, y para entonces ya no habría imágenes del viernes, y tal vez ni siquiera del sábado.

—Y si fue ese cura, pudo haberlo hecho el viernes por la mañana, y llevarse con él el Códice a su pueblo —dedujo Teresa—. ¿Has leído estos días algo de Conan Doyle? Estás utilizando el mismo método que Sherlock Holmes.

—Es lo que aprendí en la academia y en la experiencia. Ya sabes, el viejo método que ahora los policías jóvenes no utilizáis porque os habéis formado entre análisis químicos, de ADN y todas esas sofisticadas técnicas.

—Los nuevos métodos han resuelto casos que de otro modo hubieran quedado impunes.

—No lo dudo, pero con tanta hiperespecialización los policías estamos perdiendo algo fundamental en nuestro trabajo: la intuición, eso que algunos seguimos llamando el olfato.

Desde su casa a orillas del Sena, Jacques Roman seguía día a día las informaciones que llegaban de España sobre el robo del Códice Calixtino. Se había mostrado muy preocupado cuando leyó que la hipótesis que sostenía la policía española atribuía la autoría del robo a una banda internacional.

Pero aquel día Jacques se sintió aliviado. Uno de los periódicos gallegos avanzaba un cambio sustancial en las premisas policiales. Un portavoz de la policía había declarado que entre los investigadores estaba cobrando fuerza la idea de que el robo podía ser obra de algún empleado de la catedral que lo hubiera sustraído por capricho o por debilidad, o incluso para demostrar que las medidas de seguridad del archivo resultaban ineficaces.

—La policía española maneja una nueva hipótesis de trabajo —le comentó Roman a Su Excelencia, con el que estaba compartiendo un suculento almuerzo en su domicilio de la isla de San Luis—. Ahora apuntan hacia una motivación ajena a lo económico, y piensan que el ladrón puede ser alguien próximo a la catedral que ha pretendido dar una especie de escarmiento a los responsables del archivo. Cada día andan más despistados.

—Pero tienen indicios que señalan al Peregrino —comentó el aspirante a cardenal.

—¿Qué le hace suponer tal cosa, Excelencia? —El rostro de Jacques Roman mudó de rictus al escuchar aquella tajante afirmación de su interlocutor.

—El cambio de tesis de la policía española. Alguien se ha dado cuenta de que el Peregrino, al que ya han interrogado, ha mostrado ciertas lagunas en sus declaraciones.

—No tengo noticia de que haya sucedido así.

—Pero yo sí. He sabido que un policía preguntó por él en varias dependencias de la catedral. Envíe a dos de nuestros hombres a Galicia. Que vayan en coche y que sean discretos. Tienen que entrar en contacto personal con el Peregrino y averiguar qué ha ocurrido en su declaración.

—¿Y si en verdad sospechan del Peregrino?

—En ese caso habrá que actuar con contundencia antes de que sea demasiado tarde. Ya sabe cómo hacerlo.

—Sí, claro, Excelencia, claro.

—Este lomo de liebre con setas y salsa española está delicioso. Dele la enhorabuena a su cocinero.

—De su parte, Excelencia, de su parte.

—¿Cómo va la traducción del Códice?

—Ya casi está lista. El padre Villeneuve me ha prometido que en tres o cuatro días dispondremos de ella.

—¿Y el Códice?

—Sigue en mi caja fuerte. Está bien seguro. ¿Desea verlo, Excelencia?

—No. Soy un enamorado del arte, y si lo tuviera de nuevo en mis manos tal vez me arrepentiría de la decisión que hemos tomado; prefiero no volver a ver ese manuscrito nunca más.

Diego Martínez estaba tranquilo. De las informaciones que llegaban de España podía deducirse que la policía andaba confusa y que carecían de pistas firmes que condujeran a la resolución del caso del robo del Códice Calixtino.

—Creo que nunca sabrán quién se llevó ese manuscrito —comentó Diego a Patricia mientras daban un paseo por las orillas del lago de Ginebra poco antes de la hora del almuerzo.

—Si lo dices por lo que están publicando los periódicos, es posible que te equivoques. Imagino que la policía estará filtrando las informaciones que le interesen, pero no la realidad del proceso de investigación.

—Han pasado más de dos semanas desde que se descubrió el robo, y no da la impresión de que caminen por la senda acertada.

—No te fíes.

—Y no lo hago. Ni siquiera he intentado hablar con Jacques Roman, y no será por falta de ganas. Lo más adecuado es recuperar nuestra rutina habitual, de modo que tenemos que ir a Londres a ver ese manuscrito que tanto intriga a Michael Von Rijs.

—Cinco mil libras por ese trabajo, ¿no es así?

—Ésa fue su oferta. Si te parece, lo llamaremos esta tarde y la semana que viene viajaremos a Londres a ver ese manuscrito.

—Una copia del Evangelio de Tomás.

—Eso dijo Von Rijs. Tal vez ratifique tus hipótesis sobre los apóstoles.

—Tomás es un apóstol que apenas tiene protagonismo en los Evangelios; sólo es célebre por el episodio de su duda ante la aparición de Jesús tras la Resurrección.

—Es el que le mete el dedo en los estigmas de las manos y la mano en el costado para probar que ese hombre, que decía haber resucitado, era el propio Jesucristo martirizado en la cruz del monte Calvario.

—Sí, el mismo. Y por cierto, ese dato es revelador sobre dónde colocaron los soldados romanos los clavos. Según san Juan, que estuvo a los pies de la cruz en el Calvario y fue testigo presencial tal cual él mismo cuenta, no fue en las muñecas sino en las manos —adujo Patricia.

—Vas a acabar convertida en una experta en Historia Sagrada —repuso Diego.

—Tomás es llamado por el propio Juan con el sobrenombre de Dídimo, que significa «el mellizo» en griego. Eso ha llevado a algunos a pensar que era hermano gemelo de Cristo, nada menos; pero Tomás también significa «el mellizo» en hebreo.

—¿Y tú qué opinas?

—Que Tomás no fue hermano gemelo de Jesús, pero,

sin duda, tuvo un hermano gemelo. En el Evangelio árabe de la infancia, uno de los apócrifos, se dice que el otro gemelo murió y que Tomás fue curado por Jesús. Aunque su gemelo tal vez fuera el apóstol Felipe, pues en los Hechos de los Apóstoles hacen pareja, pero no dispongo de ningún otro indicio; también es probable que ese hermano quedara olvidado en el anonimato de aquellos tiempos.

»Tomás escribió un Evangelio, o al menos a él se le atribuye uno de los textos hallados en Nag Hammadi en 1945, donde se denomina Tomás Judas Dídimo. Por eso algunos lo han confundido con Judas Tadeo, el apóstol que yo creo que era uno de los hermanos de Jesús. Ese Evangelio, catalogado entre los escritos gnósticos donde se narran los milagros de Jesús cuando era un niño, es considerado herético por la ortodoxia católica. Recoge ciento catorce "dichos" de Jesús. El ejemplar hallado en Nag Hammadi se conserva en el Museo Copto de El Cairo.

»Una tradición coloca a Tomás visitando Siria, Persia y la India, donde se habría instalado en el año 52 y habría sido martirizado el 3 de julio del año 72. Allí habría fundado siete iglesias donde todavía es venerado. Su cadáver habría sido trasladado por un mercader cristiano desde la India hasta Siria y depositado en una iglesia de la ciudad de Edessa, en la que Tomás habría predicado el Evangelio. Pero todo esto me parece una fabulación del siglo IV para consolidar el avance del cristianismo en Siria.

—Tal vez en esa copia que nos anuncia Von Rijs esté la solución a la figura de ese apóstol, que por lo que has dicho significa para el Oriente cristiano lo que Santiago para Occidente.

Un leve pitido le indicó que en el buzón de mensajes de su móvil había entrado un nuevo envío. Diego lo abrió al instante; esperaba con ansia noticias de la investigación policial en Santiago.

«Suena la cuarta trompeta y resultan heridos el sol, la luna y las estrellas, y un tercio de su luz desaparece», leyó.

—¿Algo importante? —le preguntó Patricia.

—Es un mensaje de Jacques, mira lo que dice.

Diego le enseñó el texto a Patricia.

—Ahora sí estoy segura de que ese hombre está loco. Nunca debimos aceptar este encargo.

A finales de julio la policía española había dado un giro considerable a las tesis de la investigación de la desaparición del Códice Calixtino.

En la comisaría de Santiago seguían trabajando los inspectores de la brigada central de Patrimonio desplazados desde Madrid, cuyas deducciones ya no se dirigían hacia una banda de ladrones expertos en robar obras de arte y antigüedades, sino hacia otros presupuestos más domésticos.

La prensa, que seguía muy atenta el caso, recogía filtraciones interesadas de la policía en las que se manejaban varias hipótesis de trabajo y en las que se decía que la investigación duraría bastante tiempo. Incluso no se descartaba que se hubieran producido varios hurtos anteriores de piezas del archivo y de otras dependencias de la catedral sin que nadie se hubiera percatado de su desaparición.

—El delegado del gobierno nos pide soluciones, señores. Deben de estar apretándole las tuercas desde Madrid.

El comisario de Santiago mostraba un semblante serio en la reunión diaria con los inspectores que investigaban el caso.

—Creemos que hay que descartar la hipótesis de que se haya tratado de un robo por encargo, como supusimos en los primeros días —intervino Gutiérrez.

—¿Qué os hace suponer ese cambio ahora?

—Sospechamos de uno de los empleados; se trata de un sacerdote que trabaja en las oficinas del arzobispado desde hace varios años.

—¿Disponemos de alguna prueba que lo incrimine?

—Todavía no; sólo indicios razonables. Hemos pensado en ir acorralándolo poco a poco hasta que, si él es el ladrón, cometa un error y se delate.

—Pues acelerad. Parte de la prensa empieza a tomarse este asunto en broma. Incluso se han publicado viñetas cómicas al respecto y algunos periódicos hasta han publicado relatos de ficción sobre cómo se pudo producir la sustracción. Corren especulaciones, rumores y chascarrillos de todo tipo. Hay quien comenta que se trata de una travesura, una especie de broma pesada de alguno de los empleados de la catedral para burlarse del deán, y alguien ha apostado que el Códice aparecerá milagrosamente el próximo día 25, el de la fiesta del apóstol, mediante una llamada anónima.

—O tal vez pidan un rescate, como ocurrió con el robo del famoso cuadro *El grito*, de Munch. En ese caso quien lo robó, un ladrón de bancos noruego, ofreció su devolución a cambio de inmunidad legal; lo hizo porque no encontró a quien vendérselo —añadió Teresa.

—Este caso puede ser diferente, comisario. En ése que ha citado la inspectora Villar y en otros similares, los ladrones actuaron por una clara motivación económica. Pero creo que en esta ocasión los incentivos son de otra índole.

—¿De qué tipo?

—Pudiera ser una especie de venganza. El único sospechoso está relacionado con las organizaciones católicas más integristas, y consideramos que se trata de un episodio de luchas intestinas y maquinaciones entre eclesiásticos. Probablemente pretenda desprestigiar al sector contrario a sus postulados —terció Gutiérrez.

—¿Una conjura dentro de la propia Iglesia?

—Creemos que ésa podría ser una de las causas del robo.

—¿Consideramos, creemos?

—El inspector Gutiérrez, mis dos compañeros de la brigada central y yo misma estamos cada día más convencidos de que ésa debe ser la línea a seguir en las pesquisas.

La inspectora se mostró firme en sus convicciones.

—¿Tienen vigilado a ese sospechoso?

—Está de vacaciones en su pueblo de la costa de Lugo. Esperamos tus órdenes para hacerlo y una petición al juzgado para que nos autorice a pinchar su teléfono y poder grabar todas sus conversaciones —dijo Gutiérrez.

—¿Estáis seguros? No me gustaría hacer el ridículo —planteó el comisario.

—No, pero no tenemos otra cosa.

—La actitud en la declaración de ese hombre es el único indicio —se sinceró Gutiérrez.

—Solicitaré esa orden judicial, y entre tanto averiguad todo cuanto sea posible sobre ese sospechoso.

Acabada la reunión, Teresa y Gutiérrez salieron a un bar cercano a tomar un café. El mes de julio estaba siendo inusualmente fresco en el norte de España, y casi todos los días llovía en algún lugar de esa región.

—Otra vez lloviendo, ¿es que no tenéis verano aquí en el norte? —protestó Teresa.

—Debe de tratarse del santo; quizá esté enojado por el robo —ironizó Gutiérrez.

Ya dentro del bar, Teresa fue al grano.

—Te he seguido en tu sospecha hacia ese sacerdote, pero como nos equivoquemos nos relevarán del caso. Nosotros tal vez nos estemos jugando la continuidad de la brigada central. Y si eso se produjera, me veo haciendo guardia en la puerta de una comisaría de provincias hasta que me jubile.

—Confía en mí. El curita está en el asunto, te lo aseguro. Me da la impresión de que es un hombre de carácter débil; si sabemos presionar con inteligencia y cerrar el cerco sobre él, caerá como la fruta madura. Ése no es de los que soportan la presión. Acabará confesando su delito y delatando a sus colaboradores.

—¿Colaboradores? ¿Crees que no lo ha hecho él solo?

—No tiene suficientes arrestos ni la necesaria capacidad de decisión. Creo que ha sido un mero instrumento y otro es el que ha diseñado la operación.

—¿Cuándo tendremos pinchado su teléfono?

—Pasado mañana, si el juez lo autoriza. Aquí, en provincias, como tú dices, las cosas no discurren con la rapidez con que lo hacen en la capital.

—No creas. En alguna ocasión hemos esperado en Madrid hasta dos días para poder grabar las conversaciones de algún sospechoso porque no llegaba a tiempo la orden judicial.

El Citröen rojo oscuro apenas tardó dieciséis horas en llegar de París a la localidad gallega de Barreiros. Los dos ocupantes se turnaron al volante cada cuatro horas para no detenerse salvo para comer un bocadillo, estirar las piernas y repostar combustible.

Una vez en Barreiros localizaron la aldea del Peregrino y se dirigieron a ella por una carretera secundaria en no muy buen estado. Tenían órdenes tajantes de presionar al Peregrino para que guardara silencio y se olvidara por completo de lo sucedido.

Cuando llegaron a la aldea dieron varias vueltas por los alrededores, intentando comprobar si había policía o guardia civil en las inmediaciones. Cuando estuvieron seguros de que el Peregrino no estaba vigilado, decidieron abordarlo.

Lo encontraron cerca de su casa, caminando por una vereda, con un libro de oraciones entre las manos.

—Padre, queremos hablar con usted. No le molestaremos, sólo serán unos minutos.

—¿Quiénes son ustedes? —les preguntó.

—Venimos desde París.

El que hablaba tenía un marcado acento francés.

—¿Qué desean de mí?

—La policía sospecha de usted. Su declaración los alertó sobre su posible participación en el robo del Códice Calixtino; no estuvo muy afortunado. En adelante deberá incrementar su atención y poner más cuidado en lo que dice.

El Peregrino desconfió de aquellos dos hombres; pensó que podían ser policías que le estaban tendiendo una trampa para engañarlo y sonsacarle información.

—No sé de qué me están hablando, señores.

—Claro que lo sabe, y entiendo que desconfíe de nosotros, pero hemos venido para advertirle sobre su primera declaración ante la policía y para informarle de que se encuentra bajo sospecha.

El Peregrino se mostraba receloso y huraño. Ya no confiaba en nadie.

—Si ustedes son policías, ya declaré en la comisaría de Santiago que no sé nada de ese robo. Yo estoy aquí desde el primer día de julio; tengo testigos.

—Escuche con atención: navegamos en el mismo barco que usted. La policía maneja la hipótesis de que usted está implicado en el robo, pero carecen de prueba alguna. De modo que mantenga la calma y siga con su vida habitual en vacaciones. Y absténgase de hacer comentarios sobre el robo del Códice. Si la policía vuelve a interrogarlo, niegue cualquier relación suya con el caso y conteste con monosílabos siempre que le sea posible. No utilice el teléfono para hablar con el número de París que usted conoce; probablemente hoy ya habrán pinchado su teléfono y la policía estará grabando todas sus conversaciones, de manera que sea discreto y compórtese con toda naturalidad.

»Seguramente indagarán sobre las llamadas que ha realizado en los últimos meses con su móvil; imagino que no habrá ninguna al de París ni al de los argentinos. —El Peregrino se mantuvo en silencio y no contestó—. De acuerdo, estar callado es una buena táctica. Sígala de aquí en adelante. Y recuerde, no llame a nadie, no dé un solo paso en falso y no rompa su rutina cotidiana. Ya tendrá noticias nuestras.

El Peregrino regresó a su casa; a la puerta lo esperaba su hermana.

—¿Qué querían esos hombres? —le preguntó.

—Nada importante. Buscaban la playa de las Catedrales.

Esa formación geológica era uno de los paisajes más asombrosos y desconocidos de la costa norte gallega, a unos pocos kilómetros al este de Barreiros.

—Los he visto merodear por aquí hace ya un buen rato. Tal vez deberíamos avisar a la Guardia Civil.

—Son turistas franceses que han visto una foto en una guía y buscaban ese lugar. Andaban un tanto despistados pero ya les he informado. Olvídalos.

El Peregrino entró en la casa y se dirigió a su habitación. Olía a las hierbas aromáticas que su hermana solía colocar en los armarios, entre la ropa.

Se sentó en una silla junto a la cama y estrujó su cara entre sus manos. Una intensa desazón le carcomía el alma.

El 20 de julio la prensa publicó novedades sobre la investigación del robo del Calixtino. Por primera vez, la policía admitía ante los periodistas que podía tratarse de un robo doméstico. Un portavoz había anunciado que los trabajos periciales discurrían por muy buen camino y que, si bien no descartaban nada, disponían ya de un sospechoso al que estaban intentando desenmascarar.

Los interrogatorios a los empleados de la catedral habían puesto de relieve que entre algunos de ellos existía un notable malestar y que había varios grupos enfrentados. Cuando Teresa leyó los últimos informes concluyó que el ambiente de trabajo en las distintas dependencias del templo compostelano no era el más propicio y que varios empleados habían tenido enfrentamientos y desavenencias con sus colegas.

—Si el autor del robo no es el sacerdote del que sospechas será alguno de sus colegas, o varios de ellos. Por lo que he podido averiguar, entre los empleados de la catedral no hay un buen ambiente de trabajo. Entre ellos proliferan las rencillas y los celos —dijo Teresa.

—Eso ya lo sabíamos —asentó Gutiérrez—. ¿Qué propones?

—Buscar el arrepentimiento del ladrón y que devuelva el Códice —contestó Teresa.

—¿Y cómo piensas lograrlo?

—Apelando a su corazón. Dentro de cinco días se celebra la fiesta del apóstol Santiago, el día grande para toda Galicia. He pensado que debemos extender el rumor que corre por ahí de que el día 25 aparecerá el Códice, como un regalo especial al apóstol en el día de su festividad. Haremos saber que si el ladrón realiza una llamada y devuelve el Calixtino podrá librarse de la cárcel. Al producirse un arrepentimiento espontáneo por el hurto, y si el manuscrito no ha sufrido daños, la pena de arresto será mínima, uno o dos años de condena, que evidentemente no se cumplirán en la cárcel.

—Si hacemos eso, daremos por sentado que somos incapaces de localizar el objeto del robo y de detener al ladrón, y por tanto de resolver el caso —comentó Gutiérrez, que no parecía partidario de utilizar esos métodos. Él era un policía a la antigua usanza, y siempre prefería maneras más expeditivas.

Se acercaba el día del patrón Santiago. Los medios de prensa y las redes sociales habían difundido el rumor, alentado por la policía y el arzobispado, de que ese día el ladrón haría una llamada para dar noticia del paradero del Códice, y que el manuscrito aparecería casi de manera milagrosa.

El decano del Colegio de Abogados de Santiago intervino en la polémica y ofreció el servicio de sus colegiados para resolver el caso de manera satisfactoria. Hizo pública la oferta de acoger él mismo al ladrón y proteger su identidad con la garantía del secreto profesional que todo abogado tiene obligación legal de cumplir con su cliente. Se ofrecía como intermediario para recibir el Códice y devolverlo al archivo, haciendo uso del secreto profesional para garantizar el anonimato del ladrón, que así evitaría su detención y su procesamiento.

Pero nadie respondió a su llamada.

QUINTA TROMPETA

UNA TERRIBLE PLAGA DE LANGOSTAS ATORMENTARÁ A LA HUMANIDAD

Amaneció el lunes 25 de julio. En las redes sociales se había aceptado mayoritariamente la opinión de que el ladrón entregaría ese día el Códice, que lo haría de manera anónima, aunque bajo secreto de confesión para evitar ser arrestado, y de forma espectacular.

El fin de semana anterior Teresa Villar se había marchado a Madrid, pero ese mismo lunes, a primera hora de la mañana, había volado de nuevo a Santiago. Albergaba alguna esperanza de que el ladrón devolviera el Códice precisamente en ese día tan señalado, aunque Gutiérrez le había mostrado su pesimismo acerca de que eso fuera a ocurrir.

Cuando la recogió en el aeropuerto, el inspector insistió en ello.

—¿Has tenido buen fin de semana?

—Muy tranquilo. He comido con mis padres y he dormido doce horas seguidas en mi cama; lo necesitaba.

—Ya sabes mi opinión sobre lo que va a ocurrir hoy: nada.

El 25 de julio se conmemora en toda España el día del apóstol Santiago, considerado como el patrón del país sobre todo para las comunidades que pertenecieron a la antigua Corona de Castilla; aragoneses, valencianos, mallorquines y catalanes tienen su propio santo privativo, san Jorge, al que festejan el 23 de abril.

Desde el siglo XI, la fiesta de Santiago se celebraba en julio; hasta entonces se había festejado el 30 de diciembre, pero la adopción por la Iglesia hispana del rito romano a fines del siglo XI había propiciado que hubiera dos celebraciones: la tradicional en Hispania del 30 de diciembre y la nueva del rito romano el 25 de julio. Los obispos de Santiago aceptaron que se celebrara la fiesta según el calendario del rito romano, pero siempre que se mantuviera la del 30 de diciembre. Se acordó que en diciembre se festejaría la traslación del cuerpo del apóstol a Compostela y en julio su pasión y muerte. Más tarde se implantó otra fiesta en octubre para celebrar los milagros atribuidos a Santiago el Mayor.

Los obispos de Santiago todavía consiguieron algo más. En 1179 el papa Alejandro III emitió una bula por la cual los años en los que el día 25 de julio coincidiera en domingo serían declarados años santos, y los peregrinos que visitaran Compostela en esos doce meses disfrutarían de indulgencia plenaria y del perdón completo de todos sus pecados.

El inspector Gutiérrez aparcó en la comisaría.

—Hoy sacan el botafumeiro; es muy espectacular. ¿Te apetece verlo en funcionamiento? —le preguntó a Teresa.

—Lo he visto alguna vez en televisión, pero sí me agradaría contemplarlo en directo.

—Podemos hacerlo desde la tribuna alta de la catedral, privilegios de la policía.

—Será estupendo.

Los dos policías siguieron la ceremonia religiosa del día de Santiago desde la tribuna de la catedral románica. Teresa se sorprendió ante la habilidad de los ocho hombres que manejaban las cuerdas que hacían que el botafumeiro, esa lámpara de casi doscientos kilos de plata que humeaba incienso perfumando la catedral, recorriera todo el crucero, sobre las cabezas de los fieles, como un inmenso badajo de plata de una campana de piedra.

Los dos inspectores mantuvieron sus móviles en modo de silencio pero atentos a cualquier llamada o mensaje que anunciara la aparición del Códice, como algunos habían augurado, mientras el aroma a incienso inundaba el aire dentro de las naves y ayudaba a los más predispuestos asistentes a la ceremonia a sumergirse en una especie de trance místico.

—Me temo que el Códice no aparecerá hoy. —Gutiérrez comprobó los mensajes de su móvil.

—Tenías razón. Y si no aparece hoy creo que tardará mucho tiempo en hacerlo. Te invito a almorzar, si no tienes ningún compromiso, claro —le propuso Teresa.

Gutiérrez había estado casado con una funcionaria de la delegación del Ministerio de Hacienda, pero hacía ya seis años que se había divorciado. Desde entonces vivía solo en un pequeño apartamento en la zona sur de la ciudad.

—Hoy es fiesta grande en Santiago, no sé si encontraremos algún lugar...

—Oye, si no quieres o no puedes, no busques excusas conmigo.

—Estaré encantado de comer contigo. Tal vez en la zona de la avenida del Hórreo encontremos alguna mesa libre.

—Pues vamos, me muero de hambre.

Esa misma mañana del 25 de julio, en la lujosa residencia de Jacques Roman en París, una extraordinaria reunión daba comienzo. En la biblioteca, alrededor de una amplia mesa, estaban sentados el propio Jacques Roman, Su Excelencia y el padre Villeneuve.

Este último, gran conocedor de las lenguas semitas, del griego y del latín, abrió su portafolios y extrajo unas cuartillas.

—Aquí tiene, Excelencia.
—¿Es lo que sospechábamos?
—Sí.
—¿Sin ninguna duda?
—Lo he comprobado varias veces y se trata del mismo texto, Excelencia.

El aspirante a cardenal, ante la mirada impaciente de Roman, aparejó las cuartillas y comenzó a leer en voz alta:

—«En el principio sólo era la luz, y la luz era Dios, y sólo estaba el Padre.

»Y Dios, tras crear el mundo de la nada, observó que los hombres pecaban y se alejaban de su luz.

»Y entonces Dios creó a su Hijo para que con el sacrificio de su sangre redimiera los pecados de los hijos de los hombres.

»Dios es la luz, y Jesús nació de la luz de Dios, gestado en el vientre de una mujer.

»Del Enviado de Dios, yo, Santiago, hijo de Zebedeo, discípulo de Jesús el Cristo, doy testimonio, porque fui uno de los doce elegidos y lo seguí en el camino hacia la verdad y la vida, porque Él es el único camino (...).

»Jesús nació del vientre de María, desposada con el anciano José, de su misma estirpe, aunque no por su semen, sino por obra del Espíritu de Dios.

»Jesús creció en sabiduría y bondad, y predicó a los doce años en el templo, ante los doctores de la ley de Moisés.

»Cuando José murió, María casó de nuevo con Alfeo, que fue el primero de los discípulos de Cristo. Y nacieron Santiago, llamado Leví, que fue recaudador de tributos antes de convertirse en apóstol del Señor, y ahora habita en Jerusalén, y José, que murió joven, y Simón el Celoso, uno de los doce, y Judas Tadeo, también apóstol de Dios, y sus hermanas María y Salomé (...).

»Reinando Tiberio César en Roma, en el año decimoquinto de su imperio, Jesús comenzó su predicación a los judíos y a los gentiles (...).

»Jesús, por el poder que Dios le concedió, resucitó a los muertos, curó a los enfermos y expulsó a los demonios de los que por ellos estaban poseídos (...).

»Y cuando comenzó su predicación por la llamada de Dios, vino a Betsaida y pidió a Pedro y a Andrés, los hijos de Juan el pescador, que lo siguieran, y luego me lo pidió a mí, Santiago, y a mi hermano Juan, hijos de Zebedeo y de Salomé, la hermana de María.

»Más tarde se unieron a nosotros Tomás Dídimo, a quien Jesús curó, y Felipe, y Bartolomé, llamado Natanael, y Mateo el Publicano, y Judas Iscariote, que llevaba la bolsa común y que fue el que lo traicionó.

»También siguieron a Jesús muchas mujeres. La primera su madre, María, y mi madre, Salomé, y María de Magdala, su discípula predilecta, a la que tanto amó. Las tres estuvieron con Jesús en el Calvario, cuando fue crucificado para nuestra salvación, y con José de Arimatea y Nicodemo ellas compraron las especias para embalsamar el cuerpo de Jesús. Y ellas fueron las que descubrieron que el cuerpo de Jesús había sido sacado del sepulcro. A María de Magdala, la discípula amada que le secó los pies con sus cabellos, fue a quien primero se apareció el Señor tras su resurrección (...).

»Yo, Santiago, subí con el Señor al monte Tabor, y allí fui testigo del poder y la gloria de Jesús Nuestro Señor, y vi cómo sudaba sangre la noche anterior a su muerte y pasión (...).»

—¡Dios santo! —exclamó Jacques Roman.

—¿Ha guardado usted alguna copia de estos pliegos? —le preguntó Su Excelencia al padre Villeneuve.

—Por supuesto que no. Ahí tiene la traducción y las fotografías originales. No existen otros documentos —contestó el sacerdote.

—Esto es el fin del mundo, de nuestro mundo —clamó Jacques Roman en tono casi apocalíptico.

—No exagere, Jacques, no exagere.

—¡Se trata del Evangelio perdido de Santiago el Mayor, uno de los tres discípulos predilectos de Jesús! Usted mismo lo acaba de leer. Si ese texto trasciende, el catolicismo se tambaleará como sacudido por el más terrible de los terremotos. Ése es, sin duda, el libro que anuncia el Apocalipsis.

Su Excelencia tamborileó con los dedos sobre la mesa un buen rato; al fin habló:

—¿Quién más conoce este texto?

—Sólo nosotros tres —repuso Villeneuve—. El fotógrafo no sabe griego, y menos todavía griego del siglo I.

—Este texto puede ser una falsificación realizada por algunos herejes medievales, por los cátaros, dadas esas alusiones a la luz, o tal vez por los valdenses —dijo Su Excelencia.

—Yo estoy seguro de que el documento es auténtico. Se trata de una copia del siglo XII, pero presenta todas las características del estilo de la literatura del siglo I. Estamos ante el más antiguo de los Evangelios, Excelencia; como bien sabe, todos los Evangelios conocidos, canónicos o apócrifos, fueron escritos con posterioridad al año 70, una generación después de la muerte de Jesucristo. Santiago el Mayor fue decapitado en el año 43, o tal vez en el 44. Éste es sin duda el más antiguo de todos y por tanto el más cercano a la realidad, según analizaría cualquier exegeta mínimamente riguroso —explicó el padre Villeneuve.

—¿Pero es que no se dan cuenta? Ese Evangelio desdice todo nuestro credo: niega la divinidad de Jesucristo y su unión eterna con el Padre, niega la Trinidad y niega la virginidad de María. Y por si fuera poco, hace de María la madre de un linaje de hombres y mujeres portadores de la misma sangre que Jesús. —Jacques Roman estaba muy alterado.

—Sosiéguese, Jacques, se lo ruego. Si algo necesitamos en estos momentos es, precisamente, mucha calma. Sabíamos que esto podía suceder cuando decidimos apoderarnos del Códice Calixtino, de modo que no nos precipitemos; tenemos que ser capaces de controlar la situación. ¿Han regresado ya nuestros hombres de Galicia?

—Sí, Excelencia. Hablaron con el Peregrino, que se mostró muy desconfiado. Le advirtieron que la policía sospechaba de él.

—¿Podría llegar a delatarnos? —preguntó Su Excelencia.

—Aunque lo hiciera, nadie le creería —asentó Jacques Roman—. Hemos tenido sumo cuidado en no dejar ninguna pista. El Peregrino no podría dar un solo dato sobre nosotros, y si contara su versión del robo sería tan fabulosa que lo considerarían un loco. Ni siquiera podría aportar prueba alguna de su propia participación. Sólo tenía la cuarta llave y ahora está en poder de la policía. Y el número de teléfono al que llama es el de un móvil sin identificar.

—De cualquier manera, ese hombre es un riesgo para nosotros.

—¿Qué hacemos ahora?

—Lo que estaba previsto en caso de que el texto oculto del Códice fuera el que imaginábamos. Lo dejo en sus manos. Ya sabe cómo tiene que proceder. Y hágalo enseguida.

Acabada la reunión, Jacques Roman se quedó solo en su biblioteca. Abrió la caja fuerte y tomó el Códice Calixtino. Acarició sus tapas de cuero marrón y fue hojeando uno a uno sus doscientos veinte folios.

Sobre la mesa, Su Excelencia había depositado los folios de la traducción realizada por el padre Villeneuve del Evangelio de Santiago el Mayor, sobre el texto oculto en el interlineado de los folios de la *Guía del peregrino* del Códice Calixtino, y la tarjeta digital con las fotografías del Códice, realizada con una cámara especial capaz de resaltar el texto escrito con tinta invisible.

Roman se dirigió al salón y colocó el Códice, los folios con la traducción y la tarjeta digital en la chimenea. Cogió un fósforo, prendió fuego y cerró las puertas de cristal endurecido.

Se sentó en su sillón de cuero con orejeras frente a la chimenea y se limitó a observar como poco a poco el Códice Calixtino comenzaba a ser consumido por las llamas. Roman tuvo que utilizar el atizador para que el fuego actuara con mayor rapidez. Media hora más tarde, la copia más famosa del *Liber Sancti Iacobi* era tan sólo un montoncito de cenizas grises.

Consumido el fuego, Roman cogió su móvil y marcó el número de Diego Martínez.

—¿Dígame?

—¿Diego?

—Sí, soy yo.

—Tenemos que vernos.

Diego reconoció la voz de Jacques Roman.

—Estamos en Londres, ser trata de un trabajo importante.

—¿Pueden venir a mi casa?

—¿Ha ocurrido algo?

—No, todo va bien, conforme lo esperado.

—Nos quedan un par de días.

—No es urgente, pero deseo revelarles lo que tanto me han demandado, sobre todo Patricia.

—De acuerdo, allí estaremos. ¿Le va bien el jueves?
—Perfecto.
—Hasta entonces.

Los dos argentinos viajaron de Londres a París en el tren que atraviesa el Canal de la Mancha bajo las aguas del mar por el Eurotúnel.

Jacques Roman los esperaba en su casa. Hacía calor. París todavía no se había comenzado a vaciar de los millones de parisinos que suelen escaparse de la ciudad durante las vacaciones de agosto, y muchos turistas deambulaban por sus calles; la ciudad rebosaba de gente.

Diego y Patricia entraron en casa de Roman y nada más contemplar su rostro supieron que algo trascendente había sucedido.

—Buenos días, Jacques —lo saludaron.
—Hola. Pasen, por favor. Vayamos a la biblioteca.
—¿Nos han descubierto? —preguntó Patricia a la vista del rostro de Roman.
—No. Y no lo harán jamás.
—Pero, su rostro, su gesto...
—Siéntense, por favor.
—Gracias.
—Este asunto del Códice ha acabado definitivamente.
—¿Ha dado la policía española el caso por sobreseído? —preguntó Diego.
—No. Siguen investigando para recuperar el manuscrito, pero ahora lo hacen ya en vano.
—¿Entonces?
—Les dije que, a su debido tiempo, les revelaría cuál era el texto secreto que se ocultaba en el Códice Calixtino, en concreto en los folios correspondientes a la *Guía del*

peregrino. Pues, bien, ha llegado ese momento. Me comprometí a ello y, como ya me van conociendo, saben que cumplo mis promesas.

—¡Al fin! —exclamó Patricia.

—Como ya les informé, los folios numerados del 192 al 207 contenían un texto escrito en el siglo XII con tinta invisible. En 1117 unos caballeros cruzados hicieron la peregrinación a Santiago de Compostela tras haber participado en la Primera Cruzada. Portaban varias reliquias y un pequeño rollo de papiro guardado en una cajita de madera que habían conseguido en Jerusalén. El manuscrito de papiro estaba escrito en griego y contenía un texto extraordinario. Ese papiro se depositó en la catedral de Santiago, bajo la custodia personal del obispo Diego Gelmírez, que acababa de sofocar una rebelión de los vecinos de la ciudad y había tomado de nuevo las riendas de su gobierno. Gelmírez no sabía griego y nadie en su diócesis tenía la capacidad para traducir aquel texto. Pero en esos días residía en Santiago, donde había acudido como peregrino, el cardenal Guido de Borgoña, en cuya comitiva viajaba el monje cluniacense Aimeric Picaud, que conocía ese idioma.

—Eso ya lo sabemos, Jacques —recordó Diego.

—Vamos, Jacques, díganos al fin de qué diantre habla ese texto oculto —insistió Patricia, cada vez más intrigada por ese secreto.

—No hablaba de ningún diablo, sino de Dios, del Hijo de Dios. Lo que tradujo Picaud de aquel papiro le convulsionó el alma y lo conmocionó para siempre: era el Evangelio perdido de Santiago el Mayor.

—¡Lo sabía! —exclamó Patricia.

—Cuando el monje tradujo el contenido de aquel texto al obispo Gelmírez y al cardenal de Borgoña, que como ya saben sería elegido papa con el nombre de Calixto II dos años más tarde, los dos prelados decidieron destruir aquel manuscrito, al considerarlo herético y contraproducente para la reforma que la Iglesia había iniciado con el papa Gregorio VII medio siglo antes. Pero el monje Picaud no cumplió del todo aquella orden; antes de quemarlo realizó una transcripción de ese papiro y copió el texto en un pergamino, y lo hizo conservando el original griego, que era una lengua que muy pocos conocían en Occidente.

—Continúe, por favor —terció Diego.

—Diego Gelmírez, sabedor ahora de la gran revelación contenida en el Evangelio de Santiago, consiguió aumentar su influencia y su poder de manera extraordinaria. Como guardián del secreto, se convirtió en el gran muñidor de la política del reino de León y en el personaje más influyente ante la reina Urraca, y luego ante su hijo, el futuro rey Alfonso VII. Y por si fuera poco logró que en 1122 el papa Calixto II, que conocía bien a Gelmírez y compartía con él el contenido del Evangelio de Santiago, elevara la diócesis de Compostela a la categoría metropolitana, por lo que Diego Gelmírez pasó a ser arzobispo con todas las diócesis del reino de León bajo su jurisdicción eclesiástica. Además, el papa Calixto era hermano de Raimundo de Borgoña, que había sido el primer esposo de Urraca cuando ésta sólo era princesa heredera de León y Castilla, y tío por tanto del hijo de ambos, el noble Alfonso, futuro rey de León y Castilla. Ese parentesco facilitaba todavía más las cosas, pues Gelmírez se alineó con los partidarios de entregar la corona de León y de Castilla al hijo de Raimundo y Urraca, oponiéndose a las pretensiones del rey Alfonso I de Aragón, segundo esposo de Urraca, aunque para entonces ya estaban separados.

»Picaud regresó a Francia a finales de 1117 y se llevó consigo esa copia del Evangelio de Santiago. Este monje se instaló en Roma acompañando a Calixto II, a cuyo servicio permaneció los cinco años de su pontificado; luego viajó a Jerusalén, donde vivió algún tiempo, y recorrió diversos monasterios de Italia, Francia y Alemania, custodiando aquel formidable secreto.

»Años más tarde, con el sobrino de Calixto II convertido ya en rey de León y de Castilla y reinando con el nombre de Alfonso VII, Picaud regresó a Santiago por segunda vez y allí escribió la *Guía del peregrino*. Hacia 1137 el obispo Gelmírez, ya anciano y sintiendo cerca su final, encargó una copia del *Liber Sancti Iacobi* en la que se incluyeran el relato legendario del traslado del cuerpo del apóstol Santiago el Mayor, sus milagros, las batallas de Carlomagno bajo la protección del apóstol y la *Guía del peregrino* que había escrito Picaud.

»Sobre esa copia, el llamado *Codex Calixtinus*, el monje Aimeric, que no quería que el Evangelio de Santiago el Mayor se perdiera para siempre, ocultó el texto en griego. Lo escribió él mismo con una tinta especial que se fabricaba en Damasco y que había adquirido durante su estancia en Jerusalén. Esa tinta, muy utilizada en la Edad Media para enviar mensajes crípticos (por ejemplo los templarios solían hacerlo para transmitir órdenes e instrucciones militares), resulta invisible al ojo humano, pero si se le aplican los reactivos oportunos resurge y las letras resaltan sobre el pergamino como por arte de magia.

»Como ya les dije, hace unos años el Códice Calixtino fue fotografiado con cámaras especiales para realizar un facsímil. Ahí fue cuando el fotógrafo se dio cuenta de que había unas letras ocultas bajo el manuscrito. Nos enteramos de ello, conseguimos una copia de las fotografías, encargamos la traducción y el resto ya lo conocen porque han sido protagonistas.

—¿Qué ha hecho con el Códice? —demandó Diego.

—Ese manuscrito, las fotografías que se tomaron con las cámaras especiales y la traducción que encargamos ya no existen.

—¿Lo ha destruido?

—Ardió hace tres días en esa misma chimenea —asintió Roman.

—No lo creo —terció Patricia.

—Pues así fue. El fuego es el elemento purificador. ¡Qué ironía de la historia! Aquí al lado, en medio del curso del Sena en una islita que ya no existe, hace casi setecientos años ardió Jacques de Molay, el último maestre de la orden del Temple, junto a los últimos templarios. Ellos defendían la Iglesia y murieron por la ambición de un rey corrupto. En cierto modo, quemando el Códice los hemos vengado. Su contenido corrosivo no podrá ser utilizado por nadie y la fe católica se mantendrá indemne.

—¡Cómo ha sido capaz...!

—Ese texto desmentía los pilares de nuestras creencias más profundas. En ese presunto Evangelio se negaba la divinidad de Cristo y su igualdad con el Padre. Desde el Concilio de Nicea los católicos creemos en un solo Dios, integrado por tres Personas distintas, Padre, Hijo y Espíritu Santo. Ése es el gran misterio de nuestra fe, sin el cual el cristianismo católico no es nada. Creemos que las tres Personas tienen la misma naturaleza, y que Jesús fue engendrado, pero no creado, porque es eterno y ha existido desde siempre con el Padre y el Espíritu. La defensa de ese dogma ha provocado muchas muertes y ha hecho verter mucha sangre. Ahí radica nuestra gran diferencia con el judaísmo y con el islam, ése es el verdadero rasgo de identidad de los cristianos, lo que convierte a la católica en la religión revelada, genuina y verdadera, y a la Iglesia romana en garantía de su supervivencia y en guardián de la palabra de Dios.

»Pero, además, ese Evangelio negaba la virginidad de María, otro de nuestros dogmas fundamentales. Los católicos sostenemos que María fue fecundada por el Espíritu Santo como un rayo de luz atraviesa el cristal de una ventana, sin mancillarlo ni romperlo; así fue como Dios, que es la luz, sembró en ella su semilla. Y sostenemos que María nació sin pecado original y que fue virgen antes, durante y después del nacimiento de su hijo Jesús. Pero en el texto de Santiago el Mayor, María vuelve a casarse tras la muerte de su primer esposo, José, y tiene varios hijos con un segundo marido.

—¿Con Alfeo? —preguntó Patricia.

—Sí...; ¿cómo lo sabe? —se sorprendió Roman.

—Ya le dije que he hecho mis propias averiguaciones. Cotejando los cuatro Evangelios canónicos con los Hechos de los Apóstoles, las cartas de san Pablo y de otros apóstoles y los textos gnósticos y los Evangelios apócrifos he llegado a la conclusión de que la Virgen María dio a luz primero a Jesús, y que a la muerte de José se casó con Alfeo, de quien tuvo a Santiago el Menor, a José, a Simón, a Judas, a María y a Salomé. Tres de esos hermanos varones de Jesús, Santiago, Simón y Judas, formaron parte del grupo de los doce. No he podido averiguar el porqué no lo fue José.

—Porque había muerto; eso decía al menos el Evangelio de Santiago —aclaró Jacques Roman.

—Y también he descubierto que Santiago el Mayor y Juan, hijos de Zebedeo, lo eran también de Salomé, hermana de María y, por tanto, primos de Jesús, y que, muerto Zebedeo, Salomé se casó en segundas nupcias con Cleofás, otro de los discípulos de Cristo. Todo quedaba en familia.

—Sorprendente, señorita Patricia. Ha llegado usted a una conclusión similar a lo que hemos leído en el Evangelio perdido de Santiago el Mayor.

—Contrastando los textos del Nuevo Testamento y cruzando todos los datos, nombres y parentescos, la conclusión es evidente y salta a la vista como si se encendiera una potente luz en plena oscuridad. Así fue como comprendí que Cleofás, el discípulo citado por san Lucas tras la resurrección y con el que habla Jesús, fue el segundo esposo de Salomé, con el que se casó una vez muerto Zebedeo. Ésta, hermana de María, era la tercera mujer presente junto a la Virgen y a la Magdalena en los pies del Calvario, según se lee en el Evangelio de san Juan.

—¿Se cree usted más lista que todos los miles de investigadores, teólogos, filósofos e historiadores que han estudiado el Nuevo Testamento?

—En absoluto. Pero yo me he limitado a aplicar la lógica y la deducción, sin prejuicios religiosos, y ambas me indican que Jesucristo inició su predicación pública ayudado y seguido por un buen número de parientes: hermanos, primos y tíos, todos ellos originarios de la costa norte del lago Tiberíades, en torno a la ciudad de Betsaida. Esa familia constituía un verdadero clan en cuyo seno varios de sus miembros se enfrentaron en algunas pugnas larvadas y en peleas muy evidentes para hacerse con el control del primitivo cristianismo, incluso en vida de Jesús, pero sobre todo después de su muerte. Santiago el Mayor participó en ellas; en una ocasión incluso le pidió a Jesús un lugar preferente a su lado, lo que provocó el malestar del resto de los apóstoles, pero tuvo poco tiempo para hacerse con el control del cristianismo a la muerte de Jesús, porque fue el segundo mártir tras Esteban.

»Desde luego, tengo claro que los primeros cristianos se dividieron y enfrentaron a la muerte de Cristo en dos sectores. El primero de ellos estaba encabezado por los familiares de Jesús, con Santiago el Menor a la cabeza, a los que apoyaba María Magdalena; y el segundo por Pedro y los discípulos más exaltados, que pretendían eliminar a las mujeres del grupo de discípulos y desprestigiar a la Magdalena, cuya ascendencia sobre Jesús y sus familiares era muy intensa.

»En esa pugna fue Santiago el Menor, hermano de Jesús, quien logró hacerse con el control de la comunidad de cristianos de Jerusalén, arrebatándoselo a Pedro, quien tal vez resabiado por haber perdido el poder que le otorgó el propio Jesús tuvo que renunciar a sus postulados sobre la predicación a los judíos y aliarse con las tesis de Pablo, que defendía la idea de universalidad del mensaje de Cristo. Santiago el Menor era el verdadero heredero de la doctrina y la sangre de Cristo, y por eso desbancó a Pedro. En los Hechos de los Apóstoles se cuenta que cuando Pedro fue liberado de prisión acudió a casa de un tal Juan, de sobrenombre Marcos, hijo de María, y pidió que avisaran a Santiago de su liberación; es obvio que Santiago ya era el jefe de la comunidad. Además, también se opuso a Pablo, porque era el principal causante de desvirtuar las enseñanzas de Jesús, además de ajeno al núcleo familiar. Ante las disidencias que se atisbaban y que el propio Pablo comenta en su Carta a los gálatas, en donde llega a discrepar abiertamente con Pedro y se enfrenta con él en Antioquía, los dirigentes cristianos se vieron obligados a celebrar en el año 49 un concilio en Jerusalén, el primero de la Iglesia, para intentar solventar sus diferencias. Para entonces ya había sido ejecutado Santiago el Mayor, de manera que se reunieron en la casa de Santiago el Menor, quien gobernaba la pequeña comunidad de cristianos de Jerusalén; allí acudieron Pedro, Juan y Pablo. Es evidente que era la familia de Jesús la que seguía manteniendo las esencias de su mensaje, aunque el peso de Pablo, su estrategia y sus opiniones ganaban cada vez mayor influencia en las comunidades cristianas que se habían constituido en Siria, Anatolia y Grecia.

»Los familiares de Jesús se consideraban los verdaderos depositarios de su doctrina, los "sacerdotes" del grupo; los demás apóstoles actuaban como una especie de "guardaespaldas". ¿Recuerda, Jacques, el momento del prendimiento de Jesús en el huerto de los olivos? Ese episodio ratifica palmariamente cuanto afirmo. Cuando allí se produjo el prendimiento de Jesús, Pedro portaba una espada en una vaina escondida bajo su ropa, con la cual le cortó la oreja a uno de los criados del príncipe de los sacerdotes que iba en la comitiva de guardias judíos y soldados romanos que detuvieron a Jesús. ¿Qué hacía una espada en la mano de un apóstol que estaba participando en una ceremonia religiosa? Nada, salvo que ese apóstol fuera precisamente una especie de guardaespaldas.

»Los hermanos de Jesús estimaban que la jefatura de la comunidad de primitivos cristianos debía recaer en uno de ellos, y por eso, a la muerte de Santiago el Menor por lapidación en el año 63, fue Simón, hijo de Cleofás, quien se hizo cargo del patriarcado de Jerusalén. Y creo que este Cleofás es el mismo que se casó, una vez muerto Zebedeo, con Salomé, la madre de Santiago el Mayor y de Juan, que habría dado a luz a ese hijo de su nuevo matrimonio. Ese Simón era, por tanto, hijo de la tía de Jesús y su primo carnal; otra vez todo quedaba en la familia.

—Brillante, pero falso, absolutamente falso. Y aun en el caso de que todas esas fantasías que usted fabula de manera tan absurda fueran ciertas, en nada cambia la naturaleza divina de Jesucristo —afirmó rotundo Jacques Roman.

—¿Fantasías? Lo que usted nos ha contado sobre el contenido del Evangelio de Santiago el Mayor coincide con lo que yo le he explicado. Pero es igual todo eso, ¿qué les importa a los que creen ciegamente en lo que dicta la Iglesia? Aunque aparecieran cien, mil nuevos Evangelios y textos verídicos desmintiendo la naturaleza divina de Jesús y se analizara una prueba irrefutable de ADN que certificara que fue un hombre mortal, hijo de otro hombre mortal y de María, los cristianos seguirían creyendo ciegamente que Jesús fue hijo de Dios, y el mismo Dios a la vez encarnado en un cuerpo humano y mortal.

»Y lo que voy a decirle ahora puede que le levante más de una ampolla. Jesús se proclamó a sí mismo "rey de los judíos" ante una pregunta del gobernador romano Poncio Pilato, y así constaba en el cartel que unos soldados romanos colocaron sobre su cruz: "Éste es Jesús, el rey de los judíos". Creo que esa apreciación era correcta, porque María bien pudo ser preñada por Herodes el Grande, el rey de los judíos.

—Usted delira, Patricia —comentó Roman.

—Herodes fue designado rey de Judea por los romanos en el año 37 a. J. C. Fue él quien construyó el último gran templo de Jerusalén, el que destruyó el general romano Tito en el año 70 y del que sólo se conserva el muro de las Lamentaciones. Herodes tuvo una hermana llamada Salomé, un nombre frecuente por cierto en la familia de Jesús, pues lo llevaba su tía y una de sus hermanas. Jesús nació en el año 7 o en el 6 a. J. C. y Herodes murió en el 4 a. J. C. a los sesenta y nueve años, de modo que bien pudo haber sido su padre.

»Herodes el Grande era un hombre promiscuo, pues tuvo diez esposas y una docena de hijos al menos. Pero su favorita fue una bella princesa asmodea llamada Mariamne, a la que amaba profundamente. Salomé instigó una intriga para que Herodes se sintiera lleno de celos hacia su favorita a la que mandó asesinar en el año 29 a. J. C.; la muerte de Mariamne lo sumió durante meses en una profunda depresión. Desde entonces, la vida amorosa de Herodes se desenvolvió en una verdadera vorágine de lascivia. María bien pudo ser una de sus últimas amantes, a la que habría dejado embarazada dos o tres años antes de morir. Si hubiera sido así, María hubiera dado a luz al hijo del rey de Judea, el soberano de los judíos, y la familia de Jesús consideraría que aquel niño era el candidato a suceder a su padre en el trono de Judea y recuperar así la tradición bíblica del verdadero Mesías.

—¡Está usted completamente loca! No diga barbaridades, Patricia. Además, Herodes ordenó la matanza de los Inocentes.

—Ése es un bulo más de los que inventaron los primeros cristianos y que no parece tener la menor credibilidad histórica. Herodes fue un rey amado por su pueblo, gran constructor de obras públicas y merecedor de un enterramiento monumental. Su tumba, en la colina cuya cumbre coronaba uno de sus palacios, el Herodión, se encuentra a trece kilómetros al sur de Jerusalén, y está en proceso de excavación por los arqueólogos.

»Los descendientes legítimos de Herodes el Grande se inquietaron mucho ante las pretensiones de la familia de Jesús, a la que persiguieron. ¿Imagina por qué? Herodes Antipas, tetrarca de Galilea, ordenó prender a Juan el Bautista, pariente de Jesús, que anunciaba la llegada del nuevo reino del Mesías, y lo ejecutó. El episodio es bien conocido: el tetrarca se había casado con Herodías, la que fuera mujer de su hermano Filipo, y el Bautista se lo recriminó porque iba en contra de la ley. Durante un banquete Salomé, hija de Herodías y de Filipo, bailó ante Herodes Antipas y éste, entusiasmado, le ofreció cuanto quisiera pedir. Salomé le solicitó la cabeza de Juan el Bautista, y la consiguió.

»Tras esa ejecución, Jesús se sintió amenazado de muerte, huyó al desierto y se refugió en Galilea, la región donde contaba con más seguidores y familiares. Allí realizó varios milagros y se ganó a mucha gente. Aclamado por muchos, tuvo el valor necesario para presentarse en Jerusalén, donde fue aclamado como hijo de David y como Mesías. Herodes Antipas vio amenazada su herencia real y decidió acabar con él. Se puso en marcha para conseguirlo y logró una condena del Sanedrín, el máximo tribunal de los judíos, por blasfemo. San Lucas cuenta en su Evangelio la alegría del tetrarca Herodes cuando el gobernador romano Poncio Pilato le envió a Jesús para que lo juzgara tras haberle preguntado que si era el rey de los judíos y no encontrar motivos de condena según la ley romana.

—Usted es la que está blasfemando, señorita. ¡Jesús es el hijo de Dios! —clamó Roman.

—¿De verdad cree usted que Jesús, un hombre de carne, sangre y huesos humanos, fue engendrado por obra del Espíritu Santo?

—Ése es el gran misterio de nuestra fe, que nada puede destruir. Muchos lo han intentado en los últimos dos mil años: los sanguinarios emperadores romanos que persiguieron a los primeros cristianos y los ejecutaron en las arenas de los circos; el emperador Juliano el Apóstata, que pretendió la vuelta al paganismo en el siglo IV; los bárbaros paganos que destruyeron iglesias y asesinaron a cristianos durante las invasiones pero que acabaron aceptando la verdadera religión; los vikingos con sus rafias devastadoras en parroquias y monasterios; los herejes de todo pelaje como Pablo de Samosata, Arrio o Prisciliano, que torcieron el mensaje de Dios; las sectas diabólicas como los cátaros, los valdenses o los hussitas, que negaban los dogmas más sagrados y rechazaban a la jerarquía eclesiástica; los reformistas alunados y mendaces como Erasmo, Lutero y Calvino, que socavaron los cimientos de la fe y la doctrina; los príncipes protestantes como Enrique VIII de Inglaterra, que persiguieron a la Iglesia y trataron de arruinarla; los ilustrados autoproclamados hijos de la diosa Razón como Rousseau, que renegaron de la fe; los masones, confabuladores en sus contubernios contra el papado; los liberales; los izquierdistas; los comunistas; los ateos... Pero todos han fracasado estrepitosamente en sus vanos intentos por arrumbar la obra de Dios y de su hijo Jesucristo, la verdadera Iglesia de los Santos. —Roman hablaba como un verdadero poseído.

—En ese caso, ¿por qué ha destruido usted el Evangelio de Santiago el Mayor? ¿Por qué la Iglesia se niega a reconocer los textos que cuestionan sus dogmas?, algunos de ellos aceptados por ella misma en épocas bien recientes.

—Usted no sabe nada, Patricia, nada. La Iglesia ha soportado tempestades mucho mayores. Cuando murió Jesús, el número de sus seguidores era tan sólo de ciento veinte; hoy, dos mil años después, somos más de mil millones. Uno de los doce primeros apóstoles, Judas Iscariote, lo traicionó, y luego se ahorcó atormentado por su terrible pecado, pero otro apóstol, Matías, lo sucedió y ocupó el decimosegundo asiento entre los doce elegidos. Cuando un cristiano era asesinado en la arena del circo, su sangre fertilizaba la comunidad y hacía brotar la verdadera fe en el corazón de otros hombres. La sangre de los mártires fue el abono que propició la expansión del cristianismo, y siempre será así.

—Sigo sin creer que usted haya quemado el Códice —Patricia insistió.

—Yo sí lo creo —terció Diego—. Usted lo ha hecho para defender los intereses de su grupo, ¿verdad? ¿Quiénes son ustedes en realidad?

—Somos la verdadera Iglesia de Jesucristo, los únicos herederos de la tradición que ahora muchos cuestionan y quisieran alterar. Somos los genuinos guardianes de la auténtica fe, los descendientes inmaculados de aquellos primeros seguidores de Jesús, los que escucharon la palabra de Dios de boca de Bernabé y decidieron llamarse cristianos en Antioquía; somos los discípulos de Pablo de Tarso, el apóstol de los gentiles, que predicó la buena nueva hasta su martirio en Roma; somos los seguidores de Felipe el evangelista, al que Dios concedió el preciado don de la profecía; somos los continuadores de los creyentes que se reunían en el Pórtico de Salomón tras la muerte de Jesús, y que seguimos velando hasta que aparezca en el cielo la señal del Hijo del hombre anunciando su llegada y el fin del mundo.

»Hoy ha sonado la quinta trompeta, la que precede a una plaga de terribles langostas, surgidas del pozo del abismo tras caer una estrella, que atormentará a la humanidad. Pero no se confundan, esas langostas no son insectos, sino monstruos terribles armados para la batalla, desbocados como caballos salvajes en la estampida, con corona de oro y cara de hombre, cabello de mujer y dientes de león, armados con corazas de acero y colas de escorpión que provocan un ruido estruendoso con sus alas. ¿Han visto los helicópteros de combate sobrevolando las tierras de Afganistán y de Irak, y lanzando fuego sobre ellas? ¿No les parecen las langostas metálicas que describe san Juan en el Apocalipsis? El final se acerca.

Jacques Roman parecía haber entrado en éxtasis. Hablaba con la vehemencia de un profeta, la pasión de un fanático y la clarividencia de un iluminado.

Diego pensó que aquel hombre culto e inteligente se había trastornado, que había sido abducido por esa especie de extraña locura que arrastra a hombres y mujeres cabales a un abismo místico en el que lo terrenal ya nada importa, un mundo onírico donde se confunde la realidad concreta con las profecías más escabrosas.

Por el contrario, Patricia sí comprendió las palabras de Jacques Roman y supo que aquel hombre ejecutaría la misión que le había sido encomendada aunque tuviera que llevarse por delante a media humanidad. Tal era la fuerza de la fe que mantenía la esencia vital de millones de personas.

—Imagino que aquí termina nuestra relación —supuso Diego, que comenzaba a preocuparse por los desvaríos de Roman.

—En este asunto sí, pero tal vez necesitemos en otra ocasión de sus servicios. Han sido ustedes muy competentes y estamos plenamente satisfechos con el trabajo que han realizado.

El tono de voz de Roman cambió de tal manera que parecía el de otro hombre.

—¿Para proporcionarle a usted algún otro manuscrito que destruir? —preguntó Patricia.

—Si es necesario, por supuesto.

—En ese caso puede interesarle el manuscrito que acabamos de ver en Londres. Se trata de una copia del Evangelio de Tomás Dídimo Judas, ya sabe, el «gemelo»; contiene algunos cambios con respecto a la que se encontró en Nag Hammadi en 1945 y que se guarda en El Cairo. Puede que sea suyo por medio millón de euros.

—Conozco ese texto atribuido al apóstol Tomás, aunque se escribió en el siglo IV; es absolutamente inofensivo —adujo Roman—. Por cierto, ¿qué opina del apóstol Tomás, señorita Patricia?, ¿también era pariente de Cristo?, ¿otro primo, quizá?

—¿Quién sabe? Tal vez aparezca algún día algún otro texto donde se aclare todo; es probable que en este mismo que acabamos de ver en Londres.

—Si lo encuentra, manténgame informado.

—No dude de que lo haré.

—Les deseo mucha suerte en sus futuros trabajos, queridos amigos. Y perdonen que no almuerce con ustedes, había adquirido un compromiso previo que no he podido anular.

—No se preocupe, Jacques, ya habrá otra oportunidad para hacerlo.

Jacques Roman los acompañó hasta la salida de su residencia.

—Ha sido un placer trabajar con ustedes.

Les dio la mano y desapareció tras la puerta.

—Tenías razón, este hombre está completamente loco. Es un caso paradigmático de doble personalidad; por momentos habla como un orate visionario y, de repente, vuelve a ser el Jacques Roman elegante, calmado y pausado que conocemos —comentó Diego ya en el portal del inmueble.

—Piensa lo mismo que una buena parte de la humanidad, aunque él lo defiende con mucha mayor vehemencia en esos momentos en que se transforma en un iluminado dogmático —dijo Patricia.

—Pues en ese caso, esa parte de la humanidad también está loca.

SEXTA TROMPETA

LOS ÁNGELES EXTERMINADORES EJECUTARÁN A UN TERCIO DE LA HUMANIDAD

Un mes después de la desaparición del Códice la prensa había dejado de publicar noticias del robo. Sólo aparecían, de vez en cuando, algunas referencias en las páginas de cultura de los periódicos o un recopilatorio de cinco minutos en los programas de resúmenes semanales de las televisiones. La esperanza de que el ladrón lo devolviera el día de la fiesta del apóstol, el 25 de julio, o en los días siguientes se desvaneció.

La policía había interrogado a centenares de personas, había revisado casi mil horas de imágenes de las cámaras de vídeo de la catedral, había contactado con todos los departamentos de Patrimonio Histórico de las principales policías europeas, había hablado con sus agentes infiltrados en las redes de falsificación y de venta clandestina de antigüedades, había buscado el asesoramiento de antiguos delincuentes especializados en este tipo de robos, pero seguía sin tener ninguna pista firme; sólo el olfato profesional de Gutiérrez, que había atisbado alguna sombra de sospecha en las respuestas del Peregrino durante su interrogatorio.

El lunes 1 de agosto el Peregrino se incorporó puntualmente a su puesto de trabajo en las oficinas del arzobispado, tras disfrutar de sus vacaciones. Siguiendo las indicaciones de la policía de Compostela, una pareja de la Guardia Civil lo había vigilado discretamente, pero apenas pudo constatar que el sacerdote se dedicaba a pasear por los caminos de la aldea, acercarse hasta la costa para contemplar el mar, acudir de compras a Barreiros y ayudar en las tareas domésticas a su hermana. Autorizadas por el juez las escuchas a su móvil, sólo se habían producido diez llamadas en veinte días, y ninguna de ellas guardaba la menor relación con el robo.

—¡No tenemos nada, nada! —clamó el comisario jefe en una reunión con los inspectores que seguían al frente del caso.

—Hemos descartado la intervención de una banda internacional de delincuentes profesionales. Ni una sola de las pesquisas que han llevado a cabo nuestros colegas europeos ha dado el menor resultado. Eso significa que probablemente el Códice no ha salido de Santiago. Es más, probablemente siga oculto en algún lugar de la catedral —dijo Gutiérrez.

—¿Qué te hace pensar eso, Manolo?

—Pues que una pieza valorada en seis millones de euros no desaparece de la noche a la mañana sin dejar el menor rastro. La Interpol asegura que nada se ha movido en las redes del mercado ilegal de antigüedades que controla, y está claro que para llevar a cabo este robo ha sido imprescindible la colaboración de personal de la catedral, alguien con la suficiente confianza como para moverse por cualquier dependencia sin despertar la menor sospecha. Durante varios días hemos peinado la ciudad, hemos realizados controles exhaustivos, hemos visionado centenares de horas de vídeo, hemos revisado uno a uno los nombres de todos los clientes que se alojaron en los hoteles de Santiago y de todas la localidades a cien kilómetros a la redonda, los de los pasajeros de los vuelos nacionales e internacionales, los movimientos bancarios de la primera semana de julio, y no hemos logrado el menor indicio, nada a lo que agarrarnos.

—¿Sigues pensando en ese sacerdote?

—Mi olfato de policía así lo indica. De todos los empleados de la catedral que hemos interrogado es el único que me ha hecho sospechar que puede estar implicado —insistió Gutiérrez.

—Pero ya has visto el informe de la Guardia Civil, y las escuchas de sus llamadas telefónicas...

—Ese tipo se fue de vacaciones el viernes 1 de julio, el día que, en mi opinión, se perpetró el robo. Según he podido averiguar, abandonó la residencia religiosa donde vive sobre las diez de la mañana del viernes 1 de julio con su maleta preparada. Se despidió de las monjitas que atienden la residencia y se marchó en su coche. Desde Santiago a su aldea en la costa de Lugo se tarda alrededor de una hora, por tanto debería haber llegado a su destino entre las once y las doce, pero no lo hizo hasta las tres de la tarde. ¿Dónde estuvo esas dos o tres horas? Yo creo que fue al archivo, cogió el Códice y se lo llevó, o lo escondió en algún lugar de la catedral. Debemos interrogarlo de nuevo y pedir autorización para una inspección de su casa en la aldea de Lugo y en su residencia aquí en Santiago.

—¿Qué opinas, Teresa? —le preguntó el comisario a la inspectora Villar.

—Es el único indicio que tenemos. Deberíamos hacer lo que el inspector Gutiérrez sugiere. Nuestras pesquisas en los medios internacionales no han dado ningún resultado, nada perdemos investigando a ese sacerdote.

—De acuerdo. Lo citaremos en comisaría otra vez. Lo interrogaréis de nuevo vosotros dos. —El comisario señaló a Teresa y a Gutiérrez—. Entre tanto, registraremos sus dos residencias.

Tras los registros efectuados en la residencia del Peregrino en Santiago y en su casa familiar de la aldea de Lugo no se produjo ningún hallazgo que pudiera relacionarlo con el robo.

—Este sacerdote sólo posee objetos personales, ropa, libros y revistas religiosas, la mayoría de organizaciones católicas muy reaccionarias —comentó Teresa, que esperaba en la comisaría de Santiago la llegada del Peregrino—. Tal vez tu olfato se haya equivocado.

—Veremos —se limitó a comentar Gutiérrez.

El sospechoso había sido citado a las once de la mañana, y llegó puntual.

—Siéntese, por favor —le indicó Gutiérrez.

Como en la primera ocasión en que lo interrogaron, los dos policías estaban a solas con el Peregrino en el mismo pequeño despacho.

—¿Le importa que grabemos la conversación?, ya sabe, es la rutina.

El Peregrino asintió.

—¿Qué quieren ahora de mí? Ya estuve en este lugar declarando y les dije a ustedes dos que no sé nada de ese robo. Han registrado mi habitación en la residencia y mi casa familiar, y no han encontrado nada porque no tengo nada que ocultar.

—Hemos estado investigando sobre su salida de Santiago el día 1 de julio. —Gutiérrez abrió su libreta de notas y la consultó—. Usted dejó la residencia a las diez de la mañana, y les dijo a las monjitas que partía hacia su casa familiar para iniciar las vacaciones, pero no llegó hasta pasadas las tres de la tarde. ¿Recuerda qué hizo durante todas esas horas?

—Sí. Lo que hago siempre que voy a salir de viaje: fui a la catedral y recé ante la tumba del apóstol un par de rosarios.

—Pues no hizo eso el último domingo de julio. Según el informe que tenemos de la Guardia Civil de Barreiros, usted asistió a misa por la mañana, regresó de inmediato a su casa, comió con su hermana y salió para Santiago. No rezó ese par de rosarios.

—Lo hice durante la misa —asentó el Peregrino—. ¿Qué pretenden ustedes?

—Recuperar el Códice —intervino Teresa—. Tenemos la sospecha de que usted puede estar implicado en este asunto.

—Les repito que no tengo nada que ver; no sé nada —reiteró el Peregrino.

—Voy a hacerle una propuesta —terció Gutiérrez—: si el ladrón se arrepintiera y devolviera el Códice, haríamos la vista gorda y suspenderíamos la investigación. El caso estaría resuelto, aunque no se hubiera detenido al ladrón.

—Mire, padre —intervino Teresa—, la devolución podría hacerse de manera absolutamente anónima. El secreto de confesión está amparado por nuestras leyes y por el Concordato, de manera que si el ladrón, fuera quien fuese, confesara ante un sacerdote dónde está escondido el Códice y lo devolviera por ese método, nosotros nada más podríamos hacer. Es fácil.

—Creo que me están acusando, de modo muy taimado, de haber robado ese libro, pero les repito que nada sé del asunto.

—Robar es un pecado, padre, y mentir, otro. Y los pecados mortales se castigan con la pena eterna en el infierno; usted debería saberlo bien. —Gutiérrez intentaba presionar al Peregrino.

—¿Estoy acusado de algo?

—No, no lo está.

—En ese caso, ¿puedo marcharme?; tengo mucho trabajo atrasado en la oficina.

Los dos inspectores se miraron.

—De acuerdo, puede irse, pero manténgase localizado, es probable que volvamos a llamarlo.

—Buenos días.

El Peregrino salió de comisaría.

—Este tipo está implicado; lo sé, lo huelo —dijo Gutiérrez.

—Tal vez tengas razón, pero se ha mantenido firme y ha ratificado su inocencia.

—Necesitamos presionarlo más, apretarle las tuercas hasta que confiese.

—Esos métodos no son legales, te lo recuerdo, inspector.

—Le prepararemos una trampa; si es culpable, caerá en ella —propuso Gutiérrez.

—¿Y si es inocente?

—Entonces la habremos jodido. Pero te aseguro que está implicado en el robo.

—¿En qué estás pensando?

Teresa Villar y Manuel Gutiérrez almorzaban en un mesón de la rúa do Franco.

—En cómo desenmascarar a ese cura —contestó Gutiérrez a la pregunta de su colega.

—¿Estás maquinando algún tipo de trampa?

—Sí. Será la única manera de comprobar si ese cura está implicado.

—Olvídate de eso.

—Ese tipo lo ha escondido en algún lugar, probablemente en la misma catedral. Imagino que habrá mil sitios donde hacerlo.

—Ni siquiera podemos presentar un móvil que incitara a ese sacerdote al robo. Lleva una vida austera; desde luego, el móvil económico queda descartado. Y sí, no es el más amable de los compañeros de trabajo, pero nadie ha sospechado de él. Ninguno de los que hemos interrogado ha dejado caer la menor insinuación sobre él.

—El deán declaró que no podía revelar si sospechaba de alguien porque si lo hiciera sería un juicio temerario, lo que considera un pecado; tal vez él sepa algo más de este cura. Y es evidente que entre los empleados de la catedral existe un pacto de silencio para no acusar a ningún colega. Pero yo estoy seguro de que ha sido él, lo presiento.

—¿Lo hueles?

—No te burles de mí.

—Lo siento, Manolo, no era mi intención. Pero insisto, con respecto a este sacerdote no tenemos ni el cuerpo del delito ni el móvil para el robo, de modo que, según el manual, estamos como empezamos.

—Tiene que haber algún resquicio, una pista, una prueba, algo más...

—¿... que tu intuición? ¿Y si estás equivocado?

—No lo estoy.

—No basta con conjeturas; ningún juez procesa a nadie por simples conjeturas. Hacen falta pruebas, testigos, certezas, o al menos algunos indicios. Eso es lo que me enseñaron en la Academia.

—¿Y si hubiera algo más importante en este caso?

—¿A qué te refieres? —le preguntó Teresa.

—A una venganza. Quizá ese cura oculte algún resquemor contra la Iglesia, o contra el arzobispo, o contra el deán, o contra todo el mundo. Quizá se trate de un hombre resabiado que ha rumiado durante años su amargura y ahora ha aflorado de golpe, y busca con ello la manera de vengarse de algo.

—¿De qué?

—No lo sé, maldita sea, no lo sé.

Aquella tarde un periodista del principal periódico de Galicia llamó a la policía de Santiago. Demandaba información sobre el estado de la investigación. Se puso Gutiérrez y le dijo que se descartaba la idea de que hubiera sido un robo perpetrado por una banda internacional por motivos económicos, que se desconocía el móvil del robo pero que estaban seguros de que había alguien compinchado en la catedral para poder llevarlo a cabo, que seguían buscando el Códice y que creían que podía permanecer oculto en algún lugar del complejo de la catedral.

Al día siguiente, ese diario informaba sobre la nueva hipótesis de la policía y dejaba caer que entre los empleados de la catedral había muchas rencillas, de manera que el robo podía haber sido motivado por alguna de aquellas soterradas pendencias.

El comisario entró en el despacho de Gutiérrez hecho una furia.

—¿Es esto cosa tuya? —le preguntó arrojando sobre su mesa el periódico del día.

—¿Tú qué crees?

—Escucha Manolo, sé bien que el periodista que firma esta información es un buen amigo tuyo. ¿Qué cojones le has dicho?

—Comisario, llevamos un mes mareando la perdiz. No tenemos nada. Esos chicos de Madrid, licenciados en arte, en derecho, en historia y que manejan las últimas tecnologías periciales, no tienen ni puta idea de la práctica de este oficio. La clave de este caso está en ese cura. Si lo presionamos, acabará cantando y nos conducirá al Códice. Déjame actuar y te lo entregaré envuelto en papel de regalo y con un lazo de seda.

—¿Qué propones?

—Ponerle una trampa.

—Eso es ilegal.

—¿Tú crees, comisario?

El hombre reflexionó unos instantes.

—Imagino que ya has pensado algo.

—Manejo dos posibilidades: o ha actuado solo por razones de venganza contra la catedral o contra alguno de sus mandamases, o lo ha hecho en compañía de otros por razones que se me escapan pero que no son económicas. En el primer supuesto no tendría cómplices, de manera que no caería en una trampa donde hubiera de por medio un compinche. Pero si existen otros implicados creo que picará el anzuelo. Le enviaremos una carta anónima a su casa familiar en la aldea de Lugo, donde suele acudir cada quince días.

—¿Y qué dirá esa carta?

—Le propondrá una cita aquí en Santiago, en la catedral.

—Con eso no lograremos nada. Sospechará que somos nosotros los que estamos detrás y lo ignorará.

—No lo creo. Sabe que es sospechoso, y, si es culpable, cometerá algún error y se delatará. He escrito esto.

Gutiérrez le mostró un papel al comisario, quien lo leyó.

—«El día X, a las cinco de la tarde, en el último bando del crucero del lado de la epístola.»

—¿Sólo eso?

—Tal vez funcione.

—Olvídate.

—Pero...

—Es una orden, Manolo. No juegues a detectives de películas de serie B norteamericanas. Seguiremos trabajando como lo hemos hecho hasta ahora.

—Así no conseguiremos una mierda.

—Los tiempos de la Inquisición ya pasaron, Manolo. Eres un buen policía, el mejor de mis inspectores, pero te ordeno que te atengas al procedimiento legal.

Gutiérrez salió a tomar el aire. Hacía calor; tras un mes de lluvias y de temperaturas anormalmente bajas para el mes de julio, agosto había comenzado caluroso.

En la entrada de comisaría se cruzó con Teresa.

—Tenemos la comprobación de las pruebas de ADN del laboratorio de biología de la Universidad de Santiago —le dijo la inspectora.

—¿Alguna novedad?

—Ratifican los primeros análisis; hay ADN de ochenta y tres personas, como ya sabíamos. Pero han precisado que veinticuatro de esas muestras coinciden con el ADN de empleados de la catedral.

—¿Está nuestro cura entre ellas?

—Sí. ¿Y a que no sabes dónde se han encontrado huellas de su ADN?

—En la tirita.

—No, ahí no.

—Pues dímelo tú.

—En un cabello recogido al lado de la puerta de la cámara de seguridad del archivo; también hay un par de huellas dactilares suyas en la reja.

—Lo tenemos.

—No tan deprisa, compañero. Eso no demuestra que el sacerdote estuviera en las últimas semanas allí. Las huellas pueden ser de hace meses y el cabello pudo ser llevado por otra persona. No sé, en las suelas de los zapatos, en la ropa...

—Y un carajo. Ese tipo hizo una copia de la llave, abrió la puerta y se llevó el Códice, y dejó allí su ADN y sus huellas.

—En el armario no había restos de ADN suyo, sólo en la puerta —precisó Teresa.

—Vamos, acompáñame.

—¿Adónde?

—A visitar las ferreterías de Santiago y las tiendas donde hagan copias de llaves. Ya lo hicimos en una ocasión con la cuarta llave; ahora lo haremos con una foto del cura. Empezaremos por las más cercanas a la catedral. Te aseguro que ese cura hizo una copia de la llave.

Durante toda la tarde los dos inspectores recorrieron los locales donde se hacían copias de llaves en Santiago con una foto del Peregrino. Algunos empleados les dijeron que ya les habían preguntado por aquella llave y nadie recordaba si el hombre de la foto había encargado alguna copia en alguno de aquellos establecimientos en las semanas anteriores.

—¿Y ahora qué? —Teresa estaba sentada en un banco, con Gutiérrez al lado, contemplando la foto del Peregrino. Eran las ocho y media y, tras toda una tarde dando vueltas por las ferreterías de Santiago, no habían logrado nada.

Entonces Gutiérrez sacó su móvil, marcó el número del Peregrino y puso el suyo en modo altavoz para que Teresa también escuchara la conversación.

—¿Quién es?

—Padre, soy el inspector Gutiérrez. ¿Puedo hacerle una pregunta?

—¿Es que no van a cansarse nunca? No tengo nada que ver con ese robo.

—¿Ha estado usted alguna vez en el archivo de la catedral?

—Sí, pero hace tiempo. Ya les dije que no suelo frecuentar ese espacio.

—¿Cuándo fue la última vez?

—Hace unos meses.

—¿Y recuerda el motivo?

—Creo que fue para consultar unos libros.

—¿Bajó a la cámara de seguridad?

—No.

—Pues acabamos de recibir unos análisis de ADN que lo sitúan a usted en esa estancia, y han encontrado dos huellas dactilares suyas en la reja de entrada. Estamos comprobando si usted hizo una copia de la llave de la puerta de la sala de seguridad. —Durante unos segundos se hizo un denso silencio—. ¿Está usted ahí?

—Sí, aquí sigo.

—¿Tiene algo que decirme?

—Déjeme unos días, luego hablaremos. Yo lo llamaré.

—Como desee, buenas tardes, padre.

Tras cortarse la conversación, Teresa estalló.

—¿Estás loco? Acabas de revelar pruebas periciales y has presionado a un testigo; ese sacerdote te puede acusar de acoso.

—¡Es él, seguro que es él! Ahora lo sé. ¿Has escuchado su tono de voz? Era el de un culpable.

—¿De nuevo tu olfato? Mejor dicho, ¿tu oído?

—Te apuesto una cena a que este cura lo canta todo. Creo que está comenzando a derrumbarse.

Jacques Roman y Su Excelencia paseaban por los jardines de la fachada sur de la catedral de Notre-Dame de París. El día era caluroso y el agua del Sena discurría lenta y pausada, como si ninguna de las gotas de agua quisiera abandonar la ciudad que bañaba en su camino hacia el mar.

—El cerco al Peregrino se está incrementando. La policía española lo ha interrogado en dos ocasiones y, al parecer, ha dado alguna muestra de debilidad —confesó Su Excelencia—. ¿Qué sabe ese hombre?

—Apenas nada, Excelencia. Aunque acabara confesando, la policía nunca llegaría hasta nosotros.

—¿Y a los dos argentinos?

—El Peregrino sólo los ha visto dos veces.

—Suficiente para poder identificarlos.

—Pero no sabe ni dónde viven ni quiénes son.

—Su descripción, el modus operandi y alguna circunstancia más podría dar a la policía datos suficientes para su localización.

—Carecen de ficha policial; eso lo comprobamos antes de encargarles este trabajo.

—He visto las nuevas informaciones de la prensa española; ahora la policía apunta hacia un sospechoso que trabaja en la catedral y que ha robado el Códice por venganza, no por ánimo de lucro.

—La policía está dando palos de ciego porque no tiene pistas sobre el caso, y por eso no deja de filtrar hipótesis sin el menor fundamento —dijo Roman.

—No se confíe, Jacques. Todas las filtraciones que haga la policía serán interesadas, y ninguna de ellas responderá a la verdad.

—No lo hago, Excelencia, pero creo que esta operación ha sido perfecta. Jamás se enterarán de lo ocurrido, se lo aseguro. Además, la prensa española apenas se preocupa ya por el Códice; ahora está más pendiente de la crisis económica, del fútbol y de la visita del papa a Madrid a mediados de este mismo mes.

—¡Ah!, serán unas jornadas inolvidables. Yo acompañaré a Su Santidad a Madrid; y espero que al regreso de ese viaje firme mi nombramiento como cardenal.

—¡Enhorabuena, Excelencia!

—Ya está todo el expediente listo; sólo falta la rúbrica del papa. Por eso debemos ser muy cuidadosos con todo este asunto. No nos puede estallar en las manos, y menos ahora. Si el Peregrino se derrumbara y comenzara a cantar, todo se desmoronaría.

—Nada de eso ocurrirá.

—No estoy seguro. Debemos poner remedio para que es hombre no se derrumbe, y es preciso hacerlo de manera drástica e inmediata. El Peregrino puede hacer fracasar nuestro plan. Ya sabe cómo debemos actuar en estos casos.

—Perdone, Excelencia, pero creo que no podemos forzar este asunto hasta las últimas consecuencias. El Códice ha sido destruido, su contenido borrado para siempre y nadie podrá seguir su pista desde Compostela hasta mi domicilio en París. De eso sí estoy seguro. Aunque ese hombre confesara, no dejaría de ser considerado un pobre loco.

—Está decidido, el Peregrino no puede ser un problema. Encárguese de solucionarlo antes de que la policía lo acorrale y acabe confesando cuanto sabe. Y que sea rápido.

—Te lo dije; ha pasado más de un mes desde que nos llevamos el Códice Calixtino y tras los primeros días de aluviones de información, poco a poco, la prensa ha ido perdiendo el interés por ese manuscrito. Hace una semana que no se publica una sola noticia al respecto. Imagino que acabará siendo olvidado y llegará un momento en que nadie se preocupará por su paradero. Unos meses más y el caso quedará archivado por la policía española —le comentó Diego a Patricia.

—¿Crees que debemos seguir con tantas precauciones? —demandó Patricia.

—Por supuesto. Que la prensa haya renunciado a dar más informaciones no significa que la policía se haya olvidado del caso, al menos por ahora.

—¿Crees que nos sentiremos seguros alguna vez?

—Lo estamos. Nos protege gente muy importante que evitará que este caso se resuelva.

—Eres muy optimista —dijo Patricia.

—Todo ha salido conforme estaba previsto, demasiado perfecto.

—¿Tú crees que el Peregrino operaba solo en este asunto en Santiago?

—Yo pienso que no, que alguien lo tuvo que ayudar para que todo fuera tan fácil. Ese cura no es experto en robos, ni en medidas de seguridad. Sólo lo vimos en dos ocasiones, pero imagino que te diste cuenta de que no era el tipo de hombre que es capaz de poner en marcha por sí solo semejante operativo. En el interior de la catedral y de su archivo alguien más tuvo que estar compinchado con él. Todo estaba demasiado bien planeado como para ser obra de un sacerdote que lo único que ha hecho en su vida es celebrar misa en los pueblos y clasificar cartas y solicitudes en una oficina del arzobispado.

Un nuevo correo electrónico entró en el ordenador de Diego.

«La sexta trompeta ha sonado. Los cuatro ángeles exterminadores ejecutarán a un tercio de la humanidad. En ese momento se producirá un intervalo y el ángel del Señor le mostrará al apóstol Juan el libro de los siete sellos, y Juan se lo comerá antes de que suene la séptima trompeta.»

—¿Otro trabajo? —le preguntó Patricia al fijarse el interés que mostraba Diego en la pantalla del ordenador.

—Es Jacques Roman. Me escribe que los ángeles exterminadores que anuncian la sexta trompeta del Apocalipsis han sido liberados para ejecutar a un tercio de la humanidad.

—Otra vez ese maniático con su tesis de que se acerca el fin del mundo.

—Pues si tiene razón en sus previsiones está muy próximo; sólo faltaría el toque de la séptima y última trompeta y después, el cataclismo final. Espera, el texto de Roman trae un archivo adjunto.

Diego lo abrió. Era un documento en PDF con la noticia de una página de un periódico de París. Recogía la terrible masacre perpetrada unos días atrás por un católico ultraderechista y alunado que había matado a varias decenas de jóvenes en una isla noruega y que había colocado un coche-bomba en el centro de la ciudad de Oslo, provocando numerosos daños.

—¡Dios santo!, esto es un aviso. —Patricia se echó las manos a la cabeza al leer la noticia—. Roman nos está diciendo que hay iluminados dispuestos a matar por la defensa de su fe y de sus ideas. El asesino de esos jóvenes noruegos es un católico que se relacionaba con grupos de la extrema derecha europea. Tal vez los mismos en los que está metido Jacques Roman. Empiezo a tener miedo, Diego, mucho miedo.

—Cálmate. —Diego abrazó a su pareja—. Ese asesino noruego no era sino un demente que provocó la muerte de muchos inocentes y se refugió en una ideología criminal para huir de sus frustraciones personales. Pero no era nada más que un loco, aunque capaz de llevar a cabo cualquier salvajada criminal. Esta gente con la que hemos negociado no se comporta así. Ya conoces a Jacques Roman; es un hombre educado, culto e inteligente. No lo creo capaz de dirigir a individuos como ese criminal noruego, mucho menos de adoctrinarlos, y en absoluto de ordenarles la perpetración de una matanza indiscriminada de inocentes.

—En situaciones normales, tal vez, pero lo hemos visto entrar en una especie de trance místico durante el cual lo considero dispuesto a cualquier cosa. A lo largo de la historia del crimen ha habido terribles asesinos que durante la inmensa mayoría de su vida eran ejemplares padres de familia, pero cuando se despertaba en ellos la animalidad del criminal que llevaban dentro salían a la calle y no se quedaban tranquilos hasta que no calmaban a la bestia que habitaba en su interior mediante el derramamiento de la sangre de inocentes.

—¡La bestia del Apocalipsis! Voy a por la Biblia.

Diego cogió el ejemplar de tapas de plástico rojo y la abrió por el último de los libros.

—Su número es el 666 —puntualizó Patricia.

—Sí, aquí está. San Juan lo narra en tiempo pasado, pero se trata de una profecía. Tras el toque de la séptima trompeta, de una mujer nacerá un niño que gobernará sobre todas las naciones. Y entonces aparecerán las bestias: un dragón que será vencido por el arcángel Miguel y arrojado a la tierra. Allí perseguirá a esa mujer sin alcanzarla. Y luego surgirán dos bestias, una de las profundidades del mar a la que adorarán los hombres, y otra de las entrañas de la tierra, que tendrá un número, el 666.

—Nadie ha sabido explicar jamás qué significa en realidad esa cifra —puntualizó Patricia.

—Dice el Apocalipsis que «Quien tiene inteligencia, calcule el número de la bestia, que su número es de un hombre, y el número de la bestia es seiscientos sesenta y seis».

—¿Qué significa eso? —le preguntó Patricia.

—Aparentemente sólo una cifra. Ya sabes que los judíos eran maestros en el arte de la cábala, la disciplina que combina matemáticas, aritmética, geometría, religión y gramática, una doctrina mística a la que llaman la ciencia de la verdad y cuyo destino estricto es la comprensión de la Torá. El núcleo de la cábala son los *sephiroth*, los diez números que combinados con las veintidós letras del alfabeto hebreo constituyen el plan de creación de todas las cosas. El 1, 2 y 3 están en la parte superior, formando un triángulo; el 4, 5, 7 y 8 en el medio, cada uno en el vértice de un cuadrado en cuyo centro está el 6; el 9 y el 10 en la parte inferior. El 6 es el número de la compasión, el esplendor y la belleza, el número del centro.

—Pues según la cábala hebrea, el número 6 no tiene nada que ver con la bestia del Apocalipsis, 666. ¿Qué querrá decir esta cifra? —se preguntó Patricia.

—Hay quien la ha relacionado con algunos emperadores romanos que persiguieron a los cristianos, como Nerón o Domiciano; así, en números romanos, seiscientos sesenta y seis se escribe DCLXVI, que serían las iniciales de la frase latina *Domitius Caesar Legatos Xristi Violenter Interfecit*, es decir «el emperador Domiciano asesinó a los enviados de Cristo». Pero el Apocalipsis se escribió en griego, no en latín. También se ha identificado ese número con el papa de Roma, considerado por algunos como el verdadero anticristo. Incluso corre por ahí el chascarrillo de que 666 es en realidad WWW, es decir, las siglas de Internet. Aunque recientemente se han hallado textos en los que parece ser que san Juan no escribió 666, que sería una mala traducción del original, sino 616 como el número de la bestia. Todo un lío.

—Me parece que nadie sabe muy bien qué significa ese número.

—Es lo que tienen las profecías, que pueden ser interpretadas de mil maneras diferentes.

SÉPTIMA TROMPETA

EL ANUNCIO DE LA VENIDA DEL REINO DE DIOS

Como hacía un fin de semana sí y otro no, el Peregrino cogió su coche y salió hacia su pueblo en la costa de Lugo. La presión de la policía lo había puesto muy nervioso y su cabeza no cesaba de dar vueltas a lo que había hecho. Esa semana se había sentido convulso por los remordimientos. Una tarde había pasado un par de horas arrodillado en un banco de la catedral, pidiendo al santo apóstol que le mostrara alguna luz sobre cómo debía comportarse.

Barajó la posibilidad de confesarse y declarar su participación en el robo, a salvo de ser denunciado por la salvaguarda del secreto de confesión. Pero, con ello, el Códice no regresaría al archivo; de hecho, el Peregrino ni siquiera sabía dónde se encontraba. Lo único que podía declarar a la policía era su encuentro con los dos argentinos en Madrid y en Oporto, cómo se fraguó el plan y el número de un teléfono móvil de alguien que podía residir en París y el de los dos argentinos.

Durante el viaje en coche a su domicilio familiar, el viernes por la tarde, no cesó de pensar en ello. Al llegar a su destino, su hermana lo esperaba a la puerta de la casa, como cada quince días, como cada período de vacaciones.

Enseguida se dio cuenta de que su hermano no estaba bien. Tenía el rostro demudado, el rictus amargo, los ojos vidriosos y la mirada perdida.

—¿Te encuentras mal? —le preguntó, preocupada por su aspecto.

—Sí. Hace demasiado calor, incluso para esta zona. Beberé un poco de agua y se me pasará enseguida.

Entraron en la casa pero no se dieron cuenta de que un par de individuos los observaban en la distancia.

Una llamada despertó de la siesta dominical al inspector Gutiérrez.

—Manolo, vente en cuanto puedas a comisaría.

Era la voz del comisario jefe de Santiago.

—Hoy es domingo. ¿Qué ocurre?

—Se trata de tu sospechoso. El cuerpo de ese sacerdote ha aparecido flotando en una playa de Lugo, cerca de la aldea donde tiene su casa familiar.

—Voy enseguida.

El inspector se levantó como impulsado por un muelle, se metió en la ducha y salió presto hacia comisaría.

—¿Cómo ha sido? —preguntó nada más llegar.

El comisario estaba reunido con un par de agentes.

—Lo han encontrado a primeras horas de la mañana. Ayer sábado, tras la comida, marchó a pasear como acostumbraba. Su hermana, preocupada por su tardanza, salió a buscarlo por el sendero que le gustaba recorrer desde su casa hasta la costa, pero no lo encontró. Preguntó a sus vecinos por si lo habían visto pero nadie supo darle noticias de su paradero. Sobre las ocho de la tarde, y como el sacerdote tampoco respondía a las llamadas al móvil, la hermana se dirigió al cuartel de la Guardia Civil para denunciar su desaparición. Lo buscaron sin resultado alguno. Como ya te he dicho, ha aparecido esta misma mañana ahogado en la playa. Nos han llamado enseguida porque lo mantenían vigilado desde que les comunicamos que era sospechoso.

—Pues no lo han hecho demasiado bien, porque este cura o se ha suicidado o se lo han cargado —sentenció Gutiérrez.

—Según la Guardia Civil, ha podido tratarse de un accidente; tal vez se acercó demasiado a la orilla y un golpe de mar lo arrastró aguas adentro —supuso el comisario.

—Vamos, jefe, ese hombre pasaba allí todas sus vacaciones y muchos fines de semana. Había nacido en ese lugar y conocía perfectamente toda esa costa. Además, ayer el mar estaba en calma.

—Pudo caer al mar; quizá sintió un mareo, una indisposición...

—Déjame ir a ese pueblo.

—El atestado lo instruye la Guardia Civil de la zona.

—Es un testigo del robo del Códice Calixtino, y este caso lo llevamos nosotros. Ese cura era uno de los investigados.

El comisario reflexionó.

—De acuerdo. Llamaré al comandante del puesto de la Guardia Civil y le diré que vas a ir por allí...

—Mañana mismo. Y déjame que llame a la inspectora Villar, quiero que me acompañe.

—Hace unos días que se marchó a Madrid; aquí ya no tenía nada que hacer.

—Lo sé, pero me gustaría que me acompañara; si la llamo ahora puede estar mañana a primera hora en el aeropuerto, la recogeré y saldremos directamente hacia Barreiros. Para ello necesitará que solicites desde aquí la autorización a sus superiores.

—No sé por qué te permito que sigas por ese camino.

—Porque sabes que tengo razón —sentenció Gutiérrez.

La mañana del lunes hacía calor en Santiago, pero nada comparable al bochorno que estaba asolando aquellos días Madrid.

—Hola, Manolo. —Teresa saludó a su colega con dos besos.

—Déjame que lleve la maleta. ¿Has tenido buen viaje?

—Perfecto. Bien, cuéntame.

Durante la larga hora que duró el viaje desde el aeropuerto de Santiago hasta Barreiros, Gutiérrez puso a la inspectora de la brigada central de Patrimonio Histórico al corriente de lo sucedido con el Peregrino.

El inspector detuvo su coche delante del cuartel de la Guardia Civil. El comandante del puesto, un sargento de mediana edad, calvo, delgado y con un fino bigote, de los que ya no se usaban en el cuerpo de la Benemérita, los recibió.

—Buenos días, inspectores. Ayer tarde nos comunicaron de la comandancia de La Coruña que nos pusiéramos a su disposición. Ustedes dirán.

—Muchas gracias, sargento. Se trata de la muerte de ese sacerdote, vecino de una aldea cercana, cuyo cadáver encontraron ayer en la playa. Estaba siendo interrogado por el caso del robo del Códice Calixtino de la catedral de Santiago, y hemos creído conveniente acercarnos para conocer los detalles.

—Como ya me informaron que venían por ese asunto, les he preparado una copia del atestado. Ésta es.

El inspector Gutiérrez leyó en voz alta el folio y medio redactado por uno de los guardias del cuartel.

—Aquí se dice que la muerte del sacerdote fue un accidente.

—Eso dedujeron los dos números que acudieron a la playa, y lo ratificó el forense de Barreiros. Al parecer, el cura caminaba por la orilla y debió de meterse en el agua hasta las rodillas, porque el cadáver no llevaba calzado. Es probable que resbalara y cayera entre las rocas, porque se le apreció un golpe en la cabeza que debió de aturdirlo, y a consecuencia de ello se ahogó.

—¿Se le ha practicado la autopsia?

—El juez del juzgado de primera instancia lo decidirá esta misma mañana. El cuerpo se halla en el depósito comarcal de cadáveres. Puedo acompañarles, si lo desean.

—Se lo agradeceremos, sargento —intervino Teresa.

—Por cierto, sargento, ¿llevaba ese hombre un teléfono móvil?

—No, tan sólo una cartera con un par de fotos, los carnés de conducir y de identidad y unos billetes.

El cadáver del Peregrino presentaba un fuerte golpe en la parte posterior de la nuca. En el informe del forense se argumentaba que podía haberse producido al resbalar sobre las rocas de la playa y haber caído de espaldas sobre una de ellas.

El juez, a la vista del informe de la Guardia Civil y del forense, desestimó que se hiciera la autopsia y autorizó que pudiera enterrarse al sacerdote.

Gutiérrez, enterado de la decisión del juez, llamó inmediatamente al comisario de Santiago.

—Jefe, el cura ha sido asesinado, estoy completamente seguro, pero el juez no ha ordenado que se le practique la autopsia y va a ser enterrado esta misma tarde en el cementerio de su aldea. Necesito que consigas que la Audiencia Provincial de Lugo ordene que se le practique la autopsia al cadáver.

—Manolo, cálmate. He recibido por correo electrónico el atestado de la Guardia Civil y el informe del forense, y nada hace pensar que ese sacerdote haya sido asesinado.

—¡Y una mierda! A ese cura se lo han cargado de un golpe en la cabeza, le han quitado los zapatos y el teléfono móvil y lo han arrojado al mar. En la zona de la nuca tiene la huella de un impacto contundente y seco, probablemente ejecutado con un palo grueso, una barra de hierro o algún objeto similar.

—Déjalo estar. Ahí ya no tenéis nada que hacer. Regresad a Santiago.

—Escúchame, por favor, consigue esa orden para hacerle la autopsia, comisario.

—No insistas, Manolo. Y regresa a Santiago hoy mismo.

Teresa Villar escuchó la conversación de los dos policías, y cuando vio el gesto de Gutiérrez al acabar de hablar con su jefe supo que no renunciaría a continuar con las pesquisas, ni siquiera por una orden de su superior.

—Vamos a ver a la hermana del cura —propuso Gutiérrez.

—Ya has oído al comisario; debemos regresar a Santiago.

—Serán unos minutos.

—Estás incumpliendo el reglamento y saltándote la orden de un superior, eso puede acarrearte una sanción disciplinaria.

—Si tú no me denuncias, no tiene por qué enterarse.

—Vale, pero sólo unos minutos; luego regresaremos a Santiago.

Preguntaron por la dirección que tenían anotada de la casa del Peregrino y se acercaron con el coche hasta la aldea.

La vivienda familiar del Peregrino era una modesta pero amplia casa de labriegos de dos plantas, con un establo anexo, ubicada a unos quinientos metros del centro de la aldea, rodeada de un prado y muy cerca de la costa.

La puerta estaba abierta y ante ella había media docena de personas que habían acudido a visitar a su vecina y a darle el pésame por la muerte de su hermano.

Los dos policías se identificaron y solicitaron hacerle unas preguntas.

—Sentimos la muerte de su hermano, señora. Lo conocíamos desde hace unas semanas, y nos gustaría, si fuera tan amable, que nos contestara a unas preguntas. Serán unos pocos minutos.

La hermana del Peregrino, una mujer cercana a los setenta años, acostumbrada a acatar las indicaciones de la autoridad, aceptó.

—¿Su hermano solía meterse en el mar? —le preguntó Gutiérrez.

—No. Ni siquiera sabía nadar. Le gustaba pasear por los senderos, a la vista del mar, pero nunca en la playa. No sé por qué lo hizo anteayer.

—¿Percibió algo extraño en él?

—Me pareció más cansado, y quizá estuviera algo más callado que de costumbre, un poco taciturno tal vez, pero no hizo nada diferente a lo habitual. Mi hermano era un hombre de costumbres.

—¿Habló alguien con él el día de su desaparición?

—Creo que no. Llegó de Santiago el viernes por la tarde, me ayudó en las tareas de la casa y en la alimentación de los animales; el sábado fuimos al cementerio, a rezar ante la tumba de nuestros padres, luego comimos y salió a dar su paseo habitual. Y ya no volví a verlo.

—Iba solo.

—Sí. Le gustaba pasear en soledad. A veces yo lo acompañaba, pero el sábado hacía calor y me quedé en casa.

—¿Habló con algunas personas?, ¿alguien preguntó por él?

—No, nadie, al menos que yo sepa.

—Y no vio usted a nadie extraño por aquí esa mañana o el día anterior...

—No. Hay días que sí viene gente forastera que recorre la costa en busca de la playa de las Catedrales, pero el sábado estuvo esto muy tranquilo.

—¿Y su teléfono móvil? La Guardia Civil no lo encontró en el cadáver.

—Cuando salía a pasear lo dejaba encima de su mesilla de noche, pero ayer se lo llevó con él.

—Muchas gracias, señora, no la molestaremos más, y permítame que la acompañemos en el sentimiento por la muerte de su hermano.

Cuando estaban a punto de salir de la salita donde se habían entrevistado con la hermana del Peregrino, ésta los llamó.

—Perdonen, señores, pero he recordado una cosa que sucedió hace unas tres semanas.

—Díganos.

—Un día, a fines de julio, cuando mi hermano todavía estaba de vacaciones, vi a dos hombres que merodeaban por los alrededores de nuestra casa. Mi hermano había salido y cuando regresó se dirigieron hacia él como si lo estuvieran esperando y estuvieron hablando los tres un buen rato. Cuando se marcharon le pregunté a mi hermano que quiénes eran y me dijo que se trataba de turistas franceses que buscaban la playa de las Catedrales y que se habían despistado. A mí no me parecieron turistas, e incluso le dije a mi hermano que tal vez convendría avisar a la Guardia Civil.

—¿Recuerda algo más?

—Sí. Iban en un coche grande de color rojo oscuro o granate, pero estaban un poco lejos, al comienzo del camino a la entrada de la casa, como para ver más detalles. Ya soy mayor y mi vista no es demasiado buena.

—Gracias de nuevo.

Los dos inspectores salieron de la casa del Peregrino.

—¿Qué hacemos ahora? —preguntó Teresa.

—No lo sé. Este caso se ha convertido en un rompecabezas irresoluble. Porque si el cura ha sido asesinado por sus cómplices, eso quiere decir que hay más gente implicada, y que nuestra teoría de un robo por venganza o despecho queda al descubierto. Y la pieza que podía ofrecer alguna luz ha sido eliminada. En una ocasión me dijiste que este caso o se resolvía en unos días o no se resolvería nunca; y es probable que tengas razón, que no se resuelva jamás.

Los dos inspectores almorzaron en un bar de carretera y luego continuaron ruta hasta Santiago. En comisaría los esperaba el comisario.

—Debiste pedir que le practicaran la autopsia al sacerdote —le dijo Gutiérrez a su jefe.

—He llamado al delegado del gobierno para consultarle este asunto, y me ha dicho que no era necesario, que los informes de la Guardia Civil, del forense y del juez resultan suficientemente claros. Además, he pedido un listado de todas las llamadas que recibió y envió ese sacerdote en su móvil, el cual no se ha encontrado ni en el cadáver ni en su casa. Aquí tenéis el listado de llamadas que nos ha proporcionado hace una hora su compañía telefónica.

—¿Y este número? —Teresa señaló uno bastante extraño que se repetía en unas seis ocasiones entre los meses de abril y julio.

—Lo hemos localizado hace un par de horas. Corresponde al de una cabina pública de París, ubicada junto a una iglesia, o lo que queda de ella, que se llama... Saint-Jacques, la iglesia o la torre de Santiago.

—¡No me jodas! —exclamó Gutiérrez—. Jacques es Santiago en español. No puede ser una casualidad que eligieran precisamente esa cabina de París para hacer esas llamadas al cura de Lugo.

—¿Quién podría llamar desde esa cabina de París a un hombre tan anodino como ese sacerdote? —demandó Teresa.

—No tenemos la menor idea. Tal vez un amigo, un familiar o un feligrés emigrado a Francia.

—No pudo ser otro que su contacto en París para robar el Calixtino, que utiliza una clave obvia: Santiago en Galicia y Jacques en París —terció Gutiérrez.

—¿Y estos otros dos números? —preguntó Teresa.

—Éste es el de un teléfono móvil con la modalidad de prepago y sin identificar que ya no está operativo; fue comprado en París por alguien anónimo hace unos meses y ayer mismo dejó de funcionar. Y éste corresponde a un número de una compañía suiza. Lo estamos intentando identificar, pero no es tan fácil. Desgraciadamente no podemos conocer el contenido de esas conversaciones porque la autorización de las escuchas fue posterior a esas llamadas —explicó el comisario.

—¡Está claro que ese cura participó en el robo y que se lo han cargado sus cómplices para evitar que hablara! Teléfonos de París y de Suiza; ahí tienes el móvil del robo: el dinero en una cuenta de un banco suizo —insistió Gutiérrez.

—Hemos revisado sus cuentas corrientes y no registran ningún movimiento extraño.

—Evidente: estaba previsto hacerle el pago en Suiza, pero lo han liquidado antes para no abonarle su parte —supuso Gutiérrez.

—Manolo, es probable que tengas razón en tu apreciación sobre ese sacerdote, pero si es así, ahora sí que hemos perdido la única lucecita que brillaba en este caso.

—Hace unas tres semanas dos individuos franceses hablaron con el sacerdote cerca de su casa familiar. Su hermana los vio, pero estaban algo alejados. Conducían un coche rojo.

—Imagino que no tienes ni la matrícula ni la descripción de esos dos tipos.

—No, ya te he dicho que la hermana los vio a lo lejos, y tiene cerca de setenta años. No pudo darnos más detalles, pero estoy seguro de que esos dos tipos estaban compinchados con el cura. Podríamos seguir esa pista.

—Vale. Dos franceses en un coche rojo en el mes de julio en España: eso es todo. ¿Por dónde te parece que empecemos? —ironizó el comisario.

—Podemos precisar más: dos franceses en un coche rojo a finales de julio en la costa de Lugo.

—Olvídate.

—Lo que ordenes, jefe, tú mandas.

El comisario se atusó el pelo y apretó los puños.

—Afortunadamente los periodistas apenas se interesan por el Códice, porque yo ya no sabría qué decirles. Nos hallamos en una vía muerta, y no encontramos la manera de salir de ella —comentó.

—¿Vas a proponer el cierre de este caso?

—El delegado del gobierno me ha apremiado para que le propongamos una solución, pero seguimos sin el menor indicio sobre el autor del robo.

—Fue el cura al que han asesinado —asentó Gutiérrez, tajante.

—Tal vez, pero su muerte nos ha cerrado la única puerta que manteníamos abierta para la resolución del enigma.

A punto de salir hacia Madrid para acompañar al papa en su visita a la Jornada Mundial de la Juventud Católica, Su Excelencia se entrevistó con Jacques Roman en los jardines de Notre-Dame de París.

—El Peregrino ha sido enterrado en su aldea de Galicia —le informó Roman.

—¿Alguna incidencia?

—Ni la más mínima, Excelencia. No se ha hecho la autopsia, y nuestros dos hombres han regresado a París sin dejar huella, como acostumbran.

—Perfecto; buen trabajo. ¡Ah!, y lamento mucho la muerte del Peregrino, pero comprenderá que no podíamos arriesgarnos a que comenzara a hablar. Por lo que hemos podido saber, estaba a punto de hacerlo.

—Lo entiendo, Excelencia, lo entiendo, pero ese hombre nos hizo un buen servicio.

—Y con su muerte lo ha seguido haciendo. Por cierto, la policía española ha localizado el número de móvil de los dos argentinos.

—¡Dios mío!, ¿cómo han podido saberlo?

—El Peregrino los llamó en varias ocasiones desde su móvil —explicó Su Excelencia.

—Le dije que no lo utilizara, que los llamara desde una cabina o desde un teléfono público, jamás desde su móvil.

—Pues no le hizo caso, Jacques. Están averiguando el nombre del propietario del móvil en Suiza, y no creo que tarden demasiado en dar con él. Si lo localizan estaremos en peligro, de manera que también habrá que solucionar este problema. Encárguese usted mismo, y enseguida, por favor.

—Excelencia, he tratado con ellos en varias ocasiones, puede decirse que casi hemos entablado una cierta amistad... Puedo avisarles para que desaparezcan.

—Lo siento. Conoce de sobra el procedimiento a seguir en estos casos. Pero si no se siente capaz, dígamelo, y buscaré a otro que ocupe su lugar.

—No será necesario; lo haré yo mismo, Excelencia.

—Sea discreto.

El avión de Teresa Villar salía hacia Madrid poco después de las nueve y media de la mañana. Manuel Gutiérrez la recogió en el hotel y la acompañó al aeropuerto de Santiago.

—Continuaré con las investigaciones del robo en Madrid. Tengo mucho material encima de la mesa y habrá que volver a repasar todos los informes. Y esos números de teléfono en París y en Suiza abren nuevas vías de investigación —le dijo al inspector.

—¿No te tomas unas vacaciones?

—Creo que lo dejaré para más adelante. Si el Códice no ha aparecido todavía, y hace ya mes y medio de su sustracción, creo que será muy difícil recuperarlo. Si lo han sacado fuera de España, resultará complicado seguirle la pista. Tal vez tardemos años en encontrarlo, si es que alguna vez lo recuperamos. En la brigada central hemos manejado varios supuestos, pero no tenemos indicios para optar por alguno de ellos. Primero pensamos en un robo por encargo de un coleccionista a una organización internacional de ladrones de obras de arte, y luego en que había sido un empleado de la catedral que lo había hecho por despecho o venganza, e incluso barajamos la idea de un ladrón que pediría un rescate por el manuscrito para repartir su importe entre los pobres, una especie de moderno Robin Hood.

—¿Ha ocurrido alguna vez algo así? —le preguntó Gutiérrez mientras tomaban un café a la espera de la llamada para el embarque.

—En varias ocasiones. La más conocida ocurrió en Londres, a mediados del siglo XX. Un taxista entró en la National Gallery, descolgó el retrato que Goya le hizo al duque de Wellington y se largó con él bajo el brazo. A los pocos días pidió una recompensa por el cuadro para repartirla entre la gente pobre, según confesó.

—¿Y qué ocurrió?

—Que mantuvo el cuadro escondido cuatro años, durante los cuales no cesó de enviar notas a la policía. Al final lo devolvió de forma anónima y unos meses más tarde se entregó a la policía.

—¿Así, sin más?

—Sí. Y algo similar ocurrió hace un siglo, cuando se robó la *Mona Lisa*, el famoso retrato de *La Gioconda* de Leonardo da Vinci del Museo del Louvre. Al parecer se la llevó un trabajador italiano que estaba realizando unas obras en el museo. Se dice que lo robó por orgullo nacionalista; aunque todavía sigue siendo un misterio lo que en realidad ocurrió. Como puedes ver, se han producido robos de obras de arte por las causas más variopintas y con los móviles más diversos que puedas imaginar.

—Pero, por lo que cuentas, la mayoría de los ladrones con ese perfil se arrepienten y devuelven lo que han sustraído.

—A veces no. Hace unos años desapareció una escultura de varias toneladas destinada al Museo Reina Sofía de Madrid, y todavía no se ha descubierto su paradero a pesar de su peso y su volumen. En la brigada disponemos de bastantes expedientes de robos de obras de arte y de antigüedades que siguen sin resolverse. Algunos quizá no se aclaren nunca.

Por megafonía escucharon la llamada para el embarque de los pasajeros del vuelo a Madrid de las nueve horas y cuarenta minutos.

—Ése es mi avión; tengo que embarcar. Seguiremos en contacto.

Teresa se acercó a Gutiérrez y se dieron un beso en la mejilla; luego se abrazaron.

—Gracias por tu ayuda, y por creer en mí —le dijo el inspector.

—Ha sido un placer conocerte. Te llamaré.

De regreso a comisaría, el inspector Gutiérrez repasó sus anotaciones. El Peregrino, su único sospechoso, había muerto en extrañas circunstancias, víctima de un accidente en la costa según la Guardia Civil y asesinado por sus cómplices según el propio Gutiérrez.

Aquel sacerdote era la única pista que el inspector había podido intuir, a pesar de carecer de otro tipo de datos objetivos. Había fallecido, pero ahí estaban aquellos teléfonos: el de la cabina cercana a la torre de Saint-Jacques de París, el móvil sin identificar comprado en la capital francesa que había dejado de estar operativo el domingo por la mañana y el de una operadora suiza del que aún no tenían información precisa. Gutiérrez decidió seguir investigando en esa dirección.

—¿Ya se ha marchado la inspectora Villar? —le preguntó el comisario jefe a su subordinado.

—Hace una hora. Yo mismo la he acompañado al aeropuerto.

—Una mujer muy inteligente. Lástima que no haya podido ayudarnos más.

—Sí, una pena.

—Mira, Manolo, he decidido que será mejor aparcar la investigación del robo del Códice por algún tiempo. Esta misma mañana he desayunado con el delegado del gobierno, con el alcalde y con el consejero de Cultura, y los tres han mostrado poco interés por mantener todo el dispositivo desplegado hasta ahora. Se ha enfriado la información en las agencias de prensa y eso les ha provocado una cierta calma y no poca desatención a este asunto, que ya no ocupa la prioridad que le otorgaron durante el mes de julio, de manera que, si no aparecen datos nuevos, deberemos dejar las pesquisas en suspenso.

—Pero, jefe, ahora hay también un asesinato.

—Si te refieres al sacerdote ahogado, olvídalo. Ése es un caso cerrado. La conclusión de la investigación oficial ha resuelto que resbaló en las rocas de la playa, se golpeó la cabeza en su caída y se ahogó en el mar.

—Sabes que no fue así. Tú mismo has visto los números de teléfono a los que llamó: la cabina de París, ese móvil anónimo que curiosamente dejó de estar operativo el domingo y ese otro móvil suizo.

—Estamos intentando identificar al propietario, pero resulta bastante complicado. Los suizos nos piden garantías absolutas de que no se van a conculcar los derechos constitucionales de ningún ciudadano de ese país, y para llevar a cabo esa identificación debe intervenir un juez suizo para autorizarla.

—¿Y cuánto tardarán?

—Si el juez no considera relevante esa información, es probable que ni tan siquiera la consigamos. Ten en cuenta que no disponemos de pruebas, ni de una acusación formal sobre ese sacerdote, que ha fallecido por accidente según el parte oficial. Además, es probable que sea un móvil de prepago, como el francés, y que su propietario no esté identificado.

—Pero sí podremos saber en qué tienda se compraron esos dos móviles, en qué fecha, dónde se produjeron las recargas de dinero...

—Lo siento, estoy atado de pies y manos. Deja el caso, por el momento, y recupera el trabajo atrasado.

—Voy a tomar un café —dijo Gutiérrez apretando los dientes.

En realidad, el inspector quería estar solo. Salió de comisaría a la avenida de Rodrigo de Padrón y subió por la de Raxoi hasta entrar en la plaza del Obradoiro. Frente a él, plena de luz del mediodía, la fachada barroca de la catedral lucía como una enorme escultura creada por un platero barroco. La contempló como nunca antes lo había hecho y se dirigió hacia su interior. Los turistas admiraban la parte inferior del Pórtico de la Gloria, pues la superior seguía cubierta por andamios y telas, y deambulaban por todas las naves del templo, asombrados ante sus dimensiones y la armonía de sus arcos, sus galerías y sus bóvedas, trazadas con un extraordinario sentido de la perspectiva y la proporción.

Se sentó en uno de los bancos y durante un buen rato repasó lo ocurrido en las últimas semanas: las distintas teorías que habían manejado sobre el robo, los cientos de declaraciones, interrogatorios e imágenes que habían observado. Y al fin, concluyó que, muerto el Peregrino, no tenía nada, absolutamente nada para resolver aquel caso.

Salió del templo, activó su móvil y marcó el número de Teresa Villar.

—Manolo, ¡qué poco has tardado en echarme de menos! —le dijo la inspectora al ver la procedencia de la llamada.

—¿Ya estás en Madrid?

—Sí, acabo de llegar a casa. Me voy a dar una ducha, almorzaré algo ligero y esta tarde pasaré por la brigada. El comisario jefe nos ha citado a las seis para hacer un balance de lo que hemos investigado estas semanas sobre el caso del Códice Calixtino.

—Pues vete olvidando del asunto, porque creo que quieren darle carpetazo de inmediato.

—¿Por qué dices eso?

—Porque me lo ha dicho mi jefe hace un rato. He cogido tal cabreo que he tenido que marcharme de comisaría. He estado en la catedral, a solas, una hora, y he llegado al convencimiento de que no les interesa conocer a los verdaderos autores del robo.

—¿Y a qué se debe ese cambio de opinión?

—No lo sé, pero hoy mismo está corriendo el rumor de que el Códice lo ha sustraído la propia Iglesia y que se lo han llevado a Roma, a los archivos del Vaticano.

—No parece lógico. ¿Qué motivo tendría la Iglesia para hacer algo así? —preguntó Teresa.

—Es lo que yo he pensado cuando en comisaría me han comentado ese rumor, pero hay algunos colegas que lo han tomado en consideración. En cualquier caso, y si no estoy equivocado, ve preparada a esa reunión para escuchar de boca de tu jefe algo similar a lo que me ha dicho el mío: que nos olvidemos del Códice.

—Lo tendré en cuenta. Ya te llamaré. Un beso.

—Otro para ti.

Gutiérrez guardó su móvil en el bolsillo del pantalón, se colgó la chaqueta de lino al hombro y decidió dar un paseo por el parque del campus de la universidad. Estaba seguro de que su jefe no lo echaría en falta durante el resto de la mañana.

Los domingos son días de descanso absoluto para los suizos. Está absolutamente prohibido hacer ruidos que puedan molestar a los vecinos, como sacar la basura, segar el césped del jardín o poner la música a más volumen del necesario.

Aquel domingo, el tercero de agosto, Patricia y Diego se habían levantado más tarde de lo habitual. El sábado habían salido a cenar fuera y habían regresado pasada la medianoche.

Antes de la cena habían dado un largo paseo y habían hablado mucho de su relación. Diego, a pesar de que en una ocasión le había pedido a Patricia que le dejara continuar con ese modo de vida, le confesó a su pareja que los últimos días había reflexionado con calma y que había llegado al convencimiento de que ya era hora de abandonar la delincuencia y procurar recuperar el tiempo perdido. Tras la cena, se sentaron en una terraza a orillas del lago Lemán, en cuya superficie se reflejaba una perfecta media luna. Tomaron una botella de champán y se miraron a los ojos como si estuvieran recién enamorados.

Luego se fueron a casa, se besaron como nunca, se acariciaron y decidieron que había llegado el momento de poner fin a esa etapa de su vida. Por primera vez hicieron planes que nada tenían que ver con el tráfico ilegal de arte sino con su propio futuro.

Argentina, España o Uruguay, les daba igual el lugar dónde pasarían el resto de su existencia, lo importante era iniciar una nueva etapa en la que su época de delincuentes y traficantes de obras de arte y de antigüedades no fuera otra cosa que un recuerdo cada vez más difuso y lejano en su memoria.

Hicieron el amor, con la media luna de testigo en su ventana, y se abandonaron a un sueño reparador; por primera vez en mucho tiempo, atisbaron una esperanza en el porvenir.

Como tenía por costumbre, Diego se dispuso a preparar el desayuno, siempre abundante y variado. Aquella mañana de domingo Patricia decidió no salir a correr y se quedó en la cama remoloneando entre las sábanas, dichosa y satisfecha, aguardando a que su pareja la llamara para bajar a desayunar juntos. Estaba muy contenta y se sentía feliz porque sabía que una nueva vida, ahora sí, se abría ante ellos.

Diego se dirigió a la cocina, abrió el frigorífico y colocó encima de la mesa un bote de mermelada, una lata de mantequilla, varias tostadas, un poco de fruta y zumo de pomelo. Luego cogió un cazo y lo llenó de agua para calentarla y preparar la infusión de mate. Contempló la superficie del lago Lemán a través de la ventana y recordó la pasada noche de amor. Sonrió. Sintió que la decisión que habían tomado la tarde anterior de abandonar su actual modo de vida le había quitado a él un gran peso de encima y había hecho muy feliz a Patricia, y pensó en hacerle el amor de nuevo, tras el desayuno.

Colocó el cazo de agua sobre el quemador, giró el mando para que saliera el gas y le aplicó un fósforo. Aquél fue su último gesto.

Una tremenda explosión destruyó la casa de Patricia y Diego a orillas del lago Lemán. Los vecinos que se asomaron a sus ventanas o salieron a la calle tras escuchar el enorme estruendo pudieron contemplar una lengua de fuego que ascendía desde el centro de la casa hasta varios metros por encima, para luego dar paso a una columna de humo negro y nuevas llamaradas producto de la combustión del edificio, buena parte de él construido con madera.

Cuando se disipó el humo y remitieron las llamas pudo comprobarse la magnitud de la catástrofe. Parte del tejado de la casa había desaparecido, esparcido en miles de pedazos por los alrededores, las ventanas habían reventado y los restos que permanecían en el lugar que había ocupado la vivienda ardían consumidos por un fuego devorador.

Desde un altozano a un kilómetro de distancia, Jacques Roman presenciaba el incendio con unos prismáticos. Su rostro no denotaba el más mínimo rictus, ninguna expresión. A su lado, dos hombres fornidos lo escoltaban junto a un coche, impasibles, con los brazos cruzados, como si lo que sucedía en aquella casa en llamas no fuera con ellos.

Roman sostenía en sus manos una Biblia. A la vista del incendio, la abrió por el libro del Apocalipsis, buscó el capítulo 11 y leyó en voz alta.

—«El séptimo ángel sonó la trompeta, y se sintieron grandes voces en el cielo que decían: el reino de este mundo ha venido a ser de Nuestro Señor y de su Cristo, que reinará por los siglos de los siglos.»

Cerró la Biblia, se persignó y con la punta de su zapato dibujó en la tierra una cifra: 666.

Hizo una señal a sus hombres y uno de ellos le abrió la puerta de la berlina negra de alta gama, con los cristales tintados. Se metió en el coche y la puerta se cerró tras él. Los dos hombres que lo acompañaban se montaron en los dos asientos delanteros.

—¿Adónde, señor? —preguntó el que conducía.

—A París, y sin detenernos, salvo para repostar si es necesario. Quiero estar allí cuanto antes. ¡Ah!, y como siempre, buen trabajo, señores; los felicito.

Cuando la berlina se alejaba en dirección a Ginebra, Jacques Roman giró la cabeza para comprobar lo que quedaba de la casa en llamas. Era evidente que cualquier persona que hubiera estado allí dentro en el momento de la explosión habría quedado completamente calcinada.

—Y al fin sonará la séptima trompeta, que anunciará la venida del reino de Dios —musitó Jacques Roman antes de recostar su cabeza en el asiento para intentar conciliar el sueño.

Jacques Roman estaba leyendo el periódico en la biblioteca de su casa de París, a la vez que saboreaba un martini y fumaba una pipa. Sobre la mesa, en la tercera página del diario de inspiración católica el papa declaraba que la fe en Cristo no era posible fuera de la Iglesia, y conminaba a todos los jóvenes del mundo a abrazar la verdadera fe y a unirse a ella.

Su asistente lo interrumpió y le entregó un sobre de plástico que acababa de recibir mediante un servicio urgente de mensajería. Sabía de qué se trataba, pero dejó el periódico sobre la mesa y abrió el sobre para comprobar su contenido. Dentro había otro sobre de papel con el emblema del Vaticano al dorso, y en su interior un tarjetón encabezado por el escudo del papa.

Su Excelencia había sido nombrado cardenal de la Santa Iglesia Católica, Apostólica y Romana. El secretario del papa invitaba a Jacques Roman a la ceremonia de imposición del capelo cardenalicio al nuevo purpurado, que tendría lugar seis semanas más tarde en la basílica de San Pedro de Roma.

Tomó una tarjeta del escritorio y una pluma y escribió: «Excelencia: Me congratula enormemente su nombramiento como cardenal de la Santa Iglesia. Lo felicito con entusiasmo y le comunico que acudiré a Roma para acompañarlo en el día de su proclamación. Reciba un respetuoso saludo de su amigo Jacques Roman.»

Metió la tarjeta en un sobre, escribió la dirección de su Excelencia, lo cerró y lo dejó encima de la mesa.

Se acercó a una de las ventanas de su biblioteca. Las aguas del Sena fluían cadenciosas lamiendo las pilastras del puente de Sully. Bebió un sorbo de su martini y dio una calada profunda y abundante a su pipa, dejando que el humo del tabaco holandés inundara su boca antes de expulsarlo con lentitud parsimoniosa.

APÉNDICE

CITAS BÍBLICAS DE PERSONAJES RELACIONADOS CON JESÚS

Alfeo:
—Padre de Leví: Mc. 2, 14. Ep. XIV, 3
—Padre de Santiago el Menor: Mt. 10, 3. Mc. 3, 18. Lc. 6, 15. Hc. 1, 13

Andrés:
—Apóstol: Mt. 10, 2. Mc. 3, 18. Lc. 6, 14. Jn. 1, 40. Hc. 1, 13. Emm. 6
—Hermano de Pedro: Mt. 1, 18; 10, 2. Mc. 1, 16. Lc. 6, 14. Jn. 1, 40; 6, 8. Ep. XIV, 3

Bartolomé (¿Natanael?):
—Apóstol: Mt. 3, 10. Mc. 3, 18. Lc. 6, 14. Hc. 1, 13

Cleofás:
—Cuñado de María la Virgen: Jn. 19, 25
—Discípulo de Jesús: Lc. 24, 18

Felipe:
—Apóstol: Mt. 3, 10. Mc. 3, 18. Lc. 6, 14. Jn. 1, 43. Hc. 1, 13

Filipo:
—Esposo de Herodías: Mt. 14, 3. Mc. 6, 17. Lc. 3, 19
—Hermano de Herodes Antipas: Mt. 14, 3. Mc. 6, 18. Lc. 3, 1
—Tetrarca de Iturea y de Traconítide; Lc. 3, 1

Herodes el Grande:
—Rey de Judea: Mt. 2, 1. Lc. 1, 5

Herodes Antipas:
—Hermano de Filipo: Mt. 14, 3. Mc. 6, 18. Lc. 3, 1

—Rey de Galilea: Mc. 6, 14; 6, 21; 6, 26
—Tetrarca de Galilea: Mt. 14, 1. Lc. 3, 1; 3, 19; 9, 7

Herodías:
—Esposa de Filipo: Mt. 14, 3. Mc. 6, 17. Lc. 3, 19
—Esposa de Herodes Antipas: Mc. 6, 17

Isabel:
—Esposa de Zacarías: Lc. 1, 5; 1, 9; 1, 24; 1, 59
—Del linaje de Aarón: Lc. 1, 5
—Pariente de María la Virgen: 1, 36
—Prima de María: Ps. XII, 2

Jesús:
—Hermano de José: Mt. 13, 15. Mc. 6, 3
—Hermano de Judas: Mt. 13, 15. Mc. 6, 3
—Hermano de María: Ef. 36
—Hermano de Santiago: Mt. 13, 15. Mc. 6, 3. Gal. 1, 19
—Hermano de Simón: Mt. 13, 15. Mc. 6, 3
—Hermanos: Mt. 12, 46; 28, 10. Mc. 3, 31-32. Lc. 8, 19-20. Jn. 2, 12; 20, 17. Hc. 3, 14
—Hermanas: Mt. 13, 56. Mc. 6, 3
—Hijo del Bendito: Mc. 14, 61-62
—Hijo de Dios: Mt. 3, 17; 9, 29; 27, 54. Mc. 1, 1; 1, 11; 15, 39. Lc. 1, 35. Jn. 1, 49; 5, 25. Hc. 9, 20
—Hijo de José: Lc. 2, 41; 2, 48; 3, 23; 4, 22. Et. VI, 2
—Hijo de María: Mt. 1, 16-18; 13, 55; 14, 33; 16, 16. Mc. 6, 3. Lc. 1, 31; 2, 34; 2, 41; 2, 51. Jn. 19, 25-26. Hc. 3, 14. Ef. 36. Em. X, 2. Et. XIX, 3. Esm: XIII, 1-3
—Obra del Espíritu Santo: Mt. 1, 20
—Nacido en los días del rey Herodes: Mt. 2, 1
—Primogénito de María: Mt. 1, 25. Lc. 2, 7
—Rey: Jn. 18, 37
—Rey de Israel: Mc. 15, 32. Jn. 1, 49
—Rey de los judíos: Mt. 27, 11; 27, 37. Mc. 15, 2; 15, 18; 15, 26. Lc. 23, 3; 23, 38. Jn. 19, 3; 19, 19-21

José:
—Hermano de Jesús: Mt. 13, 55. Mc. 6, 3. Em. VIII, 1
—Hermano de Santiago el Menor: Mc. 15, 40
—Hermano de Salomé: Mc. 15, 40; 16, 1
—Hijo de María: Mt. 27, 56
José el carpintero:
—De la casa de David: Lc. 1, 27; 2, 4
—Esposo de María: Mt. 1, 18. Lc. 1, 27; 2, 5. Esm. X, 1
—Hijos de José: Ps. IX, 2
—Padre de Jesús; Lc. 2, 41; 2, 48; 3, 23; 4, 22. Et. VI, 2
Juan:
—Apóstol: Mt. 4, 21. Mc. 1, 19-20. Lc. 6, 14, Hc. 1, 13
—Hijo de Zebedeo: Mt. 4, 21; 10, 3; 11, 37. Mc. 1, 19-20; 3, 18; 10, 35
—Hermano de Santiago el Mayor: Mt. 4, 21; 10, 3; 17, 1. Mc. 1, 19; 3, 18; 5, 37
Juan el Bautista:
—Hijo de Zacarías: Lc. 3, 2
—Hijo de Zacarías y de Isabel: Lc. 1, 13; 1, 59-60; 1, 67. Ps. XXIII, 1
Judas:
—Apóstol: Lc. 6, 14. Jn. 14, 22.
—Hermano de Jesús: Mt. 13, 55. Mc. 6, 3
—Hermano de Santiago el Menor: Lc. 6, 14. Hc. 1, 13. Jd. 1, 1
Judas Iscariote:
—Apóstol: Mt. 10, 4. Mc. 3, 18; 14, 10; 14, 43. Lc. 6, 14. Ej. 1
—Hijo de Simón Iscariote: Jn. 13, 26
Leví (¿Santiago el Menor?)**:**
—Apóstol: Emm. 6
—Cobrador de tributos: 2, 14; 5, 27
—Discípulo de Jesús: Lc. 5, 28
—Hijo de Alfeo: Mc. 2, 14. Ep. XIV, 3

María la Virgen:
—Ante la cruz: Jn. 19, 25
—Ante el sepulcro: Mt. 28, 1. Mc. 16, 1. Lc. 24, 10.
—Esposa de José: Mt. 1, 18. Mc. 1, 27. Lc. 2, 5. Esm. X, 1
—Hermana de Salomé, esposa de Cleofás: Jn. 19, 25
—Hija de Joaquín y de Ana: Em. I, 1. Esm. IV, 1. Ps. V, 1-2
—Madre de Jesús: Mt. 1, 18. Lc. 1, 31; 2, 7; 2, 34; 2, 41; 2, 48; 2, 51. Jn. 19, 25-26. Hc. 3, 14. Ef. 36. Em. X, 2. Et. XIX, 3. Esm. XIII, 1-3
—Madre de José: Mt. 27, 56. Mc. 15, 40; 15, 47
—Madre de Salomé: Mc. 15, 40; 16, 1
—Madre de Santiago: Mt. 27, 56. Mc. 15, 40; 16, 1. Lc. 24, 10
—Pariente de Isabel: Lc. 1, 36
—Prima de Isabel: Ps: XII, 2

María:
—Hermana de Jesús: Ef. 36

María Magdalena:
—Ante la cruz: Mt. 27, 56. Mc. 15, 40. Jn. 19, 25
—Ante el sepulcro: Mt. 28, 1. Mc. 16, 2. Lc. 24, 10. Jn. 20, 1. Ep. XII, 1
—Despreciada por Pedro: Et. 114.
—Discípula de Jesús: Lc. 8, 2
—Pareja de Jesús: Ef. 36; 59
—La más amada por Jesús: Emm. 10; 18

Mateo:
—Apóstol: Mt. 3, 10. Mc. 3, 18. Lc. 6, 14. Hc. 1, 13. Et. 13
—Cobrador de impuestos: Mt. 9, 1
—El publicano: Mt. 3, 10

Matías:
—Apóstol, sustituto de Judas Iscariote: Hc. 1, 26.

Natanael (¿Bartolomé?):
—Apóstol: Jn, 1, 45
—De Caná de Galilea: Jn. 21, 2

Pedro (llamado Simón):

—Apóstol: Mt. 10, 2. Mc. 3, 18. Lc. 6, 14. Jn. 1, 40. Hc. 13. Et. 13. Emm. 6

—Hermano de Andrés: Mt. 4, 18; 10, 2. Mc. 1, 16. Lc. 6, 14. Jn. 1, 40; 6, 8. Ep. XIV, 3

—Hijo de Jonás: Mt. 16, 17

—Hijo de Juan: Jn. 1, 42; 21, 15-17

—Suegra de Pedro: Mt. 8, 14. Mc. 1, 30. Lc. 4, 38

Salomé:

—Hermana de Santiago el Menor y de José: Mc. 15, 40; 16, 1

—Hija de María: Mc. 15, 40; 16, 1

Salomé:

—Ante la cruz: Mt. 27, 56. Mc. 15, 40; 15, 46. Jn. 19, 25-26

—Discípula de Jesús: Et. 61b

—Esposa de Cleofás: Jn. 19, 25-26

—Hermana de María la Virgen: Mc. 15, 40; 15, 46. Jn. 19, 25-26

—Madre de los hijos del Zebedeo: Mt. 20, 20; 27, 56

Santiago el Mayor:

—Apóstol: Mt. 4, 21. Mc. 1, 19-20. Lc. 6, 15. Jn. 1, 13

—Hermano de Juan: Mt. 4, 21; 10, 3: 17, 1. Mc. 1, 19; 3, 18; 5, 37

—Hijo de Zebedeo: Mt. 4, 21; 10, 3; 11, 37. Mc. 1, 19-20; 3, 18; 10, 35

Santiago el Menor:

—Apóstol: Mt. 10, 4. Mc. 3, 18. Lc. 6, 14. Hc. 1, 13

—Hermano de Jesús: Mt. 13, 55. Mc. 6, 3. Gal, 1, 19

—Hermano de José: Mc. 15, 40

—Hermano de Judas: Hc. 1, 13. Jd. 1, 1

—Hermano de Salomé: Mc. 15, 40; 16, 1

—Hijo de Alfeo: Mt. 10, 4. Mc. 3, 18. Lc. 6, 14. Hc. 1, 13

—Hijo de María: Mt. 27, 56. Mc. 15, 40; 16, 1. Lc. 24, 10

—Obispo de Jerusalén: Gal. 21, 18.

Simón (o Simeón):
—Apóstol: Mt. 10, 4. Lc. 6, 14. Hc. 1, 13
—El cananeo: Mt. 10, 4
—El zelador: Lc. 6, 14
—El zelota: Hc. 1, 13
—Hermano de Jesús: Mt. 13, 55. Mc. 6, 3
Tadeo:
—Apóstol: Mt. 3, 10. Mc. 3, 18
Tomás:
—Apóstol: Mt. 3, 10. Mc. 3, 18. Lc. 6, 14. Jn. 20, 24. Hc. 1, 13. Et. 13
—Llamado Dídimo: Jn. 20, 24; 21, 2
Zacarías:
—Esposo de Isabel: Lc. 1, 5; 1, 9; 1, 24; 1, 59
—Del linaje de Abías: Lc. 1, 5
—Padre de Juan el Bautista; Lc. 1, 13; 1, 59-60, 1, 67; 3, 2
—Sacerdote: Lc. 1, 5
Zebedeo:
—Hijos: Jn. 21, 2
—Padre de Santiago el Mayor y de Juan: Mt. 4, 21; 10, 3; 11, 37. Mc. 1, 19-20; 3, 18; 10, 35

SIGLAS

Nuevo Testamento (textos canónicos):
Mt: Evangelio de Mateo
Mc: Evangelio de Marcos
Lc: Evangelio de Lucas
Jn: Evangelio de Juan
Hc: Hechos de los apóstoles
Gal: Epístola de Pablo a los gálatas
Jd: Epístola de Judas

Evangelios apócrifos:
Ef: Evangelio copto de Felipe
Ej: Evangelio de Judas Iscariote
Em: Evangelio de la natividad de María
Emm: Evangelio de María Magdalena
Ep: Evangelio de Pedro
Esm: Evangelio de Seudo-Mateo
Et: Evangelio de Tomás
Ps: Protoevangelio de Santiago

NOTA DEL AUTOR

Ésta es una obra de ficción.

En ella, sobre la base de una serie de acontecimientos sucedidos en los siglos I, IX, XII y XXI, he fabulado en torno a la familia de Jesucristo, al origen del cristianismo, a la difusión de las reliquias en la Edad Media, a la creación del Camino de Santiago y al hurto del Códice Calixtino del archivo de la catedral de Santiago de Compostela en el verano de 2011. Con todo ello he tramado un relato de ficción, aunque no exento de materiales históricos.

La reconstrucción del linaje de Cristo la he realizado a partir del Nuevo Testamento, de los Evangelios apócrifos y de los textos gnósticos de los siglos I al IV, además de algunas obras de historiadores de la época como Flavio Josefo. Las conclusiones obtenidas son producto de organizar todos esos datos e intentar ordenarlos razonablemente. El cuadro genealógico apócrifo de Jesucristo que se incluye es el que deduce una de las protagonistas de la novela, que no refleja mi opinión personal.

Los datos sobre el hallazgo del presunto sepulcro del apóstol Santiago el Mayor en Compostela, sobre el *Codex Calixtinus*, sobre los acontecimientos del siglo XII y sobre las peregrinaciones en la Edad Media los he extraído de documentos y crónicas de esa época, donde se mezclan de manera indiscriminada ficción y realidad.

Todo lo referente al hurto del Códice Calixtino lo he fabulado a partir de los centenares de informaciones publicadas en los meses de julio y agosto en diversos medios de comunicación, y de entrevistas celebradas con varias personas a las que agradezco su colaboración desinteresada pero cuyos nombres, por razones obvias, no estoy autorizado a desvelar.

Comencé a imaginar esta novela el día 8 de julio de 2011, justo al día siguiente al que en rueda de prensa se diera cuenta de la desaparición, en circunstancias asombrosas, del Códice Calixtino, sustraído de la cámara de seguridad del archivo de la catedral de Santiago de Compostela sin que mediara fuerza o violencia alguna, como si se lo hubiera tragado la tierra o hubiera salido levitando por los aires.

He introducido pasajes narrativos que tal vez se consideren controvertidos e incluso puedan molestar a ciertas personas que mantengan una visión muy determinada del cristianismo y de la Iglesia católica. Si alguien se sintiera ofendido en sus convicciones religiosas o morales por lo que aquí se narra, le pido perdón de antemano, pues en ningún momento ha sido ésa mi intención. Aunque está inspirada en hechos reales, cualquier similitud de los protagonistas de la novela con personajes actuales, si es que alguien así lo percibe, habrá sido producto de la casualidad, que no de mi pretensión.

Quiero agradecer la ayuda a cuantos me han facilitado la gestación de esta novela: al escritor e historiador José Calvo Poyato, que tanto admiro, el primero al que conté la trama literaria de la novela en largas conversaciones en La Rábida y en Cabra a mediados de julio; al catedrático de la Universidad Complutense de Madrid y escritor Antonio Monclús, que me proporcionó valiosos consejos y algunas ideas sobre esta novela; al profesor Antonio Piñero, del que aprendí mucho, además de en sus libros, en una larga conversación en Tetuán sobre los primeros cristianos; al escritor y periodista Javier Sierra, que me animó a escribir este libro cuando le conté mi idea, que me inspiró con sus fabulaciones sobre la catedral de Santiago y me ofreció algunos datos sobre el robo del Códice; a mis colegas de la Universidad de Zaragoza, Luis García-Guijarro y Germán Navarro Espinach, que soportaron con amistad y paciencia mi argumentación novelesca en La Iglesuela del Cid mediado el mes de agosto; a las siempre amables y eficaces Ana García y Paz Vázquez, de la empresa Trevisani S. L., con las que compartí varios días en Santiago de Compostela y no pocos secretos de la ciudad actual. A mi amigo, excelente poeta y magnífico escritor Manuel Martínez Forega, que leyó la primera versión de mi manuscrito y me regaló sugerentes aportaciones y brillantes consejos. Y a los directores de Editorial Planeta, Carlos Revés y Marcela Serras, por su confianza, totalmente ciega en este caso, y a mis editoras, Ángeles Aguilera, que se entusiasmó con el original, y, en especial, Purificación Plaza, que compartió conmigo esta idea desde el primer momento, me alentó a continuar, me aportó excelentes sugerencias y siguió paso a paso la construcción del relato.

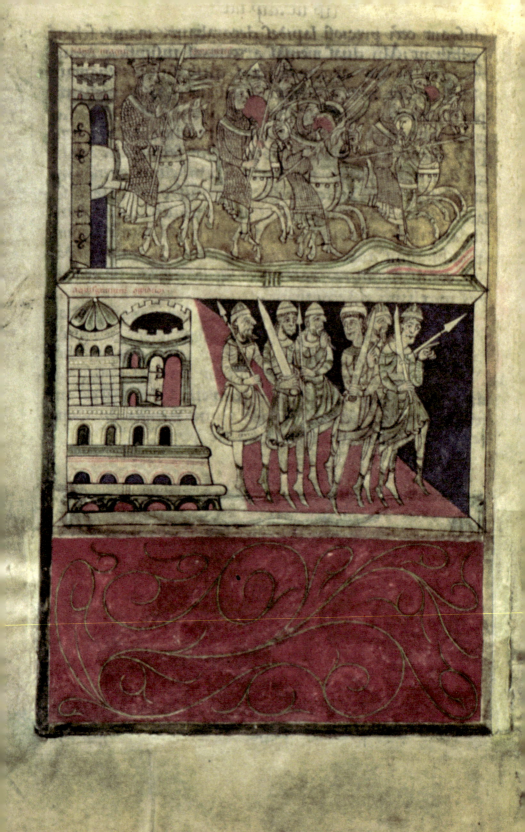